小公爺別慌張 2

寄蠶月 著

風文創 1272

目錄

第十一章

魏國公府。

吳嬤嬤伺候沈連氏換衣裳，瞧著她面色不好，勸道：「要我說，夫人不如稱病不見了，反正那呂夫人也沒什麼要緊事，等夫人好些了再請她來便是。」

沈連氏半瞇著眼，說話有氣無力的。「罷了，我去莊子這些日子，她都來了好幾次，再稱病好像我故意躲著她似的，她那個人妳還不知道嗎？嘴碎得很。」

「唉！」吳嬤嬤嘆氣。「這莊子不比國公府，夜裡濕熱得很，這才害夫人得了病。等這兩日藥吃完，再請太醫過來瞧瞧吧！」

沈連氏點點頭，在銅鏡前坐下，瞥見吳嬤嬤手裡的金鑲玉步搖，忙抬手阻攔道：「換支素點的。」

吳嬤嬤又換一支銀摩羯銜花簪，待夫人點過頭，才簪在她頭上。「我還想著，用絹花給夫人提提氣色呢！」

沈連氏自嘲地笑笑。「都一把老骨頭了，簪了明豔的絹花，豈不是更顯頹敗之勢嗎？」

見夫人抬手臂，吳嬤嬤趕緊伸手將她扶起，憂慮道：「自從夫人從莊子回來後，總感覺精神不比從前，夫人還是在為國公爺趕您去莊子的事生氣？」

「天下本無事，庸人自擾之，不提也罷。」
主僕倆來到正廳，呂申氏正仔細瞧著屏風上的畫，轉頭看清沈連氏的臉色，頓時驚道：「臉色怎麼這樣差？夫人您可是病了？」
沈連氏在正位坐下，臉色蒼白地笑道：「不妨事。」
「哎呀，身上不好，叫下人出來回我便是，強撐著做什麼？我又不是外人！」嘴上雖如此說著，呂申氏卻甩著帕子一屁股坐下來，神采奕奕地道：「夫人您前些日子不在汴京，怕是不知道……」
見呂申氏一副市井婦人的模樣，吳嬤嬤不由得心生嫌惡，想著自家夫人出閣前，最看不過眼的就是這種人，如今成了國公夫人，反倒還得硬著頭皮去應酬，著實辛苦，於是便到門口打發了侍女，去給夫人煮些金銀花茶，降降火。
「之前在貴府，我們在小公爺院子裡見到的那位小娘子，您猜她是誰家的？」呂申氏故作神秘。
沈連氏心下早已有了答案，卻故作茫然地道：「是誰家的？我這深居簡出的，平日也就妳肯來走動走動，哪能知曉那麼多事呢？」
「她是崔家的！十五年前崔清珞與人苟且的私生女！」
「哦？有這等事？」沈連氏做驚訝狀，掩口道：「不是說那孩子跟著崔三娘子一起墜崖死了嗎？」

「是這麼說沒錯！」呂申氏的身子往前探了探。「我那時還在鄭州，當時大街小巷都在瘋傳，傳得是有鼻子有眼的，還說是個男孩呢！可那日晁府辦宴，我是親眼看到的，那小娘子由崔將軍領著進了晁府的門，還跟晁老夫人說了好一會兒話才走的。」

聽了這些話，沈連氏不由得重重地嘆了口氣。

呂申氏自然是要問的。「夫人您這是怎麼了？有什麼煩心事，不妨跟妹妹說說？」

此時有侍女端來金銀花茶，沈連氏一臉惆悵，直到目送人出去，才緩緩開口道：「那崔家姑娘在府上住了好些日子，我竟不知她的身分，我這心，真是不好受。」

「那蕭……小公爺沒跟您說過嗎？」

沈連氏搖頭，苦笑道：「唉！說什麼呀？塵哥兒還嫌我擾了崔家姑娘的清靜，讓國公爺作主，將我送到城外的莊子去呢！我這身子骨也不爭氣，這不就病了嘛！」說罷，還咳了兩聲。

聞言，吳嬤嬤在一旁，若有所思地斜睨了夫人一眼。

「什麼?!」呂申氏的聲音拔高兩個音調。「那您就去了？簡直欺人太甚！」

「不去還能怎麼辦？」沈連氏用手扶了扶頭上的銀簪，哀怨地垂眸道：「難不成讓我撒潑打滾地去跟國公爺鬧嗎？我都多大歲數了。」

呂申氏自然注意到那素淨的簪子，不禁義憤填膺地道：「那也不能由著他這般欺負啊！您好歹也是國公夫人，這弊衣疏食的，像什麼話！」

「罷了、罷了……」沈連氏釋然道，隨手端起茶盞，在茶水入口的一瞬，嘴角泛起一絲不易察覺的微笑。

「我的好姊姊呀，我都替您生氣呢！」呂申氏嗔道。

「不說這些了。吳嬤嬤，去告訴廚房，呂夫人留下用午飯，不要再做那些素食了。」

吳嬤嬤應下，小碎步出了門，喊了個在遊廊邊打掃的婢女去廚房傳話，隨後左右瞧著沒人，直接奔向西面果園去了。

一進果園，見著的便是大片的金杏樹，綠葉間盡是黃澄澄的金杏，嬌豔欲滴，甚是好看。

吳嬤嬤穿梭在杏樹之間，四面環顧，翹首尋找，終於在一棵樹下見著了熟悉的身影。

「大哥哥！」

被喚的老僕茫然回身，待吳嬤嬤來到身前，才笑道：「妳怎麼來了？是夫人想吃杏子了？」

吳嬤嬤搖搖頭。「大哥哥，你還能找到覓兒嗎？」

「覓兒？妳是說原來在夏姐兒身邊伺候的覓兒？」吳叔想了一會兒。「她不是得了狂症，被夫人送回老家了嗎？尋她做什麼？」

「我也不好說，近來總覺得夫人有時候怪怪的，隱約好像能看見夏姐兒的影子……」

「妳怎麼好端端的又想起夏姐兒來了？」吳叔嘆了一聲。「都這麼多年了，夏姐兒怕是早就轉世投胎去了。」

「我來不及細說，得回去了，總之你記著幫我找到覓兒，我有很重要的事要問她。」吳嬤嬤急急說完，就又匆匆走了。

吳叔愣在原地，琢磨好一會兒後，放下手中的竹籃，朝另一個方向走去。

允棠跟著舅舅還有表兄、表姊一起來到城北獵場。

獵場依山而建，除了門口有一大塊平地之外，內裡樹林陰翳，遮天蔽日，乃是野獸藏身的好地點。

樹林間也有路，不過蜿蜒曲折，錯綜複雜，最窄處只能容許一匹馬通過，往來還要注意頭上的枝杈，否則一不小心就會被刮傷。

允棠剛學會騎馬不久，崔奇風本打算與她共乘，卻被她拒絕了，無奈之下，只得找了負責獵場的員外，尋了匹性子溫和又認路的老馬給她。

一行人在林中轉悠了半天，才發現一隻野兔。崔南星興奮不已，迅速從背後的箭囊裡抽出一枝羽箭，俐落地搭在弓上，瞇了一隻眼去瞄準。

瞥見一旁的崔北辰也朝身後摸去，崔南星嘴角一挑，拉著弓弦的手一鬆，野兔應聲倒地。

崔北辰不甘地「哼」了一聲。

「中了！」崔奇風驚呼，大笑誇讚道：「不愧是我崔家的女兒！」說了又感覺不妥，斜眼去瞥允棠，好在她好像並沒在意。

崔南星翻身下馬，跑去撿兔子。

允棠卻是驚得嘴巴都合不上了，沒人知道剛才這一幕，對於她來說，究竟有多震撼。

她對弓箭情有獨鍾，不光是因為母親慣使弓箭，而且跟其他武器相比，弓箭似乎更靈活，在交鋒現場可以拉開一定的距離，甚至可以完全不露面，躲在暗處狙擊敵人。

當時在東臨莊，若是她也能像崔南星一樣，拉弓、射箭，將緊追不捨的敵人一一射翻在地，也許結果就會不一樣。

正出神時，崔南星已經拎著兔子來到她的馬前，炫耀似的晃了晃手中的戰利品，一揚頭，問道：「喜歡吃兔子嗎？」

羽箭從野兔的身側貫穿，看樣子已經當場斃命，傷口處流出的血還未凝固，在褐色的皮毛上一滴滴滾落。不知是不是心理作用，空氣中彷彿都開始瀰漫著血腥味。

允棠知道，想學射箭、想報仇，心腸必須硬起來才行，於是她重重地點了點頭。「喜歡。」

「那帶回去，讓七嬸炙來吃。」崔南星把羽箭拔下，又把兔子繫在馬上。

崔北辰不服氣地別過頭，惱道：「這什麼破獵場，進來多時了，就只有這麼一隻兔子，那員外還說能獵到野豬呢，都是騙人的吧！」

崔南星重新上馬，譏諷道：「你這怨天尤人的毛病什麼時候能改改？輸了就是輸了，哪來這麼多廢話！」

「剛才妳走在前面，我的視線都被妳擋住了，自然沒有妳快！」崔北辰臉紅脖子粗，爭辯道：「既然說好了要比試，總得公平吧？」

「那好，一個時辰後，在門口集合，看誰獵物多，這樣總行了吧？」

崔北辰點點頭，又想到什麼似的。「那我要跟允棠一起走。」

允棠一怔，忙道：「可我什麼都不會，幫不上你的忙。」

「不用幫忙，我——」

「允棠還是跟著我吧，都是姑娘家，有什麼事也方便些。」不等他說完，崔南星就開口打斷，又轉頭看向崔奇風。「爹爹，說好了，你可不許幫他。」

崔奇風聞言皺眉。「這是什麼話？妳把為父想成什麼人了。」

「那好，一個時辰啊！」崔南星一扯韁繩，打馬選了一個方向。「允棠，我們走這邊。」

「妳們兩個，千萬注意安全啊！」崔奇風不忘囑咐道。

崔南星抬起手擺了擺，表示聽到了。

崔南星選的這條路，比來時略寬敞些，兩匹馬能並行。

允棠看著地上淩亂的馬蹄印，路旁偶爾有折斷的羽箭，還有罕見野獸的蹤跡，這一切都說明了，平時出入這裡的人很多。

打獵都是射箭，該不會不知道什麼時候，就會從哪裡射出一枝暗箭吧？

允棠頓時不安起來，警覺地看向四周。

「妳放心，爹爹早就派人過來清場，就是怕有人誤傷我們。」崔南星見狀，開口道。

允棠若有所思地點點頭，又問：「表姊怎麼知道我在想什麼？」

「妳很謹慎，每到一個新的地方，都會擔心安危。」崔南星目視前方，自顧自地笑笑，又道：「如果我沒猜錯的話，剛到我們家時，也是一樣，對嗎？」

允棠沈默。

「我倒覺得這沒什麼不好的，我不知道妳之前都經歷過什麼，但是從今以後，我可以保護妳。別看崔北辰一副不可靠的樣子，若真遇到危險，他也會為妳挺身而出的。」頓了頓，崔南星又格格笑道：「妳看出來了嗎？崔北辰有點喜歡妳。」

其實聽到有人喜歡自己，應該是一件開心的事，尤其崔北辰還完美地遺傳了舅舅的身材和樣貌。

可他畢竟是自己的表兄，允棠實在很難跨越「近親」這道坎，很難把對他的感情往男女之情上面靠。

見她低頭不說話，崔南星探身去看她的臉，盯住了好一會兒，才恍然道：「哦，原來妳不喜歡他。那妳喜歡誰？」

允棠的腦海裡，不由自主地浮現出蕭卿塵的臉，她被自己嚇了一跳，忙搖頭道：「沒有誰！」

「還不承認！」崔南星好像發現什麼不得了的事，嘖嘖道：「完了，要是崔北辰知道了，還不得傷心死！」

「別再拿表兄開玩笑了。」允棠有些看不過去，輕聲道。

崔南星一怔，喃喃說了句。「想當初他也是這麼笑我的。」

允棠剛要張口說些什麼，忽然一陣翅膀拍打聲吸引她們的注意，聞聲望去，一群鳥兒正從樹梢驚慌四散。

兩人不約而同勒住馬，朝樹林深處看，卻再沒了動靜。

「崔北辰？」崔南星試探地喊道。

咻！咻咻！

突然，幾枝羽箭穿過樹林，破空而至！

允棠還沒來得及反應，就被崔南星撲到馬下。

崔南星抱著她就地一滾，躲到一棵粗壯些的樹後面。

允棠騎的那匹馬躲閃不及，中了一箭，吃痛之下轉身就跑。

崔南星大喊：「血月，跑！」

血月是崔南星的馬，聽到主人叫喊，嘶鳴一聲，也跟著跑走了。

崔南星低頭替她檢查，發現她的衣袖被自己手中的弓弦割了一個口子，裡面的皮膚隱隱還有血跡滲出，不禁有些焦急，問道：「妳沒事吧？」

「沒事。」允棠將手臂背在身後，現在性命攸關，根本不是在意這些小傷的時候。

崔南星觀察四周情況後，嘴巴朝一個方向一努。「那邊樹多，一會兒我掩護妳，妳往那邊跑，喊幾聲，如果爹爹他們還聽不到，不要自己去尋，去入口，那裡人多。」說著，從背後取一枝羽箭，搭在弓上便要起身。

允棠忙一把拉住崔南星。「要走一起走！」

崔南星見允棠堅持，只好點頭。「好，一起走。」說罷，崔南星站直身體，貼著樹幹的邊緣，向樹林深處射出一箭後，大喝一聲。「走！」

聽到一聲令下，允棠拚盡全力朝來的方向跑去，崔南星則邊跑邊射。

對方見攻擊猛烈，果然沒有再露出頭來。

這一側的樹木更茂密，雜草也更高，允棠每經過一棵樹，便會儘量讓樹幹擋住自己的後背，直至經過下一棵樹。

跑著跑著，裙角不知道被什麼東西掛住，硬生生被扯下一大片，她也被絆了個趔趄，眼看就要摔倒的時候，被崔南星一把擎住，兩人繼續向前跑。

「她們跑了！追！」

這一聲喊得極為響亮，看來比起暴露行蹤，對方更怕她們跑了。

允棠邊跑邊回頭，見從樹林裡竄出五、六名黑衣人，他們身手敏捷，訓練有素，並不像是山賊之流。

會是誰呢？難道還是瑾王妃？難不成舅舅上門警告，沒起到半分作用，反而讓那蛇蠍婦人殺心更盛了？

又或者……允棠心頭驀地一震。

她毫不掩飾身分，想要釣出當年的凶手，可對方若是十五年前能不顧一切痛下殺手，為何十五年後不能？

糟了！

她扭頭看向跑在身側的崔南星，後者一邊跑，還一邊確認箭囊裡羽箭的數量。

不能讓悲劇重演。

允棠剛想轉頭朝另一個方向跑去，崔南星手中的箭已經搭好。

像是知道她的想法般，崔南星吼道：「一起走！這可是妳說的！」

允棠一怔，腳步不由得緩下來。

崔南星急煞住腳步，俐落地轉身，朝身後射出一箭，又拉著她疾跑起來。

跑在前面的一名黑衣人悶哼一聲，翻倒在地，後面幾人根本不停下來查看，紛紛從那人身上跨過，急追而來。

「我只剩兩枝箭了。」

崔南星話音剛落，前面便有馬蹄聲傳來，二人驚慌抬頭，正是崔奇風！

「爹爹！」

「舅舅！」

崔奇風見兩個姑娘狼狽的模樣，登時大怒，朝後面喊了一聲「交給你了」，便暴喝著策馬衝了出去。

崔北辰緊隨其後，到了兩人跟前立即從馬上翻下來，把韁繩遞給崔南星。「妳帶允棠先走！」

「那你呢？」崔南星急問。

「我和父親隨後就到，來的路上還算安全，快走！」崔北辰說完這些，提上弓，也向前跑去。

崔南星先將允棠托上馬，自己又翻了上去，朝父親和弟弟跑去的方向深深地看了幾眼，而後一咬牙，掉轉馬頭，直奔獵場門口的平地。

一路上允棠都心神不寧，不住地回頭望。

崔南星安慰道：「不用擔心，我爹爹在沙場上可是以一敵十的悍將，區區幾個毛賊，還不能把他怎麼樣。」

「可他沒帶刀，手上只有弓箭。」

「這妳就不知道了吧？我崔家人從小就都要學騎射，不說個個百步穿楊，但想射中那麼大個人，還是挺容易的。」

允棠沈默不語。

崔南星知道她在想什麼。「等這次回去，我教妳射箭。」

兩位姑娘很快到了獵場門口，那裡有很多幹活的小廝，都在各司其職，完全沒有慌亂的樣子，看來那群黑衣人是從山林一側翻入獵場的。

驚喜的是，在馬廄旁的水槽邊看到血月正在飲水，估計是嚇得不輕。

崔南星朝員外要了藥膏，簡單為允棠處理傷口，兩人又在屋子裡歇了許久，這才聽見馬兒嘶鳴。

出門一看，父子倆剛下馬，崔奇風手裡攥著繩索，繩索的另一頭是一個手被縛住的黑衣人，此時氣還沒喘勻，膝蓋以下全是塵土，看樣子是一路跟著馬跑過來的。

崔奇風上前幾步，仔細查看起兩位姑娘。「妳們沒事吧？有沒有受傷？」

兩人齊搖頭。

「爹爹，你是怎麼知道我們出事的？」崔南星好奇地問道。

「自然是看到受驚的血月啊！」崔北辰搶著說道。「那兔子還掛在血月身上，我一眼便看到了。」

員外老遠跑來，見此情形大驚失色，上前拱手問道：「崔將軍，這是發生什麼事了？」

崔奇風一扯繩索，那人向前踉蹌幾步。「獵場裡混進了幾個毛賊，其他人頑固抵抗，已經被我射死了，留下這一個，我要帶回去審審！」

「毛、毛賊？」

崔奇風一指黑衣人。「你看他的打扮。」

員外這才細看，這人一身夜行衣短打，雖然現下蒙面的黑布已被扯下，但臉上還留有勒痕，此時還一副不服氣的表情。

「這……」

「報官吧。」崔北辰道。「讓他們來處理裡面的屍體。」

員外聞言差點一口氣沒上來，這事若是傳揚出去，勢必會對生意造成影響。

崔奇風又想起什麼似的。「對了，還要找員外借名小廝，幫我往魏國公府傳個話。」

「魏國公府？」允棠的眼皮，沒來由地猛跳起來。

「爹爹跟沈伯伯乃是並肩殺敵，過命的交情。」崔南星解釋道。「對了，聽說爹爹是從魏國公府把妳接回來的，想必妳也認識沈伯伯了？」

「我與國公爺還未曾正式見過面，救我的是蕭小公爺。」允棠低聲道。

「是那個改了姓的混蛋啊！」崔北辰嗤之以鼻。「沈伯伯還真是好氣量，我若是改姓，父親非打死我不可！」

允棠皺眉道：「他才不是混蛋。」

崔奇風剛跟跑來的小廝耳語幾句，聽到改姓二字，皺眉疑惑道：「誰要改姓？」

「我是說蕭卿塵！」崔北辰忙分辯。

「那個孩子啊……」崔奇風欲言又止，悵然道：「那也是個可憐人。」

「舅舅為什麼這麼說？」允棠問道。

崔奇風把手裡的繩索交給兒子。「把他捆在馬樁上，捆結實了，找兩個小廝盯著，千萬別讓他跑了。」又扭頭道：「天兒怪熱的，我們去屋裡說。」

幾人陸陸續續進了門，員外忙命人送了些冰盆浸果和茶水來。

既是身處獵場，自然吃食和飲子便都不那麼講究，這茶水也不過是普通茶葉沖的散茶。

崔奇風也是渴了，端起茶盞一飲而盡。

崔南星懂事地提起茶壺，又為父親斟上。

「妳與那蕭卿塵，是有什麼淵源？」崔奇風問道。

允棠如實相告。「他於我有救命之恩，還不止一次，東臨莊那次，我頭部受創，他接我回府，找了太醫看過才好。」

「看來改日要特地上門謝過才好。」崔奇風點點頭，緩緩開口道：「這蕭卿塵，原名沈卿塵，乃是魏國公沈聿風的結髮妻子賀氏所生，是沈家的嫡子。

「賀氏是前司農寺判司事，賀知白的獨女，身子孱弱，一年裡有半年的時間都在病榻上，但她聰慧過人，又識大體，官家說沈兄為人乖張、放浪不羈，得好好找個人管他，便賜他與賀氏大婚。可沈兄老家還有個青梅竹馬的世家妹妹連氏，雖芳心暗許，也因賜婚就此擱下了。」

連氏……允棠只覺得耳熟，那日崔清瓔去國公府鬧，被緣起打了之後，那位國公夫人，似乎就被蕭卿塵稱作連氏。

崔奇風繼續說道：「在賀氏之前，沈兄已經有個妾室，先生了庶長子沈卿禮，賀氏進門之後，本也沒想著她那身子骨還能為沈家開枝散葉，可不到一年，就有了沈卿塵。

「聽沈兄說，賀氏是拚死，才生下這個孩子的，足足生了一天一夜啊！孩子生出來之後，她都沒力氣說話了，就憑著老山參吊著口氣。」

「所以這位國公夫人，是難產而死的嗎？」崔南星一邊吃著櫻桃，一邊問道。

崔奇風搖搖頭。「沒有，沈兄幾乎把所有的醫官都召來了，站了滿滿一屋子，醫官們使盡渾身解數，總算在閻王爺面前，把人搶了回來。」

允棠端起茶盞小小抿了一口，舅舅的話讓她鬆了一口氣。

她寧願蕭卿塵是一個任性紈袴的貴族公子哥兒，整日遊手好閒，被寵得無法無天的，也不願他經歷人間疾苦。

所以舅舅口中的每一個字，都牽動著她的神經，她生怕會聽到不想聽到的事。

可崔南星卻不同，單純只作為一個旁觀者，對故事結局感到好奇。

「爹爹，然後呢？」

「雖然命搶回來了，可賀氏卻也從此臥床不起，等到那孩子懂事了，她卻時而清醒，時而糊塗了。」

允棠緊抿著嘴。

她幻想著，一個八、九歲的孩童，伏在母親床榻邊，繪聲繪色地給母親說著白天發生的事，全然不顧母親目光渙散、滿臉呆滯的場面。

那畫面深深刺痛了她。

兩世無父無母，有時她會賭氣地想，老天難道就不能從雙親中留下一個給她？哪怕是癡傻、癱瘓都好，只要還活著，委屈時她也能拉著對方的手，說說心裡話。

如今她卻覺得，人雖然躺在那裡，卻全然不能給予回應，也未嘗不是件殘忍的事。

「等到沈卿塵過了二八，有仙師稱，沈夫人壽數已盡，若是想續命，需得沖沖喜才行，想來他也是個孝順的孩子，欣然同意了沈兄為他說的親事，準備娶禮院判院殷曁之女為妻，當時沈兄還命人將請帖送至邊關給我。」

允棠後背一僵，忍不住開口問道：「那、那後來呢？」

「後來，婚約被取消了。好像是殷氏小娘子與她的哥哥出言不遜，說了些類似『病成那個樣子，娶了神仙也難救』的話吧，惹惱了沈卿塵，沈卿塵不能對小娘子動手，便去金明池堵了她的哥哥，把人揍了個半死。

「殷曁自然不肯善罷干休，遞了摺子上去狀告沈卿塵，還重金懸賞，找了一大堆目擊證人，官家想回護亦是不能，只好下令杖責二十，以觀後效。可還沒等他把傷養好，他母親便撐不住，去世了。」

允棠垂下眼眸。「那他一定很自責吧？」

「那我就不得而知了。」崔奇風又把茶喝光，擺擺手示意女兒再斟上。「賀氏最後臥床的那幾年，剛巧沈兄的世交連家遭了難，全家都被大火燒死，那連氏無處可去——就是那個青梅竹馬的連氏，只好來汴京投奔沈兄。

「那妾室也是個福薄的，沒多久也意外死了，沈兄每日上朝，家裡也沒個操持家事的人，父子三個，加上這麼一大家子奴僕，就一直糊裡糊塗過著呢，是連氏來了後，才慢慢地變得井井有條，後來就……」

崔南星搶著說道：「後來就索性鳩占鵲巢了嘛！」

崔奇風白了女兒一眼。「鳩占鵲巢是這麼用的嗎？」

崔南星又往嘴裡扔了顆櫻桃，在嘴裡囫圇咬了，又把櫻桃核吐出，鼻子裡「哼」了一聲。「怎麼不是啊？見人家夫人臥病在床，沒力氣跟她爭，便趁人之危、乘虛而入、趁火打劫……」

「平日怎麼沒見妳說這麼多成語？」崔奇風沒好氣地說道。

允棠的注意力卻沒在面前吵嘴的父女倆身上。

怪不得蕭卿塵對國公爺冷眼相待，對連氏深惡痛絕，崔南星說得沒錯，這可不就是趁人之危嘛！

窗外又有一行馬蹄聲傳來，小廝在門外傳話——
「崔將軍，蕭小公爺來了。」
「咦？」崔奇風疑惑地起身，出門前不忘壓低了聲音警告崔南星。「妳休要再胡言亂語！」
崔南星撇撇嘴，向後一仰，沒再開口。
「崔將軍！」
是蕭卿塵的聲音。
崔奇風笑道：「是卿塵啊，怎麼，沈兄沒在府上？這大熱天的，還煩勞你跑這麼一趟。」
「崔將軍客氣了，國公爺剛得了召，急著入宮，剛巧我在，便替他來了。不過將軍不用擔心，我……」
之後的話，似乎兩人是咬著耳朵說的，在屋裡聽不真切。
「切！神秘兮兮的！」崔南星覺得無趣，便在屋裡東摸摸、西看看。
沒多大一會兒，便聽外面喊——
「妳們兩個，出來吧！」
允棠跟著崔南星出門，在崔奇風的引薦下，齊齊行過禮。
蕭卿塵忍不住多瞥了允棠幾眼。

「緣起，給崔將軍帶路。」蕭卿塵吩咐過後，又朝身後的馬車抬手。「崔二娘子，請上車吧，蕭某先送妳們回去。」

「爹爹，您不跟我們回去嗎？」崔南星問道。

崔奇風也不說話，只朝一旁還綁著人的馬樁努嘴。

「那好吧！」崔南星朝蕭卿塵拱手，豪邁道：「那就謝過小公爺了。」

蕭卿塵亦回禮，道：「崔二娘子客氣了，蕭某榮幸之至。」

目送崔南星上車，待允棠來到身邊時，蕭卿塵迫不及待地低聲問道：「妳沒事吧？」說完瞥見她衣裳破了一塊，急急抬手，想要去查看。

允棠下意識退了一步。

蕭卿塵伸出去的手尷尬地頓在空中，一時間向前也不是，收回也不是。

「我、我沒事。」允棠揚起臉說。

陽光下，蕭卿塵額頭上一顆晶瑩的汗珠沿著鬢角滑下，在下頷線停留一會兒，又滴落。

允棠心一軟，主動翻起袖子給他看。「我真的沒事，不過是擦了一下，南星已經幫我處理好了……」

她沒意識到，此時的動作對於這個時代的人來說，有多曖昧。

蕭卿塵忙向側一步，用身體擋住其他人的視線，又小心翼翼地幫她把袖子拉下來。「知道了，上車吧。」

馬車另一側的崔北辰看著這一幕，臉色不怎麼好看。

「崔北辰，別忘了把血月牽上！」崔南星從車裡探出頭，見弟弟沒回應，又喊道：「喂，聽到沒有？」

「聽見了！」崔北辰不情願地轉身。

皇宮，仁明殿。

皇后頭上繫著抹額，有氣無力地倚在榻上。

「聖人，長公主殿下在外頭為您盯著這藥，一動不動候了三個時辰，才回去呢！」內侍訾榮躬身，給一旁端著湯藥的宮女使了個眼色。「您好歹喝點。」

宮女剛要上前，皇后便擺了擺手，問道：「官家那邊，還沒有消息嗎？」

訾榮輕搖了搖頭。

「那鉞哥兒呢？最後如何處置了？」

「回聖人的話，官家命瑾王殿下回府思過，沒旨意不得外出。」

皇后聽了，黯然別過頭去，輕聲道：「我知道了，你們下去吧。」

訾榮見皇后病懨懨的模樣，焦急道：「您好歹也把藥喝了呀！」

皇后不語，只是緩緩閉上眼。

「聖人！」訾榮一跪，滿宮的宮女都跟著伏在地上。「您心裡難受，老奴知道，但您總得保重自個兒的身子，才能為崔三娘子求個公道不是？」

「這個公道我不是沒求過，我是求不來。」皇后再也忍不住，流下淚來。「我身為一國之母，都沒辦法為她作主，這世上還有誰能幫得了她呢？我可憐的清珞啊！」

皇后一哭，訾榮的眼圈也紅了。「娘娘，您可千萬要保重啊！」

「官家駕到！」

見官家匆匆進門，皇后用袖子抹了抹淚，準備下床行禮。

「妳身子不好，還是躺著吧！」官家急忙去扶，又轉身問訾榮。「聖人身子怎麼樣？太醫怎麼說？」

「回官家，太醫說聖人乃是急火攻心所致的心火旺盛，肝氣鬱結，需得先清肝瀉火，待肝火平息了之後，再養肝安神。」

官家若有所思地點點頭，隨即轉過頭去看皇后，握住她的手，自責道：「朕不是不處置秉鉞，只是還沒想好如何處置，只這一躊躇，竟害得妳病成這個樣子。」

皇后淚眼婆娑，問道：「那官家現在想好了嗎？」

「朕也是真心喜歡清珞這個孩子，發生這樣的事，朕也很痛心，恨不得把秉鉞砍了，把頭顱送去給崔家賠罪！」說到激動處，官家緊緊攥起拳頭，隨即又慢慢鬆開，嘆了口氣道：「可靜下心來細想，若朕想治秉鉞的罪，就先要將真相公之於眾，那裏寧怎麼辦？允棠怎麼辦？秉鉞的兩個兒子弘業和弘石還隨軍在外征戰，屆時他們又該如何自處啊？」

官家說的這些，皇后並不是不懂，可她實在不想用清珞的委屈，來換這皆大歡喜的局面。

「況且崔家世代簪纓，妳也跟朕去過崔家祠堂，那牌位……」官家不由得哽咽。「那牌位密密麻麻，擺了大半個屋子，到崔奉這一輩，就只剩下他自己了，可朕的兒子，卻做出這種禽獸不如的事來！」

見官家情真意切，皇后更是淚流不止。

官家又道：「朕又何嘗不知道，妳將清珞看作自己的女兒一樣，女兒遭受這種事，簡直是要剜母親的心！」

顧不得擦淚，皇后哀怨地問道：「官家說這麼多，是要我就此罷手嗎？」

「朕這不是在與妳商量嘛，朕想著，隨便找個藉口，將秉鉞貶出去，再將允棠認做乾孫女，封個郡主，承歡膝下，妳看如何？」

「那清珞身上與人苟且的污名，是去不掉了？」

官家沈默良久，緩緩開口道：「朕只是在想，到底哪種情形，對允棠來說，會更好些？」

有蕭卿塵護送，從獵場回崔府的路上，自然是風平浪靜。

到了崔府門前，崔北辰急急下馬，來到馬車前，待允棠探出頭來的時候，適時送上手臂。

蕭卿塵慢了一步，被崔北辰擋在身後，眉頭都快要擰成麻花了，見到她只是象徵性地搭了一下，這才有所緩和。

崔南星下車時也像模像樣伸手，卻發現弟弟早就退到一旁，氣得一甩手，杌凳也不踩了，直直跳下車來。

毫不掩飾地瞪了崔北辰一眼之後，崔南星大步流星來到蕭卿塵跟前，抬手邀請道：「小公爺不如到府上吃杯茶再走？」

「蕭某今日有要事在身，不便逗留，改日一定正式登門拜訪，告辭。」蕭卿塵看了允棠一眼，轉身上馬。

目送他離開後，崔南星用肩膀撞了撞允棠，一臉壞笑道：「妳不對勁喔！」

「啊？」允棠沒反應過來。

「平日妳的禮數是最周全的了，怎的今日都不請人進門？」

「這有什麼好奇怪的？」崔北辰不以為然。「我也不想讓他進門，一副趾高氣揚的樣子，看著就讓人討厭！」

「切！」崔南星翻了個大大的白眼。「你是嫉妒人家長得比你好看吧！」

「大丈夫要麼讀書考取功名，要麼上戰場報效國家，以色侍人算什麼本事！」

允棠無奈地搖搖頭，這二位果然不超過三句話就會吵起來。

聽說哥兒、姐兒打獵回來了，懷叔還特地叫了幾個小廝來幫忙抬獵物，誰知一群人出來，就只見到一隻兔子。

「懷叔，讓七嬸炙來吃！」崔南星不忘囑咐道。

懷叔正納悶著，急忙應聲。

幾人先後進了內院。

祝之遙正在院子裡伺弄花草，見了三個孩子，疑惑道：「怎麼這麼快就回來了？星兒，妳父親呢？」

「別提了，剛打到隻兔子，就有人偷襲我們，害得允棠都受傷了。」崔南星抓起允棠的手臂給母親看。

祝之遙一驚，忙放下手裡的活兒，起身查看。

允棠搖搖頭。「沒什麼事，只是些皮肉傷。」

「爹爹還活捉了一個，估計是帶到哪裡審去了。」崔南星又問周嬤嬤。「有菓子嗎？我餓了。」

周嬤嬤點頭。「有，我去給姐兒拿。」說罷忙起身。

崔北辰得意地邀功。「母親，今日我還射死一個呢！」

「你厲害！」崔南星難得誇讚道：「今日總算有點男子漢的樣子了。」

祝之遙卻眉頭緊鎖，頗為擔心地看了允棠一眼，隨即道：「行了，你們趕緊回去換身衣裳，把手洗洗，一會兒吃飯叫你們。」

「那讓周嬤嬤把菓子送到我房裡吧！」崔南星在地上滾過，一心只想回去沐浴更衣。

雙生子都走開之後，祝之遙一把拉住允棠的手，急道：「允棠，我們可能是想錯了，妳在找凶手，可凶手也在找妳！」

允棠搖頭。「他們能跟到獵場，趁我和南星落單時下手，說明他們並不是隻手遮天、不怕人知道，相反地，似乎有所忌憚，不敢在人多時下手，也沒信心能在舅舅面前殺得了我。而且……」她看著舅母，猶豫片刻後，才繼續說道：「今日攻擊我們的那群人，似乎並不知道哪個是我。」

祝之遙心頭一緊，沈了沈心思，說道：「請帖已經都送出去了，我們趕得不巧，聖人病了，太子殿下和眾位親王們要輪流侍疾，而瑾王殿下不知為何被官家禁了足。其餘大部分都派人來回了話，說會按時到場，只有前樞密使韓忍，府上還未來人。」

「太子殿下和眾親王們不能到場……」允棠沈吟片刻。「倒是也無妨，這麼好的機會，有心人也必定會派人前來打探的。」

祝之遙不解。「妳就這麼篤定，清珞的事與太子殿下和眾親王們無關？」

「當然不是，相反地，我覺得始作俑者十有八九便是他們。」允棠道。「可真正付諸行動的，卻極有可能另有其人，畢竟想要奪儲，不能留下這麼大的污點。」

「奪儲？」祝之遙一驚，四下瞧了瞧，又壓低聲音問：「妳為什麼這麼說？」

「我母親有軍功在身，又待人溫和，您和舅舅也說了，崔家常年征戰在外，若說有仇家，也只可能是西夏、遼國之輩。我母親即使未出閣便與人私相授受，旁人看不過去，也不過譏諷兩句，沒理由要母親和我的命。」允棠緩緩抬眸。「那麼我能想到的，我們非死不可的原因，就是黨爭了。」

祝之遙大驚失色，忙用手緊緊捂住嘴巴。

允棠繼續道：「當年外祖父身居要職，兵權在握，有可能某方勢力招攬不成，便出此下策，想著生米煮成熟飯，我母親便只能與那人成婚，到時外祖父也只能妥協。可沒想到，我母親竟不聲不響出征。

「本以為計謀失敗，誰知又誕下了我，可另一方若是知曉了，絕不會放任不管。所以……」允棠一字一句道：「一方迷姦，一方追殺，兩方勢力，誰也逃不了干係。」

說到這兒，允棠苦笑兩聲，報仇報到皇子們身上，這日子還真是有盼頭啊！

祝之遙怔怔地盯著前方的地面，似乎還處在震驚之中，沒回過神來。

「現在我需要的，便是證據。當時的、現在的，朝中勢力到底如何盤根錯節，理清楚了，真相也就浮出水面了。」允棠扭頭問道：「舅母，您可知這韓恕是何人？之前從未聽人提起過。」

祝之遙定了定神，道：「當年瑞王大婚時，韓恕也去了，他當時也不過三十多歲，剛出任樞密使。他少年成名，自然帶著股傲氣，我記得就在瑞王大婚的第二天，也是崔家軍出征的那一天，韓恕就被告到開封府，說他與人妻通姦，而後身敗名裂，黯然離京。不過聽妳舅舅說，近日似乎又被召回京了。」

允棠瞇起眼。「哦？」

時間這麼接近，很難不叫人懷疑兩個案子是否有關聯。

「案子審了兩個多月，終於鞫審清楚，韓恕是被人誣告的，當時負責此案的大理寺丞王頡、大理寺少卿朱種民，還有一眾有牽扯的官員，都被落了職，罰了俸祿。」

「誣告？」允棠疑惑地問道。

「嗯。當時是一名商賈，把自己的夫人告到開封府，說她與人私通，這位夫人為了減輕罪責，便主動招認，還與兩人有染，其中，就有這韓恕一個，後來查明，不過是攀誣罷了。」

「既是誣告，為何又會身敗名裂？」

「人言可畏啊！一人一口唾沫都能淹死人了。罪名是去掉了，可眾人看你的眼光，再也回不到從前了。」祝之遙嘆氣道：「對於妳母親來說，又何嘗不是一樣呢？」

允棠沈默。「那依舅母看，這韓恕可是擁護太子？」

祝之遙思索了好一會兒。「當時這個案子鬧得沸沸揚揚，我記得妳外祖父跟妳舅舅也說起過，說太子頗為欣賞韓恕的才華，韓恕能坐到樞密使，太子數次舉薦功不可沒，可大理寺那兩位，還有受牽扯的官員，好像多多少少都與瑄王殿下有些牽扯。」怕允棠不知道，祝之遙又解釋道：「瑄王是三皇子，母親是淑妃。近些年我們不在京中，雖對朝中事宜知之甚少，但也聽說過，瑄王總要跟太子爭個高下的事。可當年，風頭正盛的當數五皇子珩王，和六皇子瑾王，瑄王可是不聲不響呀！」

允棠道：「珺王是皇長子，定有人擁護，瑄王自詡不凡，也必然會想爭一爭，先不說其他皇子有沒有不臣之心，韓恕這個案子，要麼是瑄王誣陷不成，反蝕把米；要麼乾脆是太子一方自導自演，想藉著這個由頭，鏟除異己。」

祝之遙不知道心裡在想什麼，表情很複雜。

「怎麼了？」允棠問。

祝之遙的身子往前湊了湊，盯著她問道：「先不說太子殿下本性純良，不像是能有如此手段的人，我且先問問妳，妳一個長在揚州的小娘子，為何分析起局勢來竟頭頭是道的？」

「我……」允棠做無辜狀地眨了眨眼，心下腹誹：怎麼說？說權謀宮鬥的電視劇和小說我看多了嗎？

沒等她編出答案，祝之遙就先嘆了口氣。

「看來我得讓星兒多讀些書才行了……」

崔奇風回來的時候，天都已經黑透了，祝之遙見他面色不爽快，也知道八成是沒審問出什麼來。

伺候他用熱水泡了腳後，祝之遙又同他說了允棠的推測，他也聽得一愣一愣的。

崔奇風怔怔地道：「自從回京以來，我看街上的小娘子們，不是討論脂粉釵環的款式，就是研究世家公子的相貌，哪有像她一樣，整日在紙上塗塗畫畫，搞一堆大大小小、奇形怪狀的木頭塊……」又想到什麼似的，他猛地轉頭。「遙兒，妳說允棠這十幾年，是不是根本沒見過什麼新鮮玩意兒，也沒人帶她去過什麼地方，所以她就只能悶在房間裡，跟木頭塊為伍啊？」

一番話說得祝之遙心口發酸，嘆氣道：「哎呀，我們得好好補償她才是啊！」

崔奇風點頭如搗蒜。「是啊，回頭妳讓她多接觸接觸女兒家的玩意兒，總比研究那些無聊的政事強。」

「即便是想要琢磨政事，也要有那個腦子啊！」祝之遙心裡不是滋味。「我看星兒和辰兒在這方面，就明顯不如允棠。」

崔奇風一把攬過夫人，安慰道：「怎麼就不如了？今日他們兩個就把允棠保護得很好，星兒臨危不亂，辰兒也頗有大將之風，我這個做父親的很欣慰呢！這就跟朝堂上的百官一樣，有文官，也要有武官，沒什麼好擔憂的。」

祝之遙心裡好受許多，可想到白天允棠說的話，還是不由得憂慮道：「若是真的牽扯到太子……」

崔奇風搖頭，篤定道：「太子殿下絕不是這樣的人。」

翌日清晨，崔府上上下下便忙開了。

當年崔府老小離開汴京時，遣散了大部分奴僕，只留下些不願走的，多半是年紀大的。雖然祝之遙一到崔府便打發人去買了些小廝、婢女，可買來的大部分年紀還小，做事不索利，只得一個老人管好幾個小的，事無鉅細地叮囑，這才勉強維持著。

當年的四司六局早就散了，只留下七嬸一個人在廚房，自然是忙不過來的，祝之遙便定了兩個清風樓的廚娘過來幫忙。

由於宴請的都是皇親貴胄，菜式上不能露怯，雞鴨魚肉都是最基本的，山珍海味也樣樣不缺。

眼看時辰差不多了，祝之遙命人將大門敞開，自己則和崔奇風站在門口迎客。

打老遠，便看到氣派的馬車朝門口駛過來，懷叔示意小廝在門前噼哩啪啦地放起鞭炮來。

到了跟前，才看清打頭騎馬的是殿前司指揮使孔如歸。

待接妻兒下了馬車，一同來到跟前，孔如歸拱手哈哈大笑道：「崔將軍、崔夫人，我是不是頭一個？」

崔奇風也笑。「是，誰也沒你早。」

待兒子孔連城行過禮之後，孔如歸攬住他的肩頭。「那日過後，連城一直吵著要見崔家姊姊呢！今日天沒亮就起了，好不容易挨到時辰，這不，急忙就來了。」

祝之遙朝連城笑道：「允棠還在梳妝，公子稍坐一下，吃些菓子，一會兒便能見著了。」

孔家這邊剛進了門，兩匹高頭烏騅拉著車來到崔府門前，車蓋四角掛著鏤空的竹編燈籠，上書「孟」字，整個車架都是烏木所製，車門上雕刻著精美的花紋，就連那擋著車窗的帷幔都是稀罕的雲錦。

崔奇風一邊拉著夫人下臺階，一邊壓低聲音道：「這是長公主，駙馬是義國公。」

祝之遙面上微笑著，從齒間擠出幾個字。「我不記得請了她呀！」

眼看車夫已經擺好杌凳，崔奇風也來不及回答，忙拉上她垂手候在一旁。

第十二章

一個頭戴花冠的美婦人從馬車上款款而下，崔奇風夫婦倆忙欠身行禮，齊道：「見過長公主。」

長公主微微一笑，雍容華貴之氣四溢。「不過十餘年未見，怎麼生分至此了？不是少時跟著叫我大姊的時候了？」

崔奇風忙道：「臣年少無知，不懂禮數，是長公主寬厚才不怪罪。」

長公主又轉向祝之遙。「自從大婚之後，就沒見過弟妹了，弟妹容顏依舊，我卻是老了。」

「長公主殿下說笑了，您風華正茂，妾蒲柳之姿，怎能相提並論？」

崔奇風又看了看馬車，確認再沒人下來，問道：「義國公沒隨您一起來？」

「嗐！他整日沈迷於修仙之道，胡言亂語的，我都怕嚇到你們，便沒讓他跟著來。」長公主掩口笑。

崔奇風也跟著乾笑幾聲，側身抬手道：「讓長公主殿下就這麼站在門口說話，是臣失禮了！快請！」

將長公主引到正廳主位坐下，又命人擺了上好的茶和菓子，夫婦倆才又回到門前。

沒一會兒，賓客們已經陸陸續續進門，一時間門庭若市。

舊時的文武百官都知崔家滿門忠烈，崔奉雖自貶出京，可論軍功依舊無人能出其右，百官自是敬重有加。崔奇風雖才官至五品，但衝著崔奉的面子，即使是重臣，也無有推託的。賓客中還不乏許多將門之後，奉父親之命前來給崔家捧個場，順路問問崔老將軍近況。

崔奇風被他們團團圍住，一一回應著，雖忙碌，心裡卻也暖洋洋的。

為了不引起懷疑，祝之遙給一些當朝新官也遞了請帖，其中就有翰林學士呂世南。呂申氏進了官眷堆裡自是如魚得水，帶著女兒呂瑤琴馬不停蹄地穿梭在人群中，東邊招呼完西邊笑，不知道的，還以為這娘兒倆是主人家呢！

祝之遙畢竟十餘年沒回過汴京，與那些官眷並不熟稔，好多夫人都是打過招呼之後，便找些平日相熟的湊在一起說話，反倒將她晾在一邊。

不過她還記著允棠說過的話，等著別有用心者自己送上門來。

允棠此時也沒閒著，找了個沒人注意的角落偷偷掃視著賓客們的動靜，只能勉強看到舅母和一群官眷。

「崔夫人，怎麼不見三姑娘？」

這一句話，讓祝之遙和允棠同時打起了精神，祝之遙一抬頭，竟是長公主。

「幹麼呢？」

感覺到肩膀被人拍了一下，允棠回頭，映入眼簾的是崔南星好奇的臉。

「噓！」允棠忙示意表姊噤聲，隨後扭頭去看舅母那邊的動靜。

崔南星不明所以，也伸著脖子去看。

祝之遙笑笑。「讓長公主殿下見笑了，棠姐兒從小不在我們身邊，沒見過這樣的場面，現下怕是躲著不敢見人呢！」

「倒是情有可原。」長公主輕搖團扇，笑容卻不及眼底。「可三姑娘畢竟是崔家的血脈，早晚要面對這些應酬的。我們這些姨母、舅母們也沒別的意思，不過是念著清珞的情，盼著三姑娘能有幾分母親面容，好讓我們這些念著故人的人，心中安慰些罷了。」

本是想等著看看到底誰會耐不住先開口詢問，誰知道卻讓長公主搶了先。

祝之遙只知道崔清珞與瑾王青梅竹馬一同長大，卻不知道與這長公主到底關係如何，仔細想想，似乎也並未聽清珞經常提起過有這號人物。

可長公主的身分在那兒，也無法敷衍，因此祝之遙眉眼含笑地道：「長公主殿下放心，一會兒開席，我定叫她出來。周嬤嬤，再去催一催。」

周嬤嬤頷首退開。

「對了，怎麼不見妳那對雙生子？」長公主問。

祝之遙嘆氣道：「那兩隻皮猴子，在邊關是野慣了，冷不防困在這宅子裡，也是渾身都難受呢！」

長公主也嘆氣。「崔老將軍執拗，可是苦了你們了。」

角落裡被稱作皮猴子的崔南星，自然是不服氣，鼻子裡「哼」了一聲，白眼快翻到天上去了。

允棠有些沮喪，回過身來，靠著牆緩緩坐下。

怎麼會沒人來問呢？難道是她想錯了？難不成自己初到汴京，入住魏國公府這段時日，凶手便已經見過她的相貌了？

這個想法讓她不寒而慄，她腦海裡不斷回憶著，到汴京以來見過的所有人。

瑾王？魏國公？那一群官眷中的某一個？還是一直躲在暗處的什麼人？

「妳在想什麼？」崔南星提起裙子蹲下來，又忙伸手扶了扶頭上的步搖。「哎呀，頭上戴這鬼東西太不方便了！」

允棠這才細看崔南星，難得還塗了脂粉，描了眉，梳了同心髻，兩側簪花掩鬢更顯俏皮，髮髻一側別著一支鎏金點翠的步搖，美倒是美，不過……

果然，下一秒，崔南星便一把扯下那支步搖，小心翼翼地別在允棠的髮髻上。

「還是給妳戴吧，這東西不適合我。」別好之後，還向後挪了挪，欣賞自己的作品，滿意地點點頭。「嗯！果然妳戴更好看些！」

「那我的玉簪給妳。」允棠剛想抬手去拿玉簪，就被崔南星按住。

「別！我就這樣挺好的。」崔南星挨著她坐下，抱膝說道：「真不知道爹爹和娘親是怎麼想的，沒事搞這個宴席幹麼？搞得院子裡都烏煙瘴氣的。」

允棠知道這其中的「烏煙瘴氣」指的是什麼，剛剛有三、四個與她們年紀相仿的小娘子湊在一起比誰首飾上的珍珠更大顆、誰衣裳的布料更稀有。

「雖然這幾年戰事沒那麼頻繁了，但邊關百姓戰後重建數年，也不過才滿足溫飽，而她們隨隨便便一件衣裳，都能換好多糧食，夠百姓們吃好久了。」崔南星無聊地從地上扯起一片草葉。「有時候真不知道，戰場上無數將士們豁出命去為的是什麼，難道是為了讓她們在這裡比美的嗎？」

「當然不是。」允棠道。「將士們奮力廝殺，是保國家疆土，保一方安寧。只有和平盛世，百姓們才不滿足於果腹，想方設法做出更好的吃食；文人墨客們酒足飯飽之後，才能寫出慷慨詩詞，流傳於後世。」說完，她又朝院子裡努嘴。「這其中的賓客，多數也都是於社稷有功之臣，才能得蒙聖眷，拿朝廷俸祿和賞賜，夫人封以誥命，兒女也生活優渥，但官家本意絕不是主張奢靡。她們的做法我不贊同，但是可以理解。」

崔南星聽了這一番長篇大論，吞了吞口水，怔怔地道：「怪不得娘總說妳腦子好使。」

「哎喲，兩位姑娘，可找著妳們了！夫——」周嬤嬤剛要再開口，見允棠做噤聲的動作，雖不明所以，但也還是壓低聲音，學著兩位姑娘的樣子，貼著牆蹲下來。

「怎麼？娘是想讓我們也出去應酬嗎？」崔南星忿忿地道。

周嬤嬤道：「應酬有將軍和夫人呢，但是姑娘們也不能躲著不見人不是？星姐兒不想出去看看？外面來了很多高門小娘子……」

「不想！」崔南星別過頭去。「我又不認識她們，跟她們也沒什麼好聊的。」

「聽夫人的意思，我們還要留在汴京一陣子呢，星姐兒總得交些朋友不是？平時可以一起去遊遊船、逛逛園子啊！」周嬤嬤苦口婆心地勸道。

崔南星挽上允棠的手臂。「我有朋友啊，允棠就是我的好朋友，我們一起玩得可好了！」

「南星，」允棠轉頭。「我要交給妳一個光榮而艱鉅的任務。」

「是什麼？」崔南星眼睛一亮。

「一會兒出去，舅母將我介紹給大家認識時，如果有人特別注意我的容貌，死死盯著我不放那種，妳統統記下名字來。」

「這還不簡單？」崔南星拍著胸脯保證。「包在我身上！」

看著嬤嬤們擺席，祝之遙眉間淡淡的愁容不散。長公主之後，倒是有幾位夫人前來問過允棠，像是翰林學士呂夫人、忠武將軍原夫人等等，前者明顯一臉三姑六婆樣，後者則是不經意地寒暄，都與想像中的表現相差甚遠。

看來果然重頭戲都在將軍那一邊。

心裡有事，便覺得天氣也燥熱難耐，祝之遙手中團扇搧得飛快，蹙眉吩咐下人道：「王嬤嬤，天氣熱，再去多取些冰來！」

沒一會兒，崔奇風神秘兮兮地跑過來，將夫人拉到一邊彙報道：「可真的是有幾人追著我問允棠呢！妳猜是誰？」

祝之遙一臉無奈。「我要是能猜著，就不必辦這宴席了。」

「孔家那小子就不提了，八成是看上咱們家允棠了。」崔奇風嘿嘿一笑，見夫人嚴肅的表情，趕忙收起笑容，正色道：「魏國公沈聿風、瑄王和瑾王的妻弟楚翰學，還有都承旨鄭戩。」

「國公爺不是跟你情同手足嗎？還故意說來做什麼？」

崔奇風咧嘴笑。「這正是我要與妳說的呀，看樣子，沈兄是想同我們做親家呢！」

祝之遙捶了他一拳，嗔道：「我們允棠是女兒家，這話也是能胡亂說的？再說了，我是準備把允棠嫁給辰兒的。」

「辰兒？」崔奇風一拍腦袋，樂道：「我怎麼沒想到？還是夫人聰明！」說罷張開雙臂又要去抱。

「嘖！」祝之遙打掉他的手，白了他一眼。「這麼多人看著呢！」

崔奇風左右瞧瞧，確實不太方便，只好訕訕地收回手。

祝之遙問道：「不過，你說的都承旨鄭戩，又是什麼人？」

崔奇風猶豫片刻後，如實說道：「他是太子殿下的人。」

眼見席面已經擺好了，卻因長公主去了池子邊看荷花，需得再等上一會兒，無聊的崔南星便拉上允棠，去一旁的小院子裡捉螞蚱。

崔南星伏在草叢邊，目不轉睛地盯著一隻螞蚱，看準時機，猛地向前一撲，感覺到手中活物在掙扎，她興奮地跳起來朝身後大喊：「我抓到啦！」

允棠在一旁鞦韆上，還未來得及開口，就聽見背後傳來一聲嗤笑。

轉過頭去看，原來是剛才在院子裡攀比的那幾個小娘子，為首的正是呂申氏的女兒——呂瑤琴。

呂瑤琴身穿絳色纏枝牡丹紗裙，外面套一件月白色花羅交領窄袖絹絲襦，頭上花鈿上鑲嵌著三顆渾圓的大珍珠，十分搶眼。

身後三名小娘子的衣服配飾也盡顯尊貴，幾人面上都是一色的趾高氣揚。

崔南星見她們來了，皺起眉，警覺地來到允棠身邊。

「這兩個是誰家的呀？」呂瑤琴雖用團扇擋著嘴巴，可聲音卻是一點也沒壓低，絲毫沒有避諱的意思。

一旁的黃衫小娘子露出鄙夷的神色，搖搖頭道：「我是沒見過。仲家妹妹，妳可識得？」

仲家小娘子從頭到腳打量了崔南星一遍後，「嘖嘖」道：「是剛入汴京的吧？看她這衣裳，是兩年前的款式吧？我還是頭一次見到能把衣裳洗得這麼舊的呢！」

崔南星哪能聽得了這樣陰陽怪氣的話？當即把手裡的螞蚱一扔，脖子一仰，嚷道：「妳說誰呢？」

允棠雙手拉著鞦韆的繩子，歪著頭去看那幾人，臉上看不出任何表情。

第四位粉衣裳的，對崔南星的話充耳不聞，皺眉嫌棄道：「那裙子、鞋子，全都沾了泥土了，還能要嗎？」

呂瑤琴掩口笑道：「仲家妹妹不都說了？這衣裳好好洗洗，至少還能穿個十年、八年呢，妳們說是吧？」

幾人聽了，都掩袖笑了起來。

崔南星怒不可遏，恨不得上前手撕了那幾個人。

允棠適時起身制止了她，先動手可不占理。

「妳們看到沒有？」呂瑤琴又指著允棠的頭頂，驚呼道：「又是步搖、又是玉簪的，這是把家底都戴出來了吧！」

幾人又格格笑起來，不時還互相耳語幾句，之後便笑得更大聲了。

崔南星轉頭，看允棠頭上本來的髮飾都是淺色的貝母、玉石之類，她這鎏金步搖一簪上去，確實有些不倫不類，情急之下，便想伸手去摘下來。

誰知允棠抬手一扶那鎏金步搖，阻擋住她的動作，隨即看著呂瑤琴等人，也跟著笑出聲來。

呂瑤琴見狀反倒是一怔，不由得狐疑地問道：「妳笑什麼？」

「怎麼？許妳們笑，就不許我們笑了？」崔南星沒好氣地回道。

允棠展開笑顏。「呂姑娘是吧？」

「妳是什麼人？」呂瑤琴警覺起來。

允棠笑笑，故作神秘狀，輕聲道：「說起來，我還是從蕭卿塵口中聽說呂姑娘妳的呢！」

「蕭小公爺？」黃衫小娘子驚詫道。

仲家小娘子更是一副不相信的模樣，高聲問道：「妳跟小公爺什麼關係？他怎麼會跟妳這樣的人聊天？」

「我們是什麼樣的人？」崔南星咬牙瞪過去。「也不撒泡尿照照自己的長相，真是白費了那麼多好看的首飾！」

「妳……」仲家小娘子氣得漲紅臉。「到底哪來的鄉野村婦，滿口污言穢語！崔將軍怎麼會邀請妳們？怕是混進來的吧？」

「這就污言穢語了？」崔南星嗤之以鼻。「難不成妳每天——唔！」

在她說出更難聽的話之前，允棠趕緊上前捂住她的嘴。

「喂！」呂瑤琴不耐煩地打斷她們的鬧劇。「那個，蕭卿塵說我什麼了？」

「想知道？」允棠狡黠地挑眉。

呂瑤琴眉頭緊鎖，聞言別過頭去，「哼」了一聲。「妳不說就算了！」

「南星，我們走。」允棠說著就要拉著崔南星轉身。

「喂！」呂瑤琴急了，從頭上拔下一支珠釵。「妳要是告訴我，我就把這個送給妳。」

允棠斜睨了一眼，不以為然地道：「這麼俗氣的東西，還是妳自己留著吧！」

眼見呂瑤琴急得跳腳，允棠又笑笑地說道：「其實告訴妳也無妨，蕭卿塵說了，他很佩服妳。」

呂瑤琴面上不由得飛起紅暈，轉著團扇柔聲道：「我有什麼好讓他佩服的……」

那嬌羞的表情，與剛才尖酸刻薄的模樣，簡直判若兩人。

別怪我當眾揭妳短啊！允棠不由得腹誹。誰讓妳說話含譏帶諷的？

「自然是——」

「自然是佩服妳不慕權貴，勇敢追求愛情了。」一個慵懶的男聲從院子的另一頭響起。

此言一出，呂瑤琴的面色瞬間變得慘白。

「小公爺！」黃衫小娘子眼尖，手指著一個方向驚呼道。

眾人循著聲音望去，果然見到蕭卿塵懶洋洋地從樹下起身，看樣子像是睡過一覺了。

允棠愣住，他什麼時候在這兒的？

蕭卿塵邊打著哈欠，邊來到幾人跟前，見呂瑤琴咬著嘴唇不說話，也沒有落井下石的意思，只是對允棠輕聲道：「走吧？」

仲家小娘子見他對允棠柔聲細語，氣得一甩帕子。

允棠跟著向前走了幾步，又回頭看了一眼呂瑤琴，後者果然站在那裡眼圈通紅，眼看就要哭出來的樣子。

同樣的話，從蕭卿塵嘴裡說出來，自然打擊更大些。不過畢竟也沒點明，算是給呂姑娘留面子了。

「你什麼時候來的？」允棠快步跟上他。

「有一陣了，懶得跟他們應酬，就跑到這邊來躲清靜，結果被她們吵醒了。」蕭卿塵笑道，回頭指了指。「那棵桂花樹不錯，樹下很涼快。」

允棠發現他頭上還沾了片樹葉，便提醒道：「你頭上……」

見他在頭上胡亂抹了兩下，樹葉卻紋絲不動，允棠只好抬手去幫他摘，蕭卿塵則乖乖地低下頭等著。

崔南星見兩人熟稔的模樣，驚得瞪大雙眼，好像得知了什麼了不得的事。

「姑娘，開席了！」周嬤嬤老遠迎過來，待走近了看清來人，遂恭敬行禮道：「小公爺，請入座吧，馬上要開席了。」

「好。」

因男賓客以武將居多，眾人便提議將桌子擺在院子裡，乘著樹蔭暢談吃酒。

也不等下人們動手，幾個健壯的合力一抬，其餘人一手一把拎著椅子，一陣叮噹亂響，三下五除二就搬了個乾淨。

官眷和小娘子們還是在屋內，不過得知屏風那邊被搬空，多少也沒那麼拘束了。

此時席面上各色菜餚已經齊全，嬤嬤們又給女眷們上了各種冰鎮的果子飲，黃的、綠的，看上去十分清爽可口。

長公主笑盈盈地坐在主位，偏頭問道：「三姑娘此時人在何處啊？」

祝之遙笑道：「已經叫人去尋了。」

「來了、來了！」周嬤嬤剛走到門外，急忙應了兩聲。

見允棠來到堂內，祝之遙起身介紹道：「這便是崔家三姑娘，我的外甥女，今年已經及笄了。」一說完，便不動聲色地退到一旁，默默觀察著席上眾人的神色。

崔南星也沒閒著，假意尋找座位，來到另一側，好能縱觀全席。

允棠來到中央，落落大方地欠身行禮。「見過長公主殿下，見過各位夫人。」

「嘖嘖，三姑娘跟她母親，簡直一模一樣啊！」馬上就有人驚呼。

「是啊是啊！依我看，好像三姑娘更嬌弱些？」

呂申氏雖沒見過崔清珞，但也不甘人後，掩口笑道：「我雖沒眼福，沒見過三姑娘的母親，可這眼瞧著三姑娘就是個美人胚子，真是羨煞旁人啊！」還要再開口，見女兒神色萎靡地進了廳堂，呂申氏急急迎上去低聲詢問，再顧不得說些應承的話。

掃視好幾遍後，祝之遙心裡有了數，與崔南星對視一眼，母女二人的目光齊齊落在長公主身上。

似乎是感覺到了什麼，長公主緩緩起身，來到允棠面前，執起那雙柔荑，柔聲道：「三姑娘也許不知道，我母親，當今皇后，也是把清珞當作女兒一樣看待的。」

「是啊！」一位夫人附和道：「聖人對崔三娘子甚是偏愛，只要是長公主殿下有的，崔三娘子也定會有。」

長公主眼中的不悅一閃而過，而允棠卻捕捉到了那微妙的神色。

「可惜我母親病了，不然她老人家也定是要見見妳的。」長公主拍了拍允棠的手。「這不，我便是替她老人家先過來看看，他日若問起，我也好應答不是？」

「民女多謝聖人偏愛。」允棠頷首。

長公主不由得稱讚道：「瞧瞧、瞧瞧，多知書達禮的孩子！」

眾夫人紛紛點頭附和。

祝之遙看著時候差不多了，笑道：「長公主殿下、各位夫人，妳們先慢用，我帶三姑娘去外面打個招呼，去去就回。」

二人轉身出了門，在門口頓了頓，祝之遙面帶愁容，看了允棠一眼。

不光是允棠，就連祝之遙也感覺到了，長公主的眼神很淩厲，並不像是長輩慈愛看待晚輩的眼神。

可長公主剛才也說了，是替皇后來的，這樣一來，不請自來似乎也算說得過去。

「遙兒，快來！」崔奇風招呼著。

來不及多想，允棠跟著舅母來到席間，又是一番行禮。

感受到席間一道熾熱的目光，允棠瞥過去，正好與蕭卿塵四目相對。

剛要展開笑顏，蕭卿塵的臉就被一個笑咪咪的中年人給探身擋住了。

允棠一怔。

沈聿風揮揮手，自我介紹道：「三姑娘，我是沈聿風啊，卿塵的父親！妳──」沈聿風本想提起在魏國公府養傷的事，後又覺得不妥，正遲疑著怎麼開口時，頭就被人推到了一邊。

蕭卿塵沒好氣地說道：「不要擋著我！」

「沈兄，怎麼樣？我的外甥女好看吧？」崔奇風得意地道。

算起來，沈聿風和允棠還是第一次正式見面，沈聿風樂得合不攏嘴，點頭如搗蒜道：「好看、好看！和我們塵哥兒真是郎才女貌，天造地設的一對！」

祝之遙偷偷從身後掐了崔奇風一把。

崔奇風後背一僵，立即皺眉道：「哎，沈兄，話也不能這麼說。我們棠姐兒還沒談婚論嫁呢，這傳出去像什麼話？」

「我這不就是正在與你商量婚事嘛！」沈聿風一攤手。

「國公爺，塵哥兒風流的名聲可早就遍布京城了，崔將軍怕是不肯把三姑娘嫁給他吧！」一名將軍聲如洪鐘道。

沈聿風「嘖」了一聲。「那不過是謠言而已嘛，作不得數的。」

孔如歸搶著張口。「崔將軍要是想給三姑娘說親事，也考慮考慮我們家連城啊！」

「你家連城才幾歲啊？」身邊的中年將軍，抬起手揉了揉連城的頭。

孔連城的臉瞬間漲紅，擋開伸過來的大手，爭辯道：「我都十五了！」

眾人哄笑。

蕭卿塵抬頭去看允棠的表情，誰知卻發現她壓根兒沒在聽。

允棠注意到有兩人並不和其他人一樣說笑，一個總是偷偷瞥向她，每每有眼神接觸時，又會迅速彈開。

另一個倒是不躲避，但是滿眼惆悵，一副欲言又止的模樣。

接下來便是觥籌交錯，推杯換盞的環節。

席間，夫人們聊起的不過是誰家茶樓出了新口味的點心、哪家成衣鋪出了新款式的襦裙，又或是京中娘子間新興起了什麼樣的妝髮式樣，不過都是些瑣事罷了。

不知是不是刻意留意過的緣故，允棠總覺得長公主看過來的眼神，算不得善意。

吃過一會兒，池心亭裡隱隱約約傳來琵琶聲，原來是請了樂妓來助興。

有感興趣的，便起身朝蓮花池那邊去了。

允棠也跟著出門，假意伺弄花草，眼睛卻盯住前方獨自佇立在樹下的一人。

「他是都承旨鄭戬。」

允棠錯愕地轉頭，看著蕭卿塵走過來同她並肩而立。「什麼？」

「據我所知，他為人正直敦厚，辦事穩妥，官家頗為重視他。」

「你說這些做什麼？」

蕭卿塵咧嘴一笑。「妳不是想知道嗎？」說完，嘴巴又朝另一邊努了努。

允棠循著方向看過去，池邊一個身著褐紅色長袍的男子，正癡迷地看向池心亭中彈奏琵琶的樂妓。

「他是瑄王妃和瑾王妃的弟弟，叫楚翰學，我們在州橋初見時，我便是在查他的案子。他不學無術，風流好色，不是什麼好人，妳不要接近他。」

允棠沈默。

到現在為止，她還未跟任何人提起過對這兩個人的懷疑。

為何蕭卿塵能這麼精準地告訴她這些？他還知道些什麼？

帶著這些疑問，她抬起臉去看他，他卻已經迎著微風瞇起眼，一副悠然自得的樣子。

她承認，他的臉是好看的，輪廓乾淨俐落，眉眼深邃，鼻梁高挺。

「看夠了嗎？」蕭卿塵並未看她。

允棠心虛地轉回頭，嘴硬道：「誰看你了？我只是……」

蕭卿塵抿起嘴微笑。

看他得意的樣子，允棠突然想捉弄他一下。「我只是看你頭上有隻飛蛾。」

話音剛落，身邊畫一般的男子猛地墜入凡塵。他驚得跳腳，頭像撥浪鼓一樣甩著，想用手去抹，又慌亂地想把手藏進袖子。

允棠先是一怔，隨後噗哧一下，笑出聲來。

一番跳大神似的手舞足蹈之後，蕭卿塵似乎整個人都虛脫了，他頭髮凌亂，有氣無力地問道：「飛走了吧？」

允棠笑得肚子疼，點頭道：「飛走了。」

蕭卿塵長吁一口氣，身子一蜷，徑直坐在地上。

「你為什麼會怕飛蛾啊？」允棠蹲下來問道。

蕭卿塵只覺得渾身寒毛直豎，他急忙抬手，驚魂未定地道：「不要說那兩個字。」

崔奇風和沈聿風兩人正負著手，看著兩個人兒笑著、鬧著，沈聿風得意地道：「怎麼樣？我說情投意合，沒騙你吧？」

崔奇風還未開口，懷叔突然慌慌張張地來到身側，神秘地耳語了幾句。

「有這等事？」崔奇風皺眉。

懷叔忙點頭。「其實來了有一陣了，我見客人們正在席上，便私自作主攔下，這會兒又鬧起來了。」

崔奇風從鼻子裡哼氣。「我知道了。」說罷轉頭對沈聿風道：「沈兄，我去處理些家事，先失陪。」

沈聿風擺擺手。「去吧去吧！」

崔奇風隨著懷叔來到東南角小門，還未等靠近，便聽到門外的人扯著嗓子喊著——「我聽到腳步聲了，快給我開門！不然我到前門去敲，看誰臉上不好看！」是崔清瓔的聲音。

崔奇風怒火中燒，三步併作兩步上前，一把拉開門閂。

崔清瓔正用力拍著門，忽然手下一空，整個人撲了進去。

崔奇風側身一閃。

崔清瓔一個趔趄，險些摔倒，剛要破口大罵，回身見是哥哥，難聽的話硬生生吞了回去。

「大哥，家裡辦席，怎麼也不告訴妹妹一聲？」崔清瓔置氣道。

如果說之前對這個同父異母的妹妹只是不喜歡而已，如今聽允棠說了真相之後，對她簡直可以說是恨之入骨了。崔奇風冷眼看著她，反問道：「不告訴妳又如何？」

「大哥這話是什麼意思？」崔清瓔蹙眉問道。「如今崔家這一輩，就只剩你我二人，這麼大的席面我都不到場幫襯著，叫別人看了——」

「夠了！」崔奇風打斷她。「在懷叔好言相勸時，妳就應該識趣些。我沒工夫和妳在這兒閒扯，妳趕緊走，再鬧下去，別怪我翻臉！」

崔清瓔錯愕，雖然那日在晁府，大哥也訓斥了她幾句，但是她的哭訴還是有用的。可今日卻是完全不留情面，她從語氣中已經明顯感覺到，若是她真的賴著不走，被扔出去也是有可能的。

「大哥……」崔清瓔拿出對待夫君的方法，嬌滴滴地央求著，同時還伸手去扯崔奇風的袖子。

崔奇風將手負在身後，躲開她的手，眸子裡射出寒星，厲聲道：「妳是要我親自送妳出去嗎？」「親自」二字，他特意加重了語氣。

與他對視一眼，崔清瓔不自覺一個激靈，登時服軟道：「我走，我走還不行嗎？」

她剛邁出門去，身後門扇便「砰」的一聲關上，隨後聽到崔奇風的聲音響起——

「懷叔，去買條獵狗，拴在門口，別再讓不相干的人靠近！」

候在外面的楊嬤嬤迎上前，看崔清瓔的表情也便知道結果了，輕聲道：「夫人，咱們回吧。」

崔清瓔恨得牙癢癢的，一下一下咬著指甲，忿忿道：「定是有人在大哥面前說了什麼！是那個小賤蹄子，還是那個低賤的商女？」

「夫人，快別說了。」

楊嬤嬤生怕難聽的話再被崔府的人聽到，忙拉著她快步離開。

回到晁府，經過偏廳時聽見有人在說話，崔清瓔本就心情不好，皺眉問道：「家裡來人了？」

楊嬤嬤探頭看了一下，回道：「是老太太那個嫁到褫州的五妹，夫家姓歐陽的姨母來了。」

崔清瓔嫌惡地一甩袖子。「那歐陽家不過一個九品芝麻官，沒事老往這兒跑做什麼？莫不是來打秋風的？」

「夫人，咱們還是過去打個招呼吧？」

「不去！」崔清瓔轉頭剛想走，就聽見偏廳裡傳來老太太的笑聲。

「我勸阻她做什麼？」晁老太太笑道。「人家親家將軍壓根兒就沒請她，意思不是很明顯嗎？從別處知道了消息就巴巴地趕過去，喔，就能進得了崔家的門了？」

歐陽姨母道：「老姊姊，妳讓我這臉皮薄的人去做這樣的事，我還做不來呢！」

又是一陣哄笑。

晁老太太又道：「我家大郎啊，就是鬼迷了心竅，只願意聽她那滿口胡言。都已經一把年紀了，還學小娘子們使那些狐媚子手段，簡直叫人不忍直視。」

崔清瓔在外面聽著，後槽牙都要咬斷了。

「義哥兒連一兒半女都沒有，始終不妥，姊姊妳要是信得過我的眼光，就等我給義哥兒物色一個好生養的。」

「那敢情好！妳要是能為我去了這個心病，妳那個大孫女出嫁，我給添一份嫁妝。」
「那咱們可說好了！」歐陽姨母的聲音裡透著愉悅。
「這個老不死的！」崔清瓔咒罵一聲，拂袖而去。

皇宮，仁明殿。
太子在溫水裡浸濕了帕子，又擰乾，在皇后額頭上輕輕擦拭著。
皇太孫則垂手立在一旁，面露擔憂之色。
這時內侍通報。「官家駕到！」
太子把帕子遞給一旁的宮女，急忙起身行禮。「父親！」
「祖父！」
官家擺擺手，示意他們免禮，又來到皇后榻前，用手背試了試皇后額頭的溫度後皺眉道：「還是很燙啊！」
屏風外的一眾醫官聞言伏了一地，捶胸高呼道：「臣等無能！請官家降罪！」
「官家……」皇后緩緩睜眼。
「皇后！」官家忙去握住她抬起的手。
「是我吃不下藥……醫官們已經盡力了，不要為難他們……」
官家長嘆了一口氣。「好，朕答應妳，絕不為難他們。」

皇后說這幾句話，像是用盡了力氣，聽官家答應後，又重新合上眼。
「聽舜華說，她去了崔府赴宴，見到了允棠。」官家輕撫著皇后的手，細聲說道：「她說了，那孩子長得跟清珞簡直是一模一樣。」
皇后掙扎著想要起身，無奈渾身刺痛，最終只能放棄，她直直盯著官家，聲音顫抖。
「真的？」
「如果妳想見她，把她召來侍疾，可好？」
皇后不說話，只是紅了眼眶。
皇太孫乘機開口道：「祖母，若是您不想讓崔三姑娘太累，可得好好吃藥了，您好些，她才能輕鬆些。」
皇后輕輕點頭。
太子大喜，忙吩咐宮女道：「快去，把藥熱了端來！」
官家看向皇太孫，心中頗是欣慰。「弘易啊，這件事就交給你，你親自去崔府，把允棠接來。喔對了，跟崔奇風透露一下，朕想收允棠為義孫女的事，免得他胡思亂想。」
「是，祖父。」
爺孫三人，看著皇后把藥喝了個乾淨，沈沈睡去後，才各自回宮。
翌日一早，皇太孫便叫上蕭卿塵，直奔崔府。

一路上，蕭卿塵都不開口。

皇太孫調侃道：「不過是想讓她給祖母一些寬慰，又不會真讓她做什麼辛苦的事，你至於這麼擔心嗎？」

「我擔心的不是這個。」

「那你是擔心，她進了宮，離真相越來越近，若有朝一日，她發覺你早就知道，並且幫著隱瞞——」

蕭卿塵的心揪了一下。「殿下，別說了。」

「唉！」皇太孫嘆氣。「我知道，你不告訴她，是因為父親和我。如果真有那麼一天，我可以替你辯解幾句。」

蕭卿塵苦笑著搖搖頭，若是真有那麼一天，恐怕連辯解的機會都不會有。

胡思亂想間，到了崔府門口，見了崔奇風，說明來意，崔府上下無不露出驚訝之色。

在等允棠出來的時間，崔奇風忍不住再一次問道：「殿下，官家和聖人真的想要認允棠為義孫女？」

皇太孫點頭。「是祖父親口說的。」

崔奇風扭頭去看祝之遙，面色複雜。

沒一會兒，允棠帶著小滿來到正廳，小滿手上提了一個不大的包袱。

皇太孫提醒道：「三姑娘不如多帶些東西，祖母這次病來如山倒，妳怕是要在宮裡待上些時日才能回來了。」

允棠輕笑。「想來宮裡也是什麼都不缺的，帶些用慣的小玩意兒足夠了。」

皇太孫讚許地點點頭。「那我們走吧？」

「舅母，」允棠喚道。「煩勞舅母找個人去晁家傳個話，告訴晁老夫人，我這陣子不能去給她請安了。」

「好。」

出了門，皇太孫見蕭卿塵像是有滿腹的話要講，便輕拍他的肩膀。「你們慢慢聊，我在宮門口等你。」

馬車不疾不徐地在街上走著，蕭卿塵騎馬跟在一側。

允棠往一邊挪了挪，用不大的聲音朝窗外問道：「我可是要遭難了？」

蕭卿塵聽到後一愣，騎馬跟近兩步。「為什麼這麼問？」

「看你的表情啊，好像此次我入宮，並不是什麼好事。」

蕭卿塵喉結滑動，努力擠出一個笑容，想起她隔著紗簾根本看不到，嘴角又頹然抿平。

「沒有，妳不要多想，官家和聖人都是很溫和的人。」

「那你幹麼哭喪著臉？」

「聖人臥病，襄寧郡主可能也會去，若是她欺負妳，妳便把實情告訴官家和聖人，她平日素來跋扈，宮裡人盡皆知，官家和聖人自會替妳作主的。」

允棠微微一笑。「好。」

「深宮內苑，我不便常去，妳自己要多加小心。」蕭卿塵不放心，又提醒道：「聖人是太子和長公主的生母，慈愛和善；瑄王的生母淑妃心機深沈，妳要儘量躲遠一些，不要為逞一時的口舌之快去得罪她；而璟王和瑾王的生母貴妃，是官家的寵妃，同貴妃說話時做小伏低一些，她便不會挑妳錯處。

「若是實在有事需要幫忙，可以找人傳消息給皇太孫，或者去找瑞王生母賢妃，賢妃娘娘是有大智慧的人。」一口氣說了許多話，蕭卿塵還嫌不夠。「至於幾位郡主，除了襄寧郡主，性子驕橫些的就只有瑄王家的長寧郡主了，可妳也不用太過擔心，長寧郡主與襄寧郡主素來不和，正所謂——」

「敵人的敵人，就是朋友嘛，我懂的。」允棠搶著說道。

「還有啊……」

「蕭卿塵，」允棠一掀紗簾，露出一張俏臉。「你放心，我不會有事的。」

蕭卿塵怔怔地看著她，他差點忘了，她是敢孤身一人對抗四、五名殺手的人。

那日她昏厥過去，他帶人回到東臨莊去收集證據，探查那爆炸的枕流亭時，發覺其中並無炸藥。

一個懂得利用麵粉炸死殺手的姑娘，又怎會在女兒家的勾心鬥角中吃虧呢？

想到這兒，他釋然地點頭。「好。」

馬車來到宮門前，皇太孫果然早就候在那兒了，頗意味深長地看了蕭卿塵一眼後，對允棠道：「崔三姑娘，準備好了嗎？」

「聽殿下的意思，好像民女進了這個宮門，便再也出不去了。」

皇太孫忙解釋道：「姑娘誤會了，此番請姑娘來，實乃不情之請。祖母年邁，每每思及故人便不住傷懷，舊病未癒又添新病。聽聞姑娘與崔家姑母容貌相似，這才想著有姑娘在身側，祖母多少能寬慰些，絕非以皇權強壓於姑娘。若是姑娘不願意，我這就送姑娘回去。」

允棠笑笑。「殿下也誤會了，能為中宮聖人寬心，幸何如之。只是民女有一事不明，若是殿下能解民女心中疑惑，想必民女也能更盡心地服侍聖人。」

「姑娘請說。」

「民女母親的忌日，已經過去一段時日了，聖人為何此時突然為母親傷懷？」

皇太孫一愣，剛想轉頭去看蕭卿塵，又覺得不妥，稍一思索，才笑道：「這個我也不甚清楚，許是見了崔姑母生前用過的物件，才惹得祖母傷心了。」

允棠輕輕點頭。「多謝殿下，民女知道了。」

「別讓祖母多等了，我們快進去吧！」

進了宮門，已有內侍候在那兒，只等一行人進來，在前引路。

小滿一雙眼睛不住地偷偷打量著，本想拉著允棠說上幾句，可瞥了瞥前面的皇太孫，話到嘴邊又憋了回去。

終於來到仁明殿，一進門，便有宮女上來從小滿手裡接過包袱，又有宮女伺候兩人洗手、擦手。

皇太孫和蕭卿塵先一步進去給皇后請安，皇后得知允棠就在外頭，激動得讓解嬤嬤扶著起身。

允棠遞回擦手的帕子，不著痕跡地掃視了一圈。聖人雖為一國之母，可這殿裡陳設卻根本算不上華貴，甚至有些家具看上去比崔府的還要古樸。

朝一旁的耳殿看過去，儼然是一座佛堂。中央紫檀木桌上供著一尊玉觀音，觀音像前的汝窯天青奩式香爐內，檀香裊裊，香案前擺了兩個蒲團。

「姑娘，快進去吧！」內侍訾榮提醒道。

定了定神，又提了一口氣，允棠來到內殿。

皇后在榻上翹首盼望，待允棠從屏風後繞過來，一看到那張熟悉的面容，瞬間便紅了眼眶。

「快過來，讓吾瞧瞧。」皇后伸出微微顫抖的手。

允棠乖乖來到榻前，跪坐在地上，仰臉讓皇后看個清楚。

「妳果然像極了妳母親……」皇后的手，輕輕撫上她的臉，哽咽道：「這些年，妳受苦了。」

允棠搖頭。「有飽飯吃，有乾淨的宅子住，民女不覺得苦。」瞥見皇太孫從宮女手中接過藥碗，她又道：「聖人，讓民女服侍您喝藥吧？」

「叫祖母吧，也別民女、民女的了，聽著怪彆扭，像妳平日在家一樣說話吧。」

「是。」

解嬤嬤扶著皇后倚在憑几上。

允棠起身端過藥碗，側身坐在榻上，舀了一勺湯藥，輕輕吹了吹，又送到皇后嘴邊。

蕭卿塵見狀，剛要上前提醒，卻被皇太孫一把拉住。

皇太孫輕搖搖頭，又使了個眼色，二人默默退出仁明殿。

「殿下為何攔著我？」蕭卿塵急急問道。「她剛才所作所為，並不合禮數。」

「你沒看見祖母的樣子嗎？那目光從未離開過崔三姑娘面龐半寸。」皇太孫輕嘆口氣。「只要祖母能好起來，什麼禮數不禮數的，並不重要。」

「聖人自然是不會怪罪她，可若是他日其他娘子，或是親王、郡主來侍疾，難保不會將此事當作引子，訓斥她一番。」蕭卿塵還是放心不下，憂慮道：「她初次進宮，好多規矩還沒來得及學……」

皇太孫攬上蕭卿塵的肩，調侃道：「如今我總算知道，關心則亂是什麼樣子了。平日你蕭卿塵什麼時候守過規矩？即便是我祖父看到你也要頭疼幾分，如今是怎麼了？」

蕭卿塵悶著不說話。

「從前你不是說她鬼靈精呢，不會讓自己吃虧的？不過話又說回來，」皇太孫嘖嘖稱奇道：

「這崔三姑娘的確不簡單，剛剛輕描淡寫一句話就切中要害，連我都差點露餡兒。」

「她聰明，又敏感，恐怕瞞不了她多久。」

「放心。」皇太孫鬆開手，正經起來。「我跟你從小一起長大，怎會看著你陷入兩難？」

「殿下……」

「走，換個地方說。」

金明池上，湖水映照著對岸鬱鬱蔥蔥的樹木，一片靜謐景象，無風，水面上一點漣漪都沒有。

一條船划過，打破這平靜。

皇太孫看著點點波光，笑道：「我一會兒便去找祖父，建議他召回崔老將軍，由崔家人來決定如何處置六叔。六叔是真的做了錯事，又不是受了冤枉，沒什麼好隱瞞的。」

「可是……」

「沒什麼可是的，我又不是故意偷聽的，也沒私下到處宣揚。如此一來，祖父便無包庇之過，而崔老將軍即便記恨，也只記恨六叔一人，於父親、於我，並無多少損失。」

蕭卿塵遲疑片刻，又道：「可若是崔老將軍急怒之下，非要瑾王殿下以命抵命，官家未必會許，屆時又該如何？」

「追殺崔姑母之人尚未查明，以命抵命的要求，未免過於牽強。」

「十幾年前的案子，確實不好查。」蕭卿塵劍眉緊蹙。「那日之後，官家便下令讓魏國公暗中調查此事，上次我回國公府同他共享線索，他曾提起過，好多條線索都因時間太久而斷了。」

皇太孫偏過頭去看他。

他不明所以，反口問道：「怎麼？」

皇太孫好奇地道：「你與沈伯父乃兩代暗衛，一向合作無間，可為了掩人耳目，你面上不學無術、無視法度，又與父親決裂，如今我見你也許久不管沈伯父叫父親了，是假戲真做了嗎？」

「合作無間不過是公務罷了，換個人我也是一樣的。」蕭卿塵拾起船上的石子丟入湖中。「叫不叫父親，又有什麼要緊的？」

「你畢竟是嫡子，要承襲他的爵位的。」

蕭卿塵嗤一聲，半開玩笑道：「怎麼，殿下，我為您出生入死多年，最後連個官，自己也掙不來嗎？」

「自然是應該給的。」皇太孫聞言悵然道：「父親曾多次跟祖父提出廢除暗衛，都被敷衍過去了，祖父又把你給了我，意圖再明顯不過。可這件事上，我同父親的想法是一致的，應該廢除暗衛，授予你官職！」說到激動處，皇太孫慷慨激昂。「歷代天子，誰還沒有幾個心腹？不必非得躲在暗處，也沒那麼多見不得光的事情要做啊！」

「我的殿下啊，談何容易？」蕭卿塵向後仰去，將雙手枕在腦後。「如今我在世人眼裡，不過是紈袴子弟一名，無功不受祿，即便您想授予我官職，那些言官們怕是不肯啊！」

「卿塵，」皇太孫突發奇想道：「你去科考好不好？」

「科考？」蕭卿塵搖搖頭。「這麼做，不是擺明了要違背官家的心思嗎？恐怕我的文章半路便會不聲不響消失了。」

皇太孫頹然。

蕭卿塵咧嘴笑笑。「其實也沒什麼，等局勢穩定了，殿下您早些放了我便是，任個什麼不起眼的知州、刺史的，最好沒什麼實職，再多賞些錢就行，到時候我帶著夫人──」話音剛落，他竟然發現，天空中的雲朵不知什麼時候竟拼成了允棠的模樣，嚇得他急忙起身。

此番動作太大，本就不大的小船驀地晃了又晃。

皇太孫抓緊船舷，無奈地道：「現在是索官不成，要取我性命了嗎？」

第十三章

仁明殿瓊華閣內，小滿剛為允棠解開頭髮，見她不舒服地來回轉頭，便伸手去幫她揉捏肩膀，果然一片僵硬。

「姑娘，伺候聖人的宮女、內侍那麼多，妳又何苦連熬藥都要自己去看著？」小滿不解地問道。「聖人睡著的時候，妳也趕緊回屋歇著多好。」

允棠摘下耳鐺，對著銅鏡笑道：「妳還當我是來玩的？」

「那也不必這麼辛苦呀！皇太孫殿下也說了，聖人這病，不是一時半刻能好的，這麼下去，妳還不得把身子熬垮了？」

允棠啞然失笑。「不過是熬個藥、揉揉腿，陪著說說話而已，哪那麼容易就累垮了？」

小滿蹲下身子，伏在她膝蓋上，低聲問道：「姑娘妳說，為什麼聖人要妳叫她祖母啊？」

「我也不知道，不過長公主殿下不是也說了嗎？聖人把母親當作女兒來看待，自然待我也就親厚些。」

「可那不是應該叫外祖母嗎？」小滿嘟囔著，又直起身子去按摩她的肩膀。

允棠心頭一震。

是啊，小滿說得沒錯，為何要叫祖母呢？

不過單憑這個稱呼，便懷疑太子，是有些太過草率了。

允棠抬手拍了拍小滿。「好了，妳也累了一天，早些去休息吧。」

「我不累，我再給姑娘揉一揉，免得明兒一早起來，僵硬得難受。」小滿手上不停。

「那好。」允棠也不勉強，又不忘囑咐道：「不過，以後對聖人，要事事盡心，不能偷懶，知不知道？」

小滿嘟著嘴，「嗯」了一聲。

「我雖回了崔家，可還沒見著外祖父，他老人家自貶出京，雖然聽舅母說，官家念及崔家世代英魂，俸祿不曾削減半分，可外祖父現在畢竟不過是名五品將軍，別說為母親洗雪冤屈，就連想要崔清瓔付出代價都難。」允棠看著鏡中的自己，又繼續道：「如今得母親庇佑，能有機會入宮為中宮聖人侍疾，於我來說，是大好時機，若官家和聖人真能收我為義孫女，我便有了些能與敵人抗衡的能力。

「在這偌大的汴京城裡，想要無人敢動的底氣，想要查清十五年前真相的實力，都在此一舉了，所以，一定要全力以赴才行。」

小滿重重地點頭。「姑娘，我明白了。」

許是累了，又許是檀香安眠，一夜好睡。

第二天一早天剛微亮，小滿便來喚允棠起床。

允棠盯著素色床幔，心中暗嘆，自己這想要睡懶覺的願望，終究是難實現了。

洗漱梳妝過後，便趕去給皇后請安。

剛來到殿門口，允棠探頭往裡面瞧，門口宮女便笑道——

「聖人已經起了，正在梳頭呢！」

允棠忙提著裙子匆匆進門，來到榻前，欠身道：「祖母，孫女起晚了。」

解嬤嬤正跪在榻上為皇后梳頭髮，那三千煩惱絲已經黑白參半。

皇后慈愛地笑笑。「無妨，妳年紀小，總是要多睡些。妳母親在我這裡的時候，我也從不讓她陪我吃早飯。」

允棠起身，來到榻前，找了個繡墩坐下，好奇地問道：「我母親也貪睡嗎？」

「是啊，要是沒人叫她，她能睡到日上三竿呢！」皇后臉色雖仍然蒼白，但明顯說話中氣足了些。「明日起，妳也不必起這麼早來陪我，睡夠了再起。」

允棠搖頭。「祖母寬厚，孫女卻不能不懂事。再說，看祖母的氣色，兩、三日便要好了，到時候孫女想陪，怕也是不能了。」

皇后啞然失笑，扭頭跟解嬤嬤說道：「看見沒有？面上看著是比她母親乖巧許多，可嘴巴上的伶俐勁，卻是一模一樣的！」

解嬤嬤笑道：「不怪姑娘說，我看著娘娘也是比昨兒好多了呢！」

「好哇，這是看我身子爽快些了，合夥起來調侃我呢！」皇后嗔道，隨後又去拉允棠的手。「昨晚睡得可好？若是缺什麼東西，或者哪裡不方便的，就跟解嬤嬤說。」

「孫女什麼都不缺。」

皇后轉頭對解嬤嬤道：「行了，別梳了，快去把我那個匣子拿來。」

解嬤嬤應聲下了榻，到一旁取了一個紫檀木的匣子，小心翼翼地放到榻上。

皇后將身子往裡挪了挪，騰出些地方來，又把匣子擺到兩人中間，一邊打開來，一邊道：「看看妳都喜歡嗎？」

允棠忙擺手。「孫女真的什麼都有。」

「妳若是都瞧不上眼，那我再命人做新的。」

無奈之下，允棠只好朝匣子內看去，有羊脂白玉的鐲子、金鑲玉的簪子、金絲點翠的步搖、珍珠的耳鐺、瑪瑙的瓔珞……

她隨意拿起一支簡單的紅珊瑚簪子。「那孫女就要這個了。」

皇后接過那支簪子，輕輕為她簪在頭上。「妳也喜歡紅色？」隨即又自顧自地喃喃道：「紅色好，紅色把人襯得精神。」說罷又拿了羊脂白玉的鐲子往她手上套。

允棠嚇得直縮手。「祖母，孫女平日喜歡做些木器，叮叮咚咚的，怕是沒幾下就要把這鐲子磕破了。」

皇后聽了，不以為然道：「妳自己不戴，留著送人也好。」說著蓋好匣子往前一推，吩咐小滿道：「把匣子先送回瓊華閣去吧！」
「啊？」小滿驚住了。「全、全都……」
允棠忙擺手。「不不不……」
解嬤嬤在一旁提醒道：「姑娘，聖人賞賜哪有不要的？還不快謝恩？」
允棠怔怔地回頭看了看嬤嬤，又仰頭看了看皇后，只得從繡墩上起身，乖乖行了個禮。
「謝謝祖母。」
皇后這才展開笑顏。「好了，傳早膳吧。」
許是心情舒爽，皇后連早膳都多用了些，訾榮和宮女們見了，都歡天喜地輪番去感謝允棠，搞得她不知所措。
臨近晌午，官家一下朝，便趕來仁明殿看望皇后，見皇后病情有所好轉，官家龍心大悅，在殿裡找了半天都不見允棠人影，遂問道：「允棠人現在何處呀？怎麼不見她？」
訾榮恭敬地答道：「回官家的話，姑娘正在小廚房給聖人熬藥呢！」
「哦？」官家好奇地問道：「她還親自熬藥嗎？」
「是。」
「行了，找個謹慎些的宮女把她替下來，叫她來見朕吧！」
不一會兒，允棠隨著訾榮進到殿內，見主位端坐著一人，他年近花甲，雙鬢斑白，頭戴紗製襆頭，身著紅底淡黃色團龍窄衫，腳踩白靴，看著氣宇軒昂，不怒自威。

允棠忙快步來到堂下，屈膝一跪，雙手伏在地面，朗聲道：「民女見過官家，官家萬歲萬歲萬萬歲！」

她的舉動把官家嚇了一跳，官家身邊的程抃忙探手去扶。

「好端端的，行這麼大禮做什麼？不知道的，還以為妳要告御狀呢！」官家扭頭笑著去看皇后。

皇后無奈地搖搖頭。

「姑娘，不用跪，行女子禮就成。」程抃小聲提醒道。

允棠尷尬地起身，卻不敢抬頭，瞥見手上還有爐灰，只好將雙手悄悄藏在身後。

「妳怎麼不抬頭看朕啊？」官家問。

允棠心中暗嘆，果然看太多宮廷劇不是什麼好事，劇裡不是都說盯著皇上看是要殺頭的嗎？

她斗著膽子緩緩抬眼，卻見官家一副慈眉善目的模樣，正笑吟吟地盯著她看。

「妳把皇后伺候得很好，朕賞妳些什麼才好呢？」

允棠垂下眼眸，搖頭道：「祖母……啊不，聖人剛賞了民女一箱寶貝，民女恐怕這輩子都花不完了。」

官家大笑。「誰會嫌錢多啊？」

「民女不是嫌錢多，是怕沒命花。」允棠輕聲道。

程抃一聽面上一僵，扭頭去看官家，果然，官家也板起了臉。

「這是什麼話？」

「民女在被舅舅接回家之前，曾被人下了迷藥擄走，逃出汴京躲到莊子時，又被之前擄走民女的人追殺，莊子都燒沒了，要不是民女的貼身婢女捨身相救，民女早就死了。」允棠做驚魂未定狀，怯怯地道：「若是民女再有萬貫財產，恐怕——」

「咳咳……」程抃假裝咳嗽打斷她。

「妳是如何知道，追殺妳的人，就是擄走妳的人呢？」官家面上覆上一層寒霜。

「聽聲音。」允棠終於直視官家，認真地道：「我認得其中一人的聲音。」

「不會有錯？」

「絕不會錯。」

官家的手指捏在交椅扶手上，捏得指尖發白，半晌才冷冷地出聲道：「好，那朕便收妳為義孫女，封妳為文安郡主，賜封地文安、易陽、永清三郡，加食邑千戶、食實封四百戶。」

「官家！」程抃忍不住開口。

按照慣例，郡主封地不過一郡，官家這次一開口就是三郡，還有食實封戶，恐怕逃不掉言官們的口誅筆伐了。

皇后見允棠還呆呆地杵在那兒，忙提醒道：「還愣著做什麼？」

允棠忙欠身。「謝官家賞賜！」

官家起身，轉頭對皇后說道：「妳好好休息，我明日再來看妳。」又對允棠道：「下次記得改口。」

白礬樓雅間。

「哈哈哈，還有這等事？」崔奇風開懷大笑。

孔如歸面頰緋紅，胡亂挾了菜塞入口中。「是啊！」

崔奇風為他斟滿酒，裝作不經意地問道：「那都承旨鄭戩，人品如何啊？」

孔如歸抬手去扶酒盞，笑道：「我雖與他接觸不多，亦知道他為人憨直。」

「哦？怎麼說？」

「具體因為什麼我倒是不甚清楚，只是聽過官家訓斥他幾次，說他抱令守律、不懂變通，他也悶悶地不辯解，且官家想給他賜婚，他寧可抗旨也不肯。」

「他沒娶妻？」崔奇風驚道。「看他的樣子，也早過而立之年了啊！」

「是啊，我之前也以為他是喪妻，或是和離，不過聽兄弟們說，都不是，他從未娶妻。」

「奇怪了。」

孔如歸點頭。「可不是？他性子怪得很，那日在你府上，我們敬酒，他也不理，獨自一人跑到樹下站了好久呢！來，喝酒！」

崔奇風端起酒盞，碰了一下，一飲而盡。

「崔兄怎麼問起他了？」

「嗐！不就是閒聊嘛！」

崔奇風正猶豫著怎麼接著問下去，孔如歸又神秘兮兮地湊過來，低聲道——

「不過我倒是沒想到，崔兄你還給楚翰學發了帖子。」

崔奇風眼睛一亮，裝作無奈的樣子道：「這都是你嫂子全權負責的，我壓根兒沒參與。不過，楚翰學怎麼了嗎？」

「崔兄你剛回京怕是不知道，他兩個姊姊不都是王妃嗎？找了關係給他買下一個酒坊，誰知虧了個底朝天，還欠官府一千多貫的酒曲錢，為了還債，他讓小妾的哥哥賤賣宅子，誰知這宅子竟被張阜買去。」

崔奇風恍然大悟。「所以前三司使張阜被外放，是因為這個？」

「可不就是嘛！」孔如歸邊斟酒邊道：「可話說回來，張阜也是占了不該占的便宜了，算不得冤枉。」

崔奇風若有所思。

「之後，太子殿下在朝堂推舉兗州知州楊倫任三司使，可楊倫上任沒幾天，又被御史中丞皇甫丘彈劾，說他奢靡無度，難擔重任。官家被言官們磨得沒辦法，只得撤了楊倫，改任皇甫丘為三司使。」

「什麼?!」崔奇風陡然提高音量。

孔如歸攤手。「崔兄也覺得不可思議吧？本來我還想，皇甫丘私心那麼明顯，官家竟看不出嗎？事實證明，官家就是官家，我不過是一個見識淺薄的粗人而已。

「皇甫丘還未上任，言官們直接鬧了，為首反對的便是翰林學士呂世南。」孔如歸嘿嘿一笑，一臉欽佩道：「皇甫丘彈劾這個、彈劾那個，誰都不滿意，最後官家讓他坐這個位置，他便欣然接受了，這說明什麼？這說明之前的彈劾並非履行御史的天職，而是單純有取而代之的野心啊！」

「皇甫丘那麼大費周章，卻沒能成事，恐怕要大失所望了。」

孔如歸壓低聲音，湊近了崔奇風說道：「恐怕大失所望的另有其人啊！」

「你是說……」

「瑄王。」

崔奇風看了他好一會兒，蹙眉問道：「你是怎麼知道的？」

孔如歸瞇眼笑了笑。「官家知道了，我成日跟著官家，自然也就知道了。」

崔奇風仰頭飲盡杯中酒，忿忿道：「這麼多年了，即便官家早已冊立太子，他還是沒死心嗎？」

「那可是皇位啊！」孔如歸將酒盞輕頓於桌上。「崔兄，若是你，會死心嗎？」
崔奇風沈默了一會兒。「你說官家已經知道瑄王的心思了？」
孔如歸點點頭。
「那官家就沒打算處置瑄王？」
「這個就不知道了。」孔如歸撇撇嘴。「要說猜測官家心思，還是太監們更厲害些。」
崔奇風不說話。
孔如歸把手臂伏在桌上，向前探身道：「我可當你是親家，才跟你說這些的。」
「親家？」崔奇風忙擺手。「不成不成！我們家棠姐兒才接回來多久啊？還沒享到福呢！我得把這些年她吃的苦，都給她補回來。再說了，你嫂子早就有話，要讓她嫁給我們家辰兒，省得嫁出去受委屈。」
孔如歸一聽，立即直起身，皺眉道：「嫂子這話我可就不愛聽了，怎麼嫁出去就非得受委屈呢？三姑娘嫁到我們孔家來，連城要是敢納個妾，我就把他腿打斷，怎麼樣？」
崔奇風仍是拚命搖頭。
見解嬤嬤抱了些鮮花來插瓶，允棠也過去幫忙。
解嬤嬤笑道：「方才還沒來得及恭喜姑娘呢！」
允棠也笑。「我也覺得像作夢似的。」

「姑娘是有福之人。剛娘娘又拉著姑娘說了好一會兒話，姑娘累了吧？」

「不累，我願意陪祖母說話。」允棠搖搖頭，低頭擺弄那些花枝。「以前想說也沒得說。」

解嬤嬤有些悵然地看著身邊的人兒，不易察覺地嘆了口氣。「娘娘也是擔心姑娘，雖然知道現在人好好的就在跟前，但也還是得問清楚當時細節，才能安心。」

「我知道。」

「現在好了，等冊封詔書一下來，娘娘就能放心了。」

「嬤嬤，妳教我些規矩吧。」允棠拿花枝，跟面前的天青色汝窯美人觚比著長短，剪去多餘的部分。「我初來乍到的，什麼都不懂，怕闖了禍還不自知呢！」

「這幾日，我也瞧了，姑娘心細又穩重，哪像是闖禍的人。」解嬤嬤由衷稱讚道。「即便是入宮多年的，怕是也沒姑娘妥貼。」

「嬤嬤謬讚了，像今日，我連如何朝官家行禮都不知道，何來妥貼之說呢？」

解嬤嬤將幾只花瓶表面的水漬擦拭乾淨，笑道：「姑娘只瞧結果便知道了，官家可因姑娘不懂禮數，怪罪您了？相反地，還得了封賞呢！」

允棠靜靜聽著。

「如今姑娘每日要給娘娘熬藥，又學著做了好些食補的湯飲，頓頓陪著用膳不說，飯後還要陪著娘娘說話，實在是辛苦得緊。若是我真應承了姑娘，把姑娘叫去學規矩，恐怕娘娘知道要罵我了。」

「嬤嬤說笑了，來了幾日，我都沒見祖母大聲說過話，就連上次宮女摔碎了茶盞，她也一點都沒生氣，反倒問小宮女燙到沒有。」允棠將花插進花瓶，左右相看後又調整位置。「她真是我見過最溫柔的長輩了。」

「是了，娘娘心善，不忍心苛責下人，不過我也並非推託躲懶。」解嬤嬤放下手中活計，轉頭柔聲道：「娘娘想要的承歡膝下，便是要姑娘未經雕琢的真性情，只把她當作普通人家的祖母來孝敬。這宮裡別的沒有，禮數周全、躬身喊著聖人的數以百計，哪缺姑娘這一個？」

允棠沈吟片刻後，起身行禮道：「嬤嬤說得是，允棠受教了。」

「多的大道理，我也不懂。」解嬤嬤笑笑。「我不過是從小便陪著娘娘，知道娘娘想要的是什麼罷了。」

「那……」允棠試探地問道：「祖母屋裡，可還留著些我母親的遺物？」

解嬤嬤聽了忙擺手。「一件都沒有了。永平郡主平日不喜歡珠翠首飾，除了些常用的東西，便只留下兩幅畫。那兩年，娘娘每每進到永平郡主住的弄玉閣，都要哭得肝腸寸斷，官家沒辦法，只好命人鎖起來，那兩幅畫也被鎖在裡面了。」

允棠手上一頓，隨即又笑笑。「是我思慮不周了，我只顧著自己想看，忽略祖母會觸景傷情了。」

解嬤嬤看她的眼神裡又多了幾分心疼，柔聲道：「姑娘不要這樣想，想念亡母而已，人之常情，沒人會怪您。」

允棠自嘲地笑笑。為了達到目的，不被懷疑，裝可憐賣慘這伎倆不僅無師自通，甚至已經能做到張口就來了。

不過這解嬤嬤說的，明顯與皇太孫說的相悖，兩個人中，必定有一個人在撒謊。

殿裡到底有沒有母親的遺物，這點其實很好驗證，可皇太孫為什麼要拿話胡亂搪塞她呢？

難道是她太多心了？

自從允棠入宮以來，官家便下了命令，不需要幾位皇子、王妃來輪流侍疾了，免得皇后心煩。

王妃們都不來，郡主更是見不著了，本以為是蕭卿塵多慮了，誰知道卻是一語成讖。

這日大清早，允棠睡眼惺忪，看著瓊華閣小院裡，來來往往絡繹不絕的小黃門發呆。

只見兩人一根，或抱或抬著各色的木材，那些木材顏色深沈、紋理均勻，一看便不是凡品。

末尾還有兩名十幾歲的小黃門，拿了個沈甸甸的布包在手上，打開來看，裡面大大小小工具一應俱全。

允棠面露苦色，皇后可能真是以為她喜歡木雕了。

訾榮行禮道：「姑娘，聖人說了，不要怕弄髒了地方，想做什麼，放手做便是。」

「訾押班，還勞您給祖母傳個話，我換身衣裳就過去。」

訾榮恭敬地道：「聖人還說了，姑娘辛苦幾天了，今日放您休沐。」

「休沐？」允棠遲疑片刻後，問道：「今日仁明殿裡可是要來什麼人？」

「什麼都瞞不過姑娘！」訾榮笑道。「是襄寧郡主要來。」

「好，我知道了。」

訾榮走後，看允棠光顧著擺弄那些刻刀工具，小滿不甘地道：「有人來了，我們便去不得了？」

「祖母在妳眼裡是這樣的人？」允棠反問道。

小滿想起，有次她在殿裡打盹，迷迷糊糊醒了跟皇后對上眼，皇后不但沒發火，還慈祥地笑笑，她不由得有些心虛，悻悻道：「那是叫我們躲著襄寧郡主嗎？姑娘，上次在瑾王府，她不是還罵了妳？妳就該跟聖人告狀，讓聖人給妳作主的！」

允棠平靜地道：「這種事翻舊帳沒什麼用，別說她可以不認，就算認了又如何？當日她並不知道我是誰，當作一個奴婢罵兩句，本也不是什麼大不了的事。」

小滿聽了，忍不住噘嘴生氣。

「別噘嘴了，這嘴巴都能掛油壺了。」允棠笑道。「快幫我換衣裳，我還得去給祖母熬蓮子羹呢！」

主僕二人到小廚房繞了一圈後，藉口沒有新鮮的蓮子，出了仁明殿，直奔內府。

襄寧郡主正急匆匆走在通往仁明殿的路上，一邊走還一邊催促身邊的丫頭雲珍。「快點走！耽誤了正事，仔細妳的皮！」

雲珍一瘸一拐，亦步亦趨地跟著，委屈道：「郡主，我的腳疼，走不快。」

襄寧回頭狠狠地瞪了雲珍一眼。「我看妳怕是另一隻腳也不想要了吧！」

見雲珍又癟著嘴抽泣起來，襄寧嫌惡地一拂袖。「那妳就在這裡站著，站到我出來為止！」說罷一轉身，卻和一人撞了個滿懷。「哎喲！是哪個不長眼的狗奴才！」襄寧捂著額頭罵道。

待抬頭看清來人的臉時，襄寧不禁瞪大雙眼，不敢置信地嚷道：「是妳！妳怎麼會在這兒？」

允棠不慌不忙地行了個禮。「無意間衝撞了郡主，還請郡主恕罪。」

「妳這個狐媚子的賤婢！怪不得我母親要把妳關起來，妳簡直太可怕了！」襄寧走近一步，咬牙罵道：「妳到底耍了什麼下賤手段，竟能跑到宮裡來當差！」

允棠的笑容裡裹挾了一絲輕蔑，輕描淡寫地道：「我不知道郡主在說什麼。」說完，便蹲下身，跟小滿一起撿散落在地上的蓮子。

「妳少裝模作樣了！知道我們尊卑有別就好，省得淨起些不該有的心思，妄想去攀附卿塵哥哥！」襄寧低頭看著伏在地上的人，譏諷道：「賤婢就是賤婢，瞧瞧妳現在的樣子，還不是像狗一樣，伏在我面前？」

允棠撿蓮子的手一頓，並未抬頭，淡淡道：「都說我朝郡主個個德才兼備、含章秀出，今日一見，卻是言過其實，金玉其外呢！」

「妳！」襄寧震怒。「妳膽敢諷刺我？」

身邊的蓮子已經撿得差不多了，允棠又將手伸向襄寧腳邊，平靜道：「我沒時間跟郡主吵架，麻煩郡主高抬貴腳，這些蓮子很重要。」

襄寧聽了冷哼一聲，抬起腳故意將附近的蓮子挨個兒踩得粉碎，踩完了還嫌不過癮，又面露凶光地朝允棠伸過來的手狠狠地踩了下去。

「啊！」允棠慘叫一聲。

「姑娘！」小滿見狀，飛身朝襄寧撲了過去。

襄寧沒防備，一下子被撲倒在地。

「大膽！」襄寧掙扎著想起身，誰知小滿力氣大得很，一時竟掙不開，她氣得大叫。「放肆！快起來！妳這個賤婢！」

小滿騎坐在襄寧身上，雙手死死按住她，扯著嗓子大喊道：「快來人啊！救命啊！文安郡主受傷啦！」

褰寧的臉，因生氣和力竭而漲得通紅，她喝斥道：「妳這個蠢貨，連我是誰都認不出！還不快起來！」見不起作用，又轉頭看向雲珍，咒罵道：「妳是死的嗎？還不快過來拉開她！」

雲珍唯唯諾諾地應承著，一瘸一拐地走過來，扯了小滿兩下，囁嚅道：「郡主，她力氣好大……」

「妳這個廢物！」褰寧咬牙切齒，歇斯底里地吼道：「等我起來，看我不扒了妳的皮！」

「妳好大的口氣！」一個怒不可遏的男聲突然闖了進來。

小滿抬頭，見到一行人站在不遠處，忙從褰寧身上下來，伏在一邊。

允棠則坐在地上，肩膀聳動，像是在哭泣。

褰寧好不容易爬起來，起身便踢了小滿一腳。

小滿順勢撲倒在地。

「還不住手！」

褰寧這才反應過來，轉過頭去，看到官家，先是一驚，隨後立即抽泣道：「祖父，您可算來了！這幾個沒長眼的賤婢，衝撞了我不說，還壓著我，不讓我起來！」

「朕可是聽到妳口口聲聲要扒了她的皮！」官家怒不可遏。「妳父親、母親平日到底是怎麼驕縱妳的？竟養得妳如此蠻橫無理，視人命如草芥！」

「我沒有！」

小滿適時匍匐著上前，哭訴道：「求官家給我們姑娘作主！」

「妳這個賤婢，這裡哪有妳說話的分兒！」襄寧惡狠狠地道。

官家斜睨了她一眼，警告道：「再張口，朕便掌妳的嘴！」

襄寧悻悻地閉上嘴，眼裡的狠戾卻絲毫沒消退，她死死地盯住允棠，想看看面前這兩個人到底能要出什麼花樣。

「我和姑娘去內府給聖人取蓮子，姑娘親自一粒一粒挑好，打算回來給聖人熬蓮子羹的，誰知回來的路上，過長春門的時候，襄寧郡主突然衝了出來……我們姑娘道了歉，誰知襄寧郡主不依不饒，不但說我們姑娘伏在地上撿蓮子像狗，還故意踩我們姑娘的手！」小滿哭著捧起允棠的手。「官家您看……」

「官家恕罪。」允棠不動聲色地抽回手，頷首道：「小滿不懂規矩，胡言亂語，請官家不要放在心上。」

官家清了清嗓子。

程抃了然，上前提醒道：「文安郡主，您怎麼還是叫官家？」

允棠抬眸，猶豫良久後，才輕聲喚道：「祖父。」

「文安郡主?!」襄寧驚愕，呆呆地愣在原地，喃喃道：「她怎麼會是郡主？」

官家不理會她，徑直對允棠道：「手伸出來讓朕看看。」

「祖父，孫女的手無礙。」

「伸出來！」

允棠沒辦法，只得將手抬到胸前。

官家定睛一看，那細嫩的手上果然紫紅一片。

官家盛怒，轉向襄寧。「妳還有什麼要說的？」

「她撒謊！」襄寧委屈地喊著。「我剛只輕輕踏了一下，還沒來得及用力，那個賤婢就把我撲倒了！」

「張口閉口都是賤婢，妳分明不知悔改！」官家喝道。「程抃！」

程抃上前一步，頷首道：「郡主，得罪了。」說罷便挽袖子要去掌她的嘴。

「我說的是真的！」襄寧見程抃要動真格的，立即轉身屈膝跪在官家面前哀求道：「祖父，您真要因為幾個奴婢懲罰慧兒嗎？開封府斷案還要審兩方呢，您不能聽她們的一面之詞啊！慧兒不服！」

「好，朕就給妳機會解釋。」官家強忍著怒氣。

襄寧憤怒地轉頭指向允棠。「是她們，是她們先衝撞我的！她——」話硬生生斷在口中。她本想把那日在王府時，允棠與蕭卿塵舉動曖昧的事告訴官家，可這樣一來，母親綁架良民的罪更是坐實了，實在是傷敵一千，自損八百。

官家皺眉。「她怎麼樣？」

「她……」褰寧語塞。

允棠不禁在心中暗自嘆了口氣，想不到這褰寧郡主也是個沒腦子的，連狡辯都不會。

官家不耐煩地轉頭，問雲珍。「妳說！」

雲珍嚇得抖如篩糠，伏在地上怯懦地道：「奴婢、奴婢什麼都不知道……」

「妳放心說，若妳願意，以後可以留在聖人宮裡當差。」

「真的？」雲珍眼睛一亮，隨後又露出畏懼的神色瞟向褰寧。

「小丫頭，欺君可是死罪。」程抃提醒道。

雲珍吞了口口水，惶恐地道：「郡主……郡主方才正在罵奴婢，一轉頭，便和這位小娘子撞上了，然後郡主又開始罵這位小娘子是賤婢、是狗，又、又踩了她……」

「妳！」褰寧氣得剛要衝過去，被程抃一把拉住。

官家眉頭緊鎖，冷聲問道：「她為什麼罵妳？」

「郡主嫌奴婢走得慢。」雲珍的聲音越來越低。「昨日跟郡主玩蹴鞠，奴婢不小心贏了，郡主就、就……」

「就怎麼樣？」官家已猜出了幾分。

「就用鞭子抽奴婢的腳，說用哪隻腳贏的，便抽哪一隻。」

聞言，在場的人不由得都皺了皺眉。

「她胡說、她胡說！」

官家失望地閉上雙眼。

見狀，襄寧再也顧不得其他，扯著官家的衣袍央求道：「祖父，慧兒知錯了，慧兒真的知錯了！您要打要罰，慧兒都認，只求讓慧兒見一見祖母，好不好？」

官家沈默不語。

「母親說，祖母在生父親的氣，只要祖母肯原諒父親，父親便能解了禁足。祖父，求求您，讓慧兒見一見祖母吧！」襄寧哀求道。

「程抃！」官家怕她再說出其他事，怒道：「襄寧郡主專橫無理、頑劣不堪，褫奪襄寧封號，落為新城縣主，禁足一月，罰閉門思過！把她送回去！」

「祖父、祖父！」

「縣主，請吧！」

「是！」

官家轉向小滿。「還不快把妳們家姑娘扶起來？趕緊宣個太醫給她看看。」

仁明殿內，宮人們大氣都不敢喘，自官家走後，皇后已經靜默許久沒有開口了。

小滿心裡打鼓，忍不住偷偷瞥了自家姑娘一眼，只見允棠一副坦然模樣，一點憂慮之色都見不著。

「過來。」皇后歪身倚於憑几之上，蹙眉道。

允棠低著頭，來到榻前。

「妳可知錯？」

允棠撲通一聲跪下。「孫女知錯。」

「認錯認得倒是痛快。」皇后板起臉。「說吧，怎麼回事？」

「我與襄寧郡主有過節，我是故意的。」允棠如實道。「我掐著時辰去宮門口堵她，又故意惹怒她。手上的紫紅也是坐在地上時用提前準備好的豆蔻染的，我的手絲毫無損。」

「妳好大的膽子！」皇后輕拍案，聲音微怒。「都敢欺君了？」

允棠悶聲道：「祖母您別生氣，您罰我就是，別氣壞了身子。」

「哦，妳還知道我會生氣？我特意遣了訾榮去告訴妳，就是讓妳躲開她，免得發生衝突，妳可倒好，不但自己迎上去，還拉著小滿演了好大一齣戲！」

允棠反問道：「祖母為何要我避開她？難道您早就知道我與她有過節？」

「妳……」皇后語塞。「慧姐兒向來跋扈，貓兒、狗兒見了她都要躲著走……」

允棠不說話，就只是靜靜地盯著皇后。

皇后被盯得心虛，佛然道：「妳瞪著我做什麼？我要罰妳！」

「孫女認罰。」

「好！去佛堂跪著吧！」皇后生氣地別過頭去。「等妳真的知道錯了再起來！」

「聖人！」小滿央求道：「您就饒了姑娘吧！」

允棠一聲不吭地起身，徑直去到佛堂，拉過蒲團，單薄的身子跪得筆直。

訾榮剛要開口，皇后就怒道：「誰再開口替她求情，便一起去佛堂跪著陪她！」

小滿已經開始抽泣起來了。

解嬤嬤偷偷扯了扯小滿的衣角，輕輕搖了搖頭。

佛堂內，萬籟俱寂，牆角似乎有蟬鳴，案上裊裊檀香，更增添了幾分神聖意味。

允棠盯著那尊白玉觀音，那觀音面容栩栩如生，眉眼間都帶著對眾生的悲憫。

可若真是悲憫，難道不應該讓大惡之人遭到報應嗎？

哪裡還需要她費盡心力去周旋呢？

東宮長定殿。

蕭卿塵似是忍著劇痛道：「我們發現艮岳仙師的時候，他已經被人控制住了。在轉移的時候，我們找到機會，出手將人救出。對方似乎早有準備，且皆是死士，皆以命相搏，一旦被俘，便咬破口中事先準備好的毒藥，完全留不下活口。」

「你怎麼樣？」皇太孫見他腰腹隱隱有血跡滲出，起身去扶。「快，坐下來說話。」

蕭卿塵笑笑。「不礙事，這點小傷還要不了我的命。」

皇太孫蹙眉。「這是命令。」

沒辦法，蕭卿塵只得來到榻上坐下。

皇太孫立即轉頭吩咐內侍。「快去傳太醫！」

「等一下！」他忙張口喝止，又一把拉住皇太孫的手臂，搖頭道：「殿下，我來之前已經找醫官簡單處理過了。若在太醫局留下紀錄，怕是不好交代。」

「都什麼時候了！」

「之前給殿下的金瘡藥還有嗎？」

皇太孫看了他半晌，終於無奈地嘆了口氣，改口道：「去拿金瘡藥，再取些絹帛來。」

內侍很快取回一個青色小瓷瓶。

皇太孫動手解開蕭卿塵的衣衫，褻衣果然殷紅一片。再將褻衣解開來，才發現他堅實的腰腹早已布滿細汗，腰側傷口處果然敷了帶有藥膏的細布，只是如今已被血浸透了。

「你忍著點。」皇太孫將細布慢慢扯下，因出血已久，細布與皮膚有些黏連了。仔細看了看傷口的位置，似是弓箭豁開了腰側的皮肉，雖血肉模糊，卻不傷及性命，皇太孫鬆了口氣，慶幸道：「還好還好，不是貫穿傷。」

蕭卿塵面不改色，繼續道：「艮岳仙師已經秘密接回，就住在城郊的莊子上，我派了人嚴加看守。他說，捉住他的那些人，曾餵他吃下一粒限時發作的毒藥，若是他不按照他們說的去做，不日便會毒發身亡。」

皇太孫打開瓷瓶，將瓷瓶裡的藥粉小心翼翼地倒在他的傷口上。

蕭卿塵微微蹙眉，頓了頓又道：「對方說，官家三日內必宣他進京，屆時要他以天象為由，說一些不利於東宮的話，還說點到為止，司天監自會完成後面的動作，嘶——」

「你還知道疼啊！」皇太孫瞪了他一眼，手上用絹帛按住傷口的力道輕了些，又從內侍手裡接過白布，繞著他的腰身，一圈圈纏了起來。

蕭卿塵輕嘆口氣，又指了一個內侍。「你，給我倒杯水。」

那內侍誠惶誠恐，急忙照做。

蕭卿塵仰頭飲盡，低頭看皇太孫正認真地繫著白布，無奈地道：「我剛才那麼多話，是不是白說了？」

「會太緊嗎？」

「殿下！」

「我聽見了。」皇太孫直起身子。「那依你之見呢？」

蕭卿塵沈吟片刻。「這件事很蹊蹺，雖然看上去是想要對太子不利，可突然間艮岳仙師和司天監口徑出奇地一致，官家未必會信，反而……」

「反而還會懷疑三叔？」

蕭卿塵點點頭。

皇太孫示意內侍將換下來的血布收拾走。「我也認為三叔不會這麼蠢，哪怕三叔病急亂投醫，三叔母也必定會阻止他的。」

「消息來源也很古怪。」蕭卿塵將衣袍重新穿好。「說是從瑾王府出門採買的下人口中得知，可瑾王早已被官家禁足，又怎會知曉這麼多事？」

「六叔被禁足，可六叔母卻沒被禁足，六叔母從三叔母那裡偶然聽到什麼消息，也符合邏輯。」皇太孫饒有趣味地看向他。「對了，慧兒被貶為縣主了，你可知道因為什麼？」

「我都不在京中，如何知道？」蕭卿塵嘟囔。其實他心中是想著，貶就貶，與他有何干係？

「這事還得問崔三姑娘，喔不，現在應該稱呼她為文安郡主了。」

「什麼?!」蕭卿塵的瞳孔一震，忙拉住皇太孫，想問個明白。「怎麼好端端的竟封了郡主？」

「不但封了郡主，還封地三郡，僅次於我妹妹昭兒了。」皇太孫嘖嘖稱奇道：「崔三姑娘只一個照面，便讓慧兒被貶為縣主，還禁足一年，真是好手段啊！」

蕭卿塵心急如焚，顧不得許多，拉上皇太孫便往外走。「陪我去趟仁明殿。」

皇太孫忙順著他的勁，快走兩步道：「我隨你去便是，可別再使力把傷口扯開了。」

正是晌午，日頭曬得地面滾燙，兩人快步來到仁明殿，見訾榮守在殿外，皇太孫上前問道：「祖母在午睡嗎？」

訾榮行過禮，回道：「聖人近日身子不爽，說了誰也不見，殿下還是請回吧。」

「聖人抱恙，那崔三姑娘可是在跟前伺候？」蕭卿塵忍不住開口問道。

訾榮看了看皇太孫，見殿下微微點了頭，遂領首道：「奴婢還有差事在身，先告退了。」說罷，轉身進入殿內。

沒一會兒，一旁耳殿的一扇窗子被支開了，隨後又是第二扇。

小滿邊支著窗子，邊故意大聲道：「今兒天氣熱，我把窗子都打開，讓姑娘透透氣。」

蕭卿塵忙快步走過去，見小滿站在窗邊，朝一個方向遞了個眼色，他從窗子支開的間隙看過去，果然看到允棠正直直跪在佛像前，一動也不動。

他又往前挪了挪，找到離她最近的窗子，輕聲喚道：「允棠。」

允棠本輕瞇著雙眼，聽到聲音猛地睜開，彷彿覺得自己聽錯了似的，靜靜等著他喚第二聲。

「允棠。」

允棠勾了勾嘴角，挪了挪麻木的膝蓋，輕輕應了一聲。「嗯。」

「妳還好嗎？」

「挺好的。」

蕭卿塵恨不得把頭從窗縫裡塞進去，他將頭死死抵在窗櫺上，不顧腰間又溫濕一片，低聲道：「聖人心軟，妳求求她便是。」

「祖母是為我好，怕我為所欲為，走了母親的老路。」允棠剛想動動腳趾，可從腳尖傳來的針刺感讓她忍不住悶哼一聲。「可我有必須要做的事，只能讓她老人家傷心了。」

「妳還想做什麼？我幫妳。」

允棠笑笑。「你已經幫過我了。」

他沈默。

「蕭卿塵。」

「嗯？」

允棠並不轉頭，只是輕聲問著。「你很疼嗎？」

他低頭，隔著衣袍捂住傷口，點點頭。「嗯，疼死了。」

「快回去吧。」

見他捂著腰腹，皇太孫急急過來，看了傷口處一眼，皺眉道：「走，我送你出宮。」

蕭卿塵看了看她的背影。「那我走了啊！」

目送二人離開後，小滿疑惑地問道：「姑娘是如何知道小公爺受傷的？」

「我若說我是聽出來的，妳信嗎？」

「我怎麼聽不出來？」小滿撓撓頭。

正殿內，解嬤嬤正伺候皇后喝藥，等皇后皺著眉頭嚥下湯藥後，解嬤嬤才道：「瞧我這記性，又忘了給娘娘備飴糖了。」

皇后沒好氣地白了解嬤嬤一眼，佯怒道：「我還不知道妳？為了給她求情，妳寧願苦著我是吧？」

「姑娘來之前，娘娘喝藥也是不吃糖的。」解嬤嬤毫不留情地戳穿道。「娘娘早就消了氣，何不喚姑娘進來，訓斥幾句也就算了。」

「不成。」皇后正色道：「若是由著她恣意妄為，不知道要在暗處樹立多少敵人。她還拿著些小把戲去欺瞞官家，所謂聰明反被聰明誤，這次我定要讓她吃夠教訓，學會謹言慎行。」

「娘娘也瞧見了，姑娘雖看著柔弱，可性子卻倔強得很，一點兒也不輸給她母親。若是這樣一直僵持下去，搞不好姑娘的膝蓋要跪出毛病來呢！」解嬤嬤輕嘆口氣。「之前有哪個宮的丫頭，因為闖禍，被主子罰跪，六、七日下來，那腳都變成黑色的嘍！」

皇后急了。「當真？」

解嬤嬤煞有介事地說：「自然是真的，我何時騙過娘娘？」

「去把她叫來。」皇后道。

見解嬤嬤急急起身，皇后又遲疑了下。「等等！」

解嬤嬤笑道：「娘娘放心，您在榻上躺好，我自有辦法。」說罷便跑到正殿門外大喊幾聲。「聖人暈倒啦、聖人暈倒啦！」

聽到呼喊，允棠一驚，下意識起身，但因雙腿僵麻無比，一下子摔倒在地上。

「姑娘！」小滿驚呼。

「祖母……」允棠掙扎著起身。「快扶我去看祖母！」

「快來幫忙！」小滿喊了一個候在門邊的小宮女，兩人架起允棠，直奔正殿。

允棠幾乎是撲到皇后床榻前，見皇后雙眼緊閉，不由得鼻子一酸。「祖母！祖母，孫女知錯了，您醒醒啊！孫女再也不敢了……」

皇后緩緩睜眼。「真的？」

允棠一愣，轉頭看了看立在一旁的解嬤嬤，見解嬤嬤滿臉笑意，頓時明白過來。

她癱坐在地上，揉著刺痛的下肢，悶聲道：「祖母放心，我既然說了，定是能做到的。」

皇后撐起上身，替她撥了撥額前的髮，心疼道：「以後有了委屈，不要自己胡來，都跟祖母說好不好？祖母替妳作主——」

後半句硬生生地斷在口中，皇后的手也頓在空中。

「祖母？」允棠不明所以。「怎麼了？」

「沒什麼。」皇后訕訕地收回手，低頭道：「我乏了。跪了三日，妳也累了吧？快回去休息。」

允棠雖不解，還是點頭應承。「是。」

和小滿一起扶著她出了門，解嬤嬤寬慰道：「姑娘這幾日跪佛堂，娘娘也是夜夜不得安睡，生怕姑娘渴了、餓了，或是熱著、冷著了，想來是憂思過度，精神不濟了。」

「是我太不懂事了。」允棠欠身道：「辛苦嬤嬤了。」

解嬤嬤笑說：「這是哪裡的話？照顧娘娘是我的本分。我知道娘娘是真心疼愛姑娘，這才出此下策，姑娘不怪罪已是寬厚了。」

第十四章

崔府外某茶樓對面的巷子裡，崔奇風和梁奪身著便衣，躲在暗處，眼睛卻直直盯著茶樓入口處。

「將軍，已經等了很久，他會不會不來了？」梁奪問道。

崔奇風搖頭。「不，他一定會來的。我之前跟茶樓小二打聽過了，每七日他都要來個三、五次，而且一坐就是大半天。」

「那……」梁奪猶豫半晌，才問道：「這茶樓上面，真的能看到三姑娘的玉弓軒啊？」

「沒錯。我親自看過了，能看到院子。」提到這個，崔奇風不禁恨得咬牙切齒。「這個天殺的無恥之徒，看我不擰斷他的脖子！」

「不對吧？」梁奪撓撓頭。「三姑娘都去世那麼久了，他還天天來，看什麼呀？」

「誰知道他有什麼齷齪想法？」崔奇風忿忿道。「還好現在我寶貝外甥女入了宮，不然被他這麼遠遠看著，我非剜了他的眼睛不可！」

「將軍！」

崔奇風探頭看去，果然見到鄭戩跟著一人，怡然自得地進了茶樓，沒一會兒，便在二樓靠窗位子坐下來。

「娘的！」崔奇風咒罵一句，拎著長刀就衝進茶樓。

梁奪見狀，忙快步跟了上去。

茶樓裡大多是文人墨客，閒來無事飲茶、論詩，冷不防闖進一個拎著長刀的莽漢，小二嚇得連盤子都端不穩了。「掌、掌櫃的！」

崔奇風三步併作兩步就上了樓，見到鄭戩正搖著紙扇，眺望玉弓軒的方向，登時怒火中燒，一個箭步衝過去，揪著他的領子就把人拎起來。

「唔——」鄭戩一驚，待看清來人，連忙拍了拍崔奇風的手。「崔、崔將軍，你這是……」

「崔將軍！」和鄭戩同桌的知諫院樊琦見狀忙起身，驚詫地叫道：「崔將軍快放手！你、你這是為何呀？」

「你閉嘴！」崔奇風回頭一喝，又轉頭瞪著鄭戩問道：「我問你，你可是日日盯著玉弓軒？」

「玉……」鄭戩實在被勒得透不過氣，臉都漲紅了。「鬆、鬆手……」

樊琦急道：「崔將軍，你想問話，總得讓他能開得了口不是？」

這時掌櫃的邁著小碎步跑來，卻被梁奪一把攔住，近不得身，和小二急得團團轉。

「我們兩個手無縛雞之力，在你們面前是跑不掉的！」樊琦見鄭戩的臉已經漲成了豬肝色，急得直跺腳。「將軍啊，快鬆手，要出人命了！」

崔奇風這才撒手。

鄭戬立刻弓起身子，拚命咳嗽起來。

樊琦忙過去查看，又讓一旁提瓶的小二倒了杯茶給他，一邊撫他的背，一邊問道：「將軍如此行徑，到底是為何啊？」

「你問他！」崔奇風一指眼前彎成蝦米的鄭戬。

鄭戬強穩住氣息，忿忿地道：「我不知道什麼地方得罪了將軍，還望將軍明示！」

「明示？」崔奇風聽了，頓時氣不打一處來。「說！你為何日日都要到這個茶樓來，還每次都坐這個位子？」

樊琦滿腹疑團。「我和鄭兄不過是喜歡這裡的茶百戲，喜歡這裡的菓子，又何罪之有啊？」

「我再說一次，你閉嘴！讓他自己說！」崔奇風喝斥道。

鄭戬聽明白了，朝掌櫃和小二擺擺手。「沒事，只是個誤會，散了吧。」

「誰跟你是誤會？」崔奇風卻不饒人，劍眉一立，又朝一旁嚷道：「看什麼看？」

二樓本就沒什麼人，還有幾位茶客，是跟著崔奇風跑上來看熱鬧的，剛開始竊竊私語，便被崔奇風瞪得悻悻地閉了嘴，默默散了。

鄭戬拉過椅子坐下，一伸手，面色平靜地道：「崔將軍請坐，想問什麼便問吧，鄭某定知無不言。」

崔奇風盯了他半晌，扯過椅子在他對面坐下，冷聲道：「我剛才問了好多次，不如先將前面的問題一併答了再說。」

鄭戩喉頭滑動，像是還沒想好怎麼說。

崔奇風等得不耐煩，用刀柄敲了敲桌沿。

「是，沒錯，我選這裡，是因為能看到三姑娘的院子。」

崔奇風怒不可遏，一巴掌拍在桌上，震得茶盞叮噹亂響。

「將軍先聽我說完。」鄭戩垂眸。「鄭某這塊遮羞布，怕也是要不得了。」

眾人就見他從懷裡掏出一個布包，打開來，裡頭是幾張老舊的書信，邊角早已破損不堪，但他小心翼翼翻開來，平攤在桌上，那模樣，像是在對待什麼極易破損的珍寶。

「這是我給三姑娘寫的第一封信，本想在她出征那日交給她。」鄭戩黯然道：「可那日老母親突發惡疾，我沒來得及將書信交到她手裡，更是沒能等到她回來。」

崔奇風半信半疑，仔細辨認著信上的字跡。

這是幾封告白信，彼時鄭戩剛中了探花，意氣風發，無數官員去榜下搶婿，他卻誓死不從，只因他早已有了心上人。

崔清珞名噪汴京，自是無數人求娶，鄭戩知道自己出身寒門，並不是好的郎婿人選，可滿腔深情若不傾訴，始終食不知味，所以冒昧寫下這第一封信，表達自己的心意。

得知她戰前產子，鄭戩一介書生，連夜備了乾糧，騎了匹馬便上路，想直奔邊關，告訴她，他鄭戬願意娶她。

可半路遇到賊匪，不但搶了他的盤纏和馬，還將他痛打一頓，雨夜他藏身在破廟中，哭自己沒用。

走了幾天，好不容易到了驛站，可還沒等他再次上路，便聽到了噩耗。這心痛斷腸的第二封信，就是這時候寫的。

第三封，是無意中發現這裡能看到她生前住的院子，伏在茶桌上痛哭後寫下的。

「我能證明！」樊琦舉手發誓道。「我與鄭兄同僚十餘載，最是清楚不過，不然，這店裡的掌櫃也是能作證的。」

鄭戬沈聲道：「若是將軍覺得鄭某冒犯了三姑娘，想打我一頓出氣，我任憑處置，絕不還手。」

樊琦忍不住插嘴道：「崔將軍，鄭兄多年未娶，實在是對崔三娘子一往情深。這店是建安二十二年才開的，崔三娘子生前絕無可能偷窺，鄭兄真的只是緬懷，別無他念啊！」

「真的？」崔奇風皺眉。

鄭戬指天。「若鄭某今日有半句虛言，必遭天譴！」

崔奇風見他一臉鄭重的模樣，重重地嘆了口氣。「罷了。」說罷起身要走。

「崔將軍，」鄭戬起身，支支吾吾半天，終於擠出一句。「小心崔二娘子，如今的晁夫人，她、她不是什麼好人。」

文人一向以君子自居，從不在背後議論他人是非，讓他說出這番話實屬不易了。

崔奇風點點頭，又抬手拍了拍他的肩膀，隨後帶著梁奪揚長而去。

待崔奇風回到家中，把鄭戬的事說了一遍後，祝之遙也沈默了。

「唉，夫人，妳是沒瞧見，他那弱不禁風的樣子，還口口聲聲說要娶珞兒。」崔奇風心情複雜。「他沒死在路上，都算他命大了。不過在外面茶樓能遠遠看到玉弓軒院子裡，我總覺得不妥，看來得找人在那屋頂放些東西、掛面旗子之類的……」崔奇風自顧自說著，猛然抬頭，見祝之遙還在愣神，便伸手在她面前擺了擺。「怎麼了？」

「將軍，」祝之遙面色凝重。「父親要回來了。」

「什麼?!」

原來皇太孫跟官家提了召崔奉回朝的事，官家有些猶豫，當時並未應允。可在見了允棠之後，聽說了瑾王妃還曾下令追殺她的事，一氣之下，便命人六百里加急，傳召崔奉。

如今崔奉已經得令，怕是不日就要到了。

崔奇風眉頭擰成麻花。「可知道官家為何要傳召父親？」

祝之遙搖搖頭。「是孔指揮抽空叫人來告訴一聲的，只說官家面色不是很好。」

「面色不好……會是因為什麼呢？」崔奇風心亂如麻，腳下開始左右踱步，幾個來回後，倏地抬頭。「難不成是允棠在宮中闖了禍？」

「允棠是被請進宮的，為了寬慰聖人，若是真的犯錯，趕出宮來便是，何至於要大老遠召回父親呢？更何況不是送了詞頭去中書省，說是要封郡主嗎？哪像是闖禍的樣子？」

崔奇風揉了揉鼻子。「也是啊！」

祝之遙拉著他坐下。「我們在這裡猜破了天也是無用，不如做些實際的。」

「什麼實際的？」

「帶著紅諫，去大堯山為清珞收屍。雖然已經過去十五年了，怕是屍骨無存，可總要走上這麼一遭，我才算安心。」祝之遙面露哀色。「聽紅諫說，今年帶著允棠去祭拜的時候，還是對著一個亂石堆燒的紙錢。」

崔奇風聞言，心中亦是五味雜陳。雖然他和夫人在邊關某處也曾為妹妹立碑，可終究只是個念想，作不得數的。

「還有，雖然家族耆老們平日裡不言語，可若想將清珞葬入崔家祖墳，怕也不是件易事。」祝之遙愁眉不展。「難道真要等到洗刷冤屈的那一天嗎？」

崔奇風的鐵拳，砰的一聲砸在桌上，咬牙道：「我倒要看看誰敢阻攔！」

國子監司業晁府。

正廳內坐了滿滿一屋子的女眷，上到如晁老太太一般從心之年的老婦，下到七、八歲的女童，談天說笑，熱鬧得緊。

歐陽姨母紅光滿面，一個勁兒地朝老姊姊使眼色，晁老太太也明白，探身去瞧端坐在一側的齊七娘子。

「七娘子雖是個庶出的，可小娘知書達禮，不是勾欄瓦舍出來的貨色。」歐陽姨母介紹道。「齊家與我家毗鄰住了十餘年，我幾乎是看著她長大的，是個好孩子。」

崔清瓔卻與滿屋子的歡樂格格不入，輕諷道：「高門大戶的姑娘，誰不是養在嫡母下的？誰會讓小娘去養孩子？真有說的那麼好，怎麼會二十幾歲了還不出嫁，一直在閣裡待到現在？」

見齊家七娘子被說得面露赧色，歐陽姨母雙手環抱胸前，撇嘴道：「大郎家的，妳膝下無子女，自然是不知道這些，若小娘出身良家，人品貴重，為當家大娘子分擔些也沒什麼不妥。」

一句話刺中崔清瓔的要害，懟得她喉頭哽住，說不出話來。

「一直未出閣，自是娘家寶貝，想多留幾年。」歐陽姨母又轉向晁老太太，如實道：「大姊，我也不瞞妳，其實齊家之前給菡姐兒也說過親事，可對方沒福氣，還沒等到大婚那天，就得病死了。」

崔清瓔冷哼一聲，掐著指頭陰陽怪氣道：「母親，那可要好好算算八字，別是剋夫的命。」

齊菡羞愧難當，扭頭扯住歐陽姨母的袖子，眼看就要哭出來。

「怪不得大郎一直不納妾，無後又善妒，這隨便拿出哪一條，都是夠休妻了！」歐陽姨母氣憤道。

崔清瓔翻了個白眼。「姨母有心，不如操心自己家的事吧？姨父一把年紀了，還只是個九品，典哥兒這次春闈放榜怎麼樣？又沒中吧？」

「住口！」晁老太太拿手杖敲了敲地，怒目而視道：「對待長輩，言語間如此刻薄，傳出去豈不讓人笑話？」

一直未開口的齊夫人坐不住了，起身拉著齊菡要走，佛然道：「多謝歐陽夫人想著我家菡姐兒，可這晁家大娘子擺明不想讓我們進門，既然如此，我們還是不討這個嫌了吧！」

歐陽姨母忙起身去攔。

可齊夫人氣得不輕，說什麼都要走。

晁老太太咳了兩聲，冷冷地道：「齊夫人慌什麼？這個家，還輪不到她作主！」

崔清瓔雖氣憤，卻不敢公然頂撞，只得在心裡暗罵。

「菡姐兒雖不是我生的，可平日裡她懂事、孝順，若嫁出去受難，我也是捨不得的！」齊夫人置氣道。

晁老太太起身。「若是真能為我們家大郎誕下一兒半女，別說進門，就是平妻，也並無不可。」

「母親！」崔清瓔失聲叫道。

晁老太太並不理會。「怎麼樣，齊夫人？妳若同意，今天就把婚事定下來。」

齊夫人自是喜出望外，再怎麼說，這晁家大郎也是四品，嫁過來以後得封誥命，也不是不可能的。

再扭頭去看齊菡，不用做妾，姑娘家自己也是合不攏嘴的。

「同意，自然是同意的。」齊夫人笑吟吟地道：「還是我們菡姐兒有福氣。」

崔清瓔死死盯住晁老太太，雙手扭在一起，一下一下摳著指甲，完全不顧指尖已經滲出血跡。

「那好！」晁老太太故意忽視媳婦的憤恨目光，開懷大笑起來。「那親家坐下來，咱們好好商量商量具體事宜。」

仁明殿前院。

允棠和小滿看著面前的白瓷大甕，大甕底部是一些魚塘泥，又裝了大半的清水，經過一段時間的沈澱，已清澈見底。水底幾尾紅白珍珠金魚自在暢游，水面漂浮著荷葉和白色荷花，美不勝收。

「真好看！」小滿讚嘆道。「還是姑娘主意多，聖人見了，定會喜歡的。」

允棠笑笑。「這幾日祖母身子好了些，能下地走動了，不過體虛乏力，走不了太遠，去不了園子裡看風景，只能把風景搬回來給祖母看了。」

「嗯！」小滿重重地點頭。

「妳就是允棠？」一個清冽的女聲，從二人身後響起。

允棠回頭，就見一個與她年紀相仿的小娘子正款款而來，身著紅襦綠裙，頸間金鑲玉的瓔珞穗子隨著動作輕輕晃動，靈動非常。

允棠微微欠身。「長寧郡主。」

長寧郡主不免訝異。「妳怎麼知道我是誰？」

允棠輕描淡寫地道：「與我年紀相仿的郡主只有兩位，而襄寧郡主我已經見過了。」

「聰明！妳我都是郡主，也不必客氣了。」長寧郡主走近些，眉飛色舞道：「聽說妳讓襄寧……喔不，如今應該叫她新城縣主，栽了個大跟頭？」

「只是她運氣不好，欺負我的時候，剛巧被官家瞧見了。」

「哎呀，都一樣！平日看她拿著我母親送的東西到處招搖的樣子，就說不出的討厭，尤其是纏著蕭卿塵的樣子，卿塵哥哥、卿塵哥哥……」長寧郡主癟著嘴，捏著嗓子叫，學得活靈活現。「活像隻大鵝！」

這舉動惹得允棠噗哧一笑。

長寧郡主也跟著掩口笑。「本來是想來看看妳有什麼能耐，第一次見面就讓祖父封妳當郡主，誰知道看妳還挺順眼的。」

允棠回憶起蕭卿塵的話，這長寧郡主是瑄王的女兒。

她仔細看了看長寧郡主的五官，沒頭沒腦地問了句。「妳覺得我們倆長得像嗎？」

長寧郡主一頭霧水，狐疑道：「什麼意思？」

允棠笑了笑。「沒什麼。」

長寧郡主「切」了一聲，雙手環抱胸前，翻了個白眼。「別聽我兩句好話，就跟我套近乎啊，我可比妳好看多了。」

身後的小滿暗暗撇嘴表示不同意。

允棠自己倒是不在意，只是繼續伺弄著那些金魚。

「妳也不用高興得太早。」長寧郡主傲然道。「之前京中一直瘋傳，我朝要選一位郡主與遼國和親，祖父沒來由地這麼大肆封賞妳，沒準兒就是想讓妳給我和新城縣主當個墊背的嫁出去也說不定呢！」

「郡主為何這麼有信心，祖父不會選妳呢？」允棠饒有趣味地問道。

「這還用問嗎？」長寧郡主得意道：「我父親在朝中——」說到一半，長寧倏地住了嘴，瞇起雙眼去看允棠。

允棠笑容不及眼底，追問道：「在朝中如何？」

長寧郡主冷笑。「我倒是小瞧妳了。」

「多謝郡主謬讚。」

「放心，我會讓父親極力促成和親的。」長寧郡主湊到她耳邊輕聲道：「到時候，我也為妳添一份嫁妝。」

「長寧郡主慎言！」蕭卿塵穿過月門，快步走到允棠身邊，將她護在身後，沈聲道：「官家已經明確下旨，不許再妄議和親之事，郡主是要公然抗旨嗎？」

「蕭卿塵？你怎麼會在這兒？」長寧郡主挑眉。「不過是平常說說話而已，用得著這麼小題大做嗎？」

蕭卿塵冷冷說道：「郡主自幼得名師教誨，更應當懂得禍從口出的道理，若是讓官家知道妳妄自揣測聖意……」

長寧郡主退後兩步，冷眼看著兩人，盯了一會兒後，嘖嘖道：「要是新城縣主知道你們這般郎情妾意，不知會做何感想？」

允棠勾勾嘴角。「長寧郡主的意思，是要與新城縣主為伍了？」

長寧郡主沈默半晌，忽地又笑笑。「她那麼蠢，我又怎會與她為伍呢？你們能讓她暴跳如雷，我開心還來不及。」說罷，看了看日頭，自顧自道：「沒時間跟你們閒聊了，我給祖母請安去。」轉身離開。

小滿提起木桶，抿嘴笑道：「姑娘，我再去打些水來。」

院子裡只剩下他們兩個人。

「你的傷好了？」允棠問道。

「嗯，好了。」

像是要證明什麼似的，蕭卿塵拍了傷口兩下，卻疼得汗都快下來了。

「別拍了，一會兒傷口又裂開了。」

允棠俯身從木桶裡捧出一尾魚，放入甕中。

蕭卿塵看著她白皙的耳垂，想起那日在瑾王府跟在她身後的情景。

「允棠。」

「嗯？」

蕭卿塵穩了穩思緒，沈聲道：「官家封妳為郡主的詞頭，被中書舍人封還了。」

允棠聞言起身。「那是什麼意思？」

「意思就是，中書省覺得此事不合法度，拒絕草詔，臺諫們似乎也頗有說辭。」蕭卿塵道。「我側面打聽過，不妥之處就在於……」

「在於封地三郡，和食實封戶吧？」允棠淡淡地道。

「是。因為我朝郡主，歷來封地只是一郡，且賞些封地食邑也就罷了，除非像妳母親那樣，有軍功在身的，才會賞食實封，可從……那件事之後，再沒有出征的女將，便也就沒了先例。」蕭卿塵耐心為她解釋道。「若是官家堅持，詞頭會再次被送到中書省，叫給次舍人草擬詔書，之後還有門下省……」感覺自己越說越遠，蕭卿塵頓了頓。「和親的事不過是捕風捉影，若是有人再亂嚼舌根，妳不必理會。」

允棠笑笑，從小到大，她聽過的流言蜚語還少嗎？早就練就出一顆強大的心臟了。

「我每日都在仁明殿裡，哪裡會有人來嚼舌根？」

「剛剛不就是嗎？」

她用手指捻了些饅頭，撒到水面上，又轉頭問道：「你來就是為了跟我說這些？」

「也不是。」蕭卿塵忍不住嘴角上揚。「過兩日就是乞巧節了，我想求聖人放妳休沐一天，帶妳出去轉轉。」

「祖母倒是早就說了，會放我出宮玩一玩，順便回家看看。」她目光不離魚兒。「可我早就答應了南星，要跟她一起逛州橋夜市。」

「那我們就白天去，去玉津園，或是大相國寺。妳若是想泛舟，金明池也成。」

「我……」允棠不敢抬頭直視他，怕自己亂了方寸。

凶手還藏在暗處，她需要打起十二分的精神，才能在不斷的試探中發覺那些不起眼的蛛絲馬跡，她不能分心。

可不知道從什麼時候開始，他的眉眼已經在她心底種下一顆種子，每當他對著她含笑時，那顆種子都會蠢蠢欲動，隨時準備破土而出。

她上輩子雖沒談過戀愛，可也曾偷偷喜歡過學長，也知道被對方一顰一笑牽動的神經意味著什麼。

在母親含冤未雪，背負世間罵名的時候，她竟動了心。她真該死。

後頸被日頭曬得滾燙，允棠忍不住伸手去遮，下一秒，那毒辣的陽光卻好像全都躲避開來了，再沒有一絲灑落在她身上。
她沒有回頭，只是怔怔地看著那個將自己的身軀籠罩住的身影。
「不要躲著我。」蕭卿塵聲音輕輕的，像是在哀求。
溫熱的鼻息噴灑在她的後頸，允棠竟覺得，要比夏日豔陽還要炙熱。
「妳想要做什麼，我都會幫妳，不會影響妳，更不會阻攔妳。」蕭卿塵似是極力隱忍著。「所以，不要躲著我。即便是妳想要拒絕，也無須費心找理由來敷衍我。」
「你又疼了嗎？」她問。
等了許久，也得不到回應，她倉皇轉身，對上那雙引起她慌亂的眉眼。
待她故技重施，想要退後幾步逃開來時，雙肩卻被一雙大手牢牢禁錮住，動彈不得。
蕭卿塵分明捕捉到她眼裡的關切，驚喜地問道：「妳也是喜歡我的對不對？」
「姑、姑娘……」小滿的聲音突地闖了進來。
蕭卿塵一慌，手上鬆了力道，允棠乘機逃脫出來。
小滿吞吞吐吐地道：「訾押班剛才來說，聖人午睡醒來了。」
允棠輕呼一口氣，輕聲道：「知道了，我這就去。」
七月初七，已是初秋了。
允棠難得回家一趟，祝之遙特意囑咐小滿，不要叫她早起。

不過這麼多時日，在宮中早就習慣了，因此她天未亮便睜了眼，硬是在床上滾到辰時末才起。

梳妝完畢後，換上了舅母給她新做的藕合色絹絲褙子，出了房門，允棠才發現，嬤嬤們早就忙活開了。

許久未見天日的衣物和書籍，如今都攤開來，曬在日光下。

她未曾帶書來，想來全都是母親留下的。她隨手翻了翻，未見女子常讀的《女則》、《女誡》，倒是兵書居多。

若是母親還在，應該也能成為一代良將吧！

「允棠！妳起了？」崔南星的聲音打斷了她的思緒。

允棠放下書回應。「嗯，起了。」

崔南星興沖沖地跑進院子，將手裡攥著的一把紅色短弓塞到她手裡。「快看看，稱不稱手？」

「給我的？」允棠驚呼。

「是父親找人趕製的。」崔南星眼睛笑得彎彎的。「怎麼樣？喜歡嗎？」

允棠又驚又喜，將短弓拿在手裡，翻來覆去，不住地摩挲，拚命點頭。「喜歡！」

「製一把上好的弓比較耗時，這把妳先用著，反正初學也足夠了。等妳臂力大些了，再送妳更好的。」

「謝謝妳，也替我謝謝舅舅。」允棠愛不釋手，像模像樣地試著拉了一下，卻連一半都拉不到。

崔南星犯了難。「這樣也拉不動嗎？」

允棠尷尬地搖搖頭，這副身子實在是孱弱，不做幾千幾百個伏地挺身、仰臥起坐之類的，想要拉開滿弓，看來是不可能了。

她忍不住去捏了捏崔南星的手臂，後者為了彰顯強而有力的臂膀，還故意繃了繃。

「怎麼樣？」崔南星挑眉。

允棠吃驚地瞪大雙眼，點頭如搗蒜。一個與她年齡相仿，看上去也不怎麼健壯的小女生，肱二頭肌竟然這麼發達！

她甚至有股衝動，想看看崔南星的衣裙下面，是不是也有著流暢的馬甲線？

崔南星得意到合不攏嘴，任憑允棠在身上上下其手。

「對了，母親說，晚上要一起拜織女，州橋我們掌燈時便去吧！那白天呢？白天妳想去哪兒？」

允棠想起那日蕭卿塵的邀約，一時間不知該如何抉擇。

「我們去大相國寺吧！」崔北辰從院子外面進來。「聽說那兒什麼稀罕玩意兒都有，可好玩了！」

今日他也穿了新衣袍，與允棠的褙子顏色、布料都相同。

崔南星見了直咂舌，驚嘆道：「母親這撮合你們倆的意思，也太明顯了吧！」

聞言，身穿情侶服的兩人不約而同看看自己，又看看對方，氣氛忽然變得有些尷尬。

「我去換件衣裳吧。」

「妳穿這件真好看。」

兩人同時說了一句，又一起閉上嘴巴。

崔南星齜牙咧嘴，嫌棄道：「你倆穿成這樣，我可不跟你們去啊！」

崔北辰有些惱羞成怒，嚷道：「妳不去，我跟允棠兩個人正好！」

「你是皮又緊了吧？」崔南星攥著拳頭比劃。

「怎麼樣？還合身嗎？」母親的及時出現，化解了姊弟倆的矛盾，只見祝之遙身姿搖曳，從院子外款款而來。

「舅母，這……」允棠有些不自在地扯著自己的褙子。

祝之遙瞥了一眼有些竊喜的兒子，扭頭做無辜狀，上下打量允棠一番。「怎麼了？這不是挺好的嗎？」又怕她換掉似的，把她往外推，邊走還邊催促道：「妳也別多想，給妳做了衣裳，還剩些布料，就順便給辰兒也裁了件。你們幾個趕緊出去玩吧，去晚了，人可就多了。」

「剩的布料？」崔南星撇撇嘴。「我才不信呢！那怎麼沒有我的啊？啊——娘，妳幹麼？」

祝之遙收回伸入女兒腋下的手，笑咪咪地道：「快走吧，路上小心啊！」

三人被推搡著出了門，崔南星憋笑，崔北辰欣喜，夾在中間的允棠面色鐵青。

看來初見舅母時，說要把她嫁給表兄的話，不是戲言啊！

被硬組了個CP，男方臉上還寫了一百個「我願意」，若是她不想辦法反抗，恐怕離大婚真的是不遠了！

各懷心思的三人終於來到大相國寺，這裡的繁華程度比之州橋，有過之而無不及。

大三門上好像是個寵物市場，飛禽貓犬，無所不有，喧鬧叫賣聲不絕於耳。

「允棠妳看！」崔南星指著一隻貓，神動色飛地道：「這隻狸奴跟團子很像呢！」

允棠撇撇嘴，在她眼裡，團子是最好看的，任何貓都比不上。

「這是鬥雞，允棠快來！」

「那邊還有鸚哥！」

崔南星像是剛被放出籠子的鳥兒，這邊看看、那邊瞧瞧，完全不知疲乏。

允棠一開始還任由表姊扯著東奔西跑，可時間長了，兩條腿便吃不消了，只得鬆開手，找了個陰涼的地方，在臺階上坐下來，休息一下。

崔北辰倒是哪兒也沒去，一直乖乖跟在她身後，見她累了，也陪著坐下，又展開紙扇輕搖，有些害羞地有一搭、沒一搭地說話。

「早上還涼爽，日頭起來，又開始熱了。」

「是啊。」

「要不我們去裡面吧？聽說裡面有家炙豬肉，可好吃了，我們可以邊吃邊等。」

允棠搖搖頭。「還是等南星一起去吧，一會兒她回頭，找不到我們，該著急了。」

見她毫不猶豫拒絕了，崔北辰失望地道：「也好。妳渴不渴，我給妳買點飲子喝？」

「不用了。」

他到底只是個十六歲的少年，面對喜歡的女生，明顯不知所措。平日裡總是三人行，這難得的獨處時光，他格外珍惜。

他不動聲色地往允棠身邊挪了挪，醞釀了半天，終於決定表明心意。

「其實我——」

嘩！

一杯帶著桂花花瓣的冰飲子，直直潑在崔北辰臉上，他被潑了個激靈，一下子從地上彈了起來。

「對不起啊！」

一句慵懶，且毫無誠意的道歉。

允棠聽到熟悉的聲音驀地一愣，一抬頭，看到蕭卿塵那張臭得不能再臭的臉。

崔北辰怒不可遏，衝到跟前罵道：「蕭卿塵，你有病吧！」

蕭卿塵不說話，大手按在他的胸前，腕上用力將人推開，眼睛直直盯著允棠。那眼神，好像受傷的小獸，同時又蘊含著滔天的怒意。

「蕭卿塵……」允棠怔怔地起身。

蕭卿塵上前幾步，從懷裡掏出一個象牙雕刻的磨喝樂，塞到她手裡，喉頭滑動了半天，才輕聲說道：「這是買給妳的。」

崔北辰怒火中燒，抬腳就朝蕭卿塵後腰踹去。

蕭卿塵抬腿擋開，轉身與他扭打在一起。

「別打，你們快別打了！」允棠急道。「蕭卿塵，你住手！」

蕭卿塵遲疑了一下，下一秒，臉側便挨了一拳。

「呸！」蕭卿塵吐出口中的血沫，眼中透出狠戾，雙手扯著崔北辰的領子，用力向下一拉，隨後身形一轉，騎坐在他身上，一拳一拳地砸了下去。

到底是差了四、五歲的年紀，兩人身形相差懸殊，崔北辰幾乎毫無抵抗之力。

「蕭卿塵，你別打，住手！」

允棠忙去扯，可蕭卿塵卻好似發瘋了一樣，根本攔不住，反倒差點把她甩了個趔趄。

眼看崔北辰眼角都被打得裂開了，鮮血直流，她沒辦法，一咬牙關，徑直撲了上去，用自己的身體護住崔北辰的頭。

「妳……」蕭卿塵舉著帶血的拳頭，雙眼猩紅地問她。「對妳來說，他就這麼重要？」

「他是我表兄，是我的親人！」允棠快要哭出來了。「我求你了，不要打他！」

「允棠……」崔北辰含糊地說道：「妳、妳躲開！」

此時四周已經裡三層、外三層地圍滿了人，見到崔北辰的慘狀，眾人忍不住指指點點。

「太慘了吧，這麼大的人打一個孩子！」

「這是小公爺吧？」

「太不像話了！欺人太甚啊！」

「就是！」

皇太孫和崔南星聽見議論，幾乎同時擠進人群，見到面前的情形，不由得大吃一驚。

「崔北辰！」崔南星見到弟弟那張血肉翻飛的臉，瞬間怒了，扔掉手中剛買的玩意兒，就要朝蕭卿塵撲過去。

「等一下！」皇太孫急忙攔腰抱住崔南星。「這位小娘子，妳、妳冷靜一下！」

「放開我！蕭卿塵，我要你的命！」崔南星咬牙切齒。「你誰呀？放開我！」

「步軍司副指揮使懷超，參見皇太孫殿下！」

皇太孫坐在正位點了點頭，又無奈地扭過臉去看蕭卿塵。

他坐在一旁低著頭，看不到臉上的表情，垂在膝邊的右手，掌骨上的血跡已凝固發黑。

另一邊，崔南星正伏在崔北辰肩上，用帕子為弟弟擦著臉側的血漬。

允棠則沈默不語，雙手死死攥著那個沾了血的磨喝樂。

來之前，部下的巡捕已經大致說了情況，懷超只覺得頭大如斗！左邊是武將之魂崔老將軍的孫子、崔奇風將軍的兒子；右邊是魏國公嫡子、皇太孫洗馬。

兩邊都是開罪不起的身分，幾乎可以算是自己為官生涯中最棘手的一次案件了。

正躊躇之際，門外傳來爽朗的笑聲。

「沈兄！」

「奇風啊，呵呵，有幾日沒見，你似乎更健碩了些啊！」

懷超聽到魏國公沈聿風的聲音，只覺得頭皮發麻，不動聲色地朝一旁退了退。

兩人大概是還不知道情況，還有心思寒暄。

沈聿風先進入堂中，崔奇風隨後，兩人朝皇太孫行過禮之後，才去看孩子們的臉色。

「這……」沈聿風瞧見崔北辰的臉，驚愕不已。「怎、怎麼把人打成這個樣子？」

崔奇風看清兒子的傷，先是皺眉，隨後擺了擺手。「無妨，孩子們切磋而已，不必小題大做。」

「爹爹！」崔南星不服氣。「這哪裡是切磋？明明是——」

崔奇風忙喝止。「住口！」

「卿塵，還不快滾過來給弟弟賠罪！」沈聿風瞪起眼睛喝道。

蕭卿塵沒動，只是抬眼看向允棠。

允棠一副驚魂未定的模樣，直直看向前方地面，她的新衣胸前、領子，都沾了血跡。

「允棠，妳也受傷了？」崔奇風擔心地湊過去瞧。

她搖頭，囁嚅道：「沒有，這都是表兄的血。」

崔南星胸口劇烈起伏，激動道：「要不是允棠護著，沒準兒崔北辰就叫人給打死了，你還說什麼切磋！難道爹爹你是怕了魏國公才這樣說？」

沈聿風聞言，朝雙生子作揖，歉意道：「是我教子無方，我替我那個豎子給小公子賠罪了。」

「我打死你，再給你賠罪行不行？」崔南星火冒三丈。

「崔南星！」崔奇風怒道：「妳怎麼跟長輩說話的！」

「哼！」崔南星賭氣，又抬頭狠狠剜了蕭卿塵一眼。

沈聿風笑了笑。「令嬡這性子潑辣，我倒是很喜歡。」說罷又轉頭朝向懷超。「還得煩勞副指揮使，幫忙請個太醫，來給崔公子看看。」

懷超受寵若驚，急忙拱手。

皇太孫道：「魏國公請放心，太醫已經在來的路上了。」

見允棠捏著磨喝樂，手指關節發白，蕭卿塵這才起身，來到三人跟前，遲疑了片刻，低聲道：「對不起，多有得罪。」說完便去瞧允棠的臉色。可她頭都沒抬，只是眼圈紅紅的。

「這就對了嘛！」沈聿風拍了拍蕭卿塵的肩膀，見他回頭瞪向自己，又無奈地收回手，語氣裡帶些責怪地道：「我跟奇風，我們倆是一起上陣殺敵的兄弟，是可以向對方交出後背的關係，你是大哥，怎麼能一言不合就動起手來呢？到底是為什麼——」話還沒說完，發覺鬥毆的雙方都不約而同瞥向允棠，心下便明白了幾分。

崔奇風扭頭朝懷超拱手。「懷副指揮，這一切都是誤會，我們可以走了吧？」

懷超忙不迭地點頭，心裡簡直樂開了花。「是誤會就好、誤會就好！殿下、國公爺、崔將軍，請！」

出了門，沈聿風搭上崔奇風的肩。「真是對不起，這樣吧，我們去吃些酒，算是老哥給你賠罪，怎麼樣？」

「沈兄這是哪裡話？不就是吃酒嘛，我奉陪就是。」

「哈哈哈……」

兩人兄友弟恭，勾肩搭背越走越遠。

皇太孫輕嘆口氣，扭頭對崔南星道：「崔二娘子，一會兒太醫會到貴府，為公子醫治。剛才，多有得罪。」

崔南星攙扶著崔北辰，一言不發，賭氣地別過頭去。

崔北辰回頭，看著蕭卿塵，忽然咧嘴一笑。「你喜歡允棠是吧？」

「是又怎麼樣？」

「沒什麼，我就是想告訴你，允棠，我娶定了！」

蕭卿塵心中驀地升起無名火，不由得又攥緊拳頭。

崔北辰冷哼一聲，挑釁道：「怎麼？還想打我啊？」

見情況不妙，皇太孫忙上前一步，將蕭卿塵擋在身後，賠笑道：「我找人送你們回去。」

兩輛馬車來到跟前，為方便照顧弟弟，崔南星跟崔北辰上了一輛車。

在允棠上了第二輛車之後，蕭卿塵也矮身鑽了進去。

看到他上車，允棠不禁朝後縮了縮，可車內空間就那麼大，實在是退無可退。

看見她的模樣，蕭卿塵的心都揪在一處了，失聲問道：「妳怕我？」

允棠點點頭。「怕。」

馬車搖晃啟程，蕭卿塵只覺得自己的心也跟著搖搖欲墜起來。

「世人都說小公爺狠戾乖張，我之前還覺得是他們信口開河，」允棠聲音裡情緒稀薄。「如今算是見識到了。」

蕭卿塵沈默。

「小公爺是因為我拒絕了你的邀請，轉身跟表兄出來逛大相國寺，所以才氣急敗壞動手的嗎？」

「我只是看到妳並不十分情願，他又拚命往妳身邊湊，似有輕薄之意……」

「輕薄？」允棠轉頭看他，目光凌厲。「小公爺這是第二次不顧我的意願，非要與我同乘，在我看來，似乎比表兄的輕薄之意更盛。」

蕭卿塵語塞。「我……」

又是一片沈默。

車子經過鬧市，男男女女的說笑聲隱隱傳來，清晰地提醒著車內人，今日是七夕。

蕭卿塵又懊惱起來。從小到大，他做過的事都從未後悔過。然而一涉及到允棠，一向自詡聰明的他，卻總像沒頭蒼蠅一樣亂撞，根本尋不到方向。

如今，更是不知道是不是又錯了……

他伸手去拿她手裡的磨喝樂。「這個髒了，改日我再給妳買個新的。」

允棠手上一躲，冷聲拒絕。「不用。」

他看了看她的衣裳，遲疑了下，問道：「是否妳舅舅、舅母逼妳嫁給崔北辰？」

「他們沒有逼我。」

蕭卿塵急了。「那妳是自願要嫁給他？」

「誰說我要嫁給他？」允棠俐落地反問。

「那……」蕭卿塵吞了吞口水，心虛道：「那妳嫁給我吧？」

允棠冷笑一聲。

「妳笑什麼？」

「沒什麼。」她目視前方。「在我來汴京之前，家裡也曾有人來提親……」

「妳同意了？」

允棠沒好氣地斜了他一眼。

他立即乖乖閉嘴。

「見我不答應，那婦人便惱羞成怒，破口大罵。」她道。「我本以為，這已經夠別具一格的了，誰知道，後面還有你。」

他像做錯事的孩子，喃喃道：「我……怎麼了？」

「先把我表兄打了個血肉模糊，然後要來提親？」

蕭卿塵頭皮一緊。

是啊，如今允棠沒有父母雙親，能為她的婚事作主的，怕就是崔奇風夫婦了。

待會兒到了崔府，崔夫人若見到自己的兒子被打得跟豬頭一樣……他不敢想下去了！

蕭卿塵忙起身，掀起帷幔。「車夫，攔住前面的馬車，一起轉道去魏國公府！」

臺諫官們對官家要冊封允棠為郡主的反應，比蕭卿塵想的還要更猛烈些。

中書舍人封還詞頭之後，於三天後辭職。

官家很快地再次下詔，這次的次舍人並不想多事，用了不到半天的時間，便很快擬好了詔書，並連夜送到門下省給事中。

按理說正式的程序都走完了，應該正式宣詔了，可臺諫官們聯合抗議，於七夕休沐當日，到官家寢殿叩閣請對。

他們一致認為，一個普通的小娘子，對社稷無功，當不起這麼重的賞賜。

官家被他們吵得頭疼，卻也無計可施。

程抃一邊給官家揉著瘦脹的額際，一邊輕聲道：「官家不如退一步，按照常例，只封一郡，取消食實封，大人們也就不會這麼激動了。」

官家嘆口氣，悵然道：「朕是想補償她母親呀，可惜斯人已逝。」

「補償亦有其他的法子呀。」

官家示意程抃停下，啜了口茶，搖搖頭。「允棠的母親早逝，父親又……又認不得，朕只有給她足夠的財富、地位，才能震懾他人。不然像那天一樣，襄寧一不高興都能來踩她兩腳，若朕縱容了這種行為，豈不是將允棠推向深淵？唉，那孩子太苦了！」

「老奴倒是覺得，文安郡主長得挺好的，不卑不亢，善解人意。」

「善解人意？」官家苦笑。「你看看朕這些孫女、外孫女們，個個都是蜜罐裡寵大的，哪個善解人意了？善解人意就是要看人臉色行事，這不是苦是什麼？」

程抃頷首。「官家說得是。」

「這孩子跟她母親一樣，什麼首飾釵環也不喜歡，幾次見她，頭上都素淨得很，有時候連個耳鐺也不戴一個。」官家沈吟片刻。「一會兒你去選些稀罕的，給她送去。」

「是，官家。」

聽著外面臣子們呼喊不停，官家頭昏腦脹，抬手揉了揉眉心，長嘆道：「你說，當年貶斥清珞，勒令她和所有女將返京，朕是不是錯了？」

「官家也不知道會發生這樣的事。」程抃道。「當時正值戰事頻繁之際，那件事一出，謠言四起，軍心渙散，官家的決定也是為大局著想。」

「你說，會是秉鋮做的嗎？」

此言一出，程抃立即惶恐伏低。「官家！老奴就是一個閹人，每日只知道侍奉官家，斷不敢胡亂猜測！」

官家啞然失笑。「你這個老東西，鬼得很！朕不過隨口問問，你起來說話。」

蕭卿塵把崔家三個兒女帶到魏國公府，又讓緣起拿了沈聿風的帖子去請了好幾位太醫。醫官們各顯身手，輪番給崔北辰診治。

一連聽了幾位太醫都說無大礙，崔南星心裡的石頭才落了地。

他又命人拎來冰桶，不間斷地冰敷，敷得崔北辰的臉皮直發麻，總算趕在夜幕降臨之前，把傷口處理得不那麼駭人了。

崔北辰倚在床頭，瞇著一隻眼，還忍不住嗤笑，道：「怎麼，如今知道後悔了？」

蕭卿塵看著少年欠揍的模樣，咬著後槽牙，訕訕地笑道：「崔公子可覺得好些了？」

崔北辰搖頭，做扶額狀，道：「總覺得還有點暈。」

「那就別說話了，趕緊躺下再休息會兒吧！」他扯住崔北辰的雙腿，用力將人向下一拉，崔北辰還沒來得及驚呼出聲，又被他按倒在床上。

下一瞬，他抱起一床被子，胡亂丟在崔北辰身上。

「喂——」少年忍不住抗議。

崔南星湊到允棠耳邊，悄悄問道：「妳跟蕭卿塵說什麼了？他怎麼像變了個人似的？」

允棠搖頭。「我什麼也沒說。」

「嘖！」崔南星撇嘴。「虧我之前還覺得你們倆挺配的，郎才女貌，站在一處十分養眼。如今看來，他喜怒無常，不是個好相與的。他看妳的眼神也算不得清白，日後妳還是離他遠一些為好。」

允棠扭頭看向蕭卿塵，他強擠出的笑容實在是難看。

她在車上明明已經說清楚了，現下她有更重要的事情要做，壓根兒沒心思考慮婚事，為何他還要費盡心思做這些？

感覺到內心複雜的情緒翻騰，浮躁難以自制，她找了個要去晁府看老夫人的藉口，離開了國公府。

天已黑，圓月高懸，街上燈火通明，喧譁如白晝，來往的馬車行人似乎比白天更多了。

緣起追出來，說小公爺有話，務必把她送到晁府，看著她進門才能回來。

允棠也沒拒絕，乖乖上了車。

第十五章

到了晁府，晁老太太正形單影隻地獨自坐在院中賞月，雖衣著雍容，卻難掩神情落寞，見允棠來訪，頓時喜不自勝。

「難為妳在這乞巧節，還能想起我老婆子。」晁老太太笑著朝她招手。「快來嚐嚐這福鼎白茶，我家大郎說是御賜的呢！」

允棠輕盈落坐。「那我可是有口福了。」

前幾次來晁府，她都與晁老太太相談甚歡，晁老太太幽默機敏，且不像高門老夫人那般拘泥於禮數，兩人頗有忘年交的意思。

她啜了口茶，只覺得茶湯入口醇厚綿長，忍不住誇讚道：「唔，果然是好茶！」

晁老太太笑咪咪地道：「妳若喜歡，走的時候帶些回去，給崔將軍和崔夫人也嚐嚐。」

見她瞥向院外，晁老太太又開口道：「放心，如今府上，就只有我老婆子一人，大郎帶著大郎家的出去泛舟了，剛找人傳話，說不回來吃了。」

「晁司業夫婦倒是伉儷情深啊！」

兩人都頗有默契地迴避了「姨母」這個稱呼。

允棠不禁心中酸楚，之前跟晁老太太聊天時得知，老太太一共生過三個兒女。

大兒子晁學義，科舉考了三年，終於上了榜、入了仕，做到四品，已經算是光耀門楣了。

二兒子晁學忠，在幼時便得病夭折了。

老么是女兒，經大哥說合，嫁給一個國子監的典籍，育有一子一女，雖沒有大富大貴，卻也平安順遂，只不過因與大嫂不和，不常回娘家來。

沒有孫子、孫女承歡膝下，老太太自然寂寞。

晁老太太雙手交握，笑道：「下月初五是個好日子，我家大郎將迎娶齊家姑娘，妳到時候一定要來喝杯喜酒啊！」

允棠一愣，納妾可萬萬用不到「娶」字，更無須辦禮。

「難道……是娶平妻？」

「正是呢！」晁老太太點點頭，又似孩童一般掩口低聲道：「不怕妳笑話，這回可把大郎家的氣個半死，我這心是說不出的舒坦啊！」

允棠也學老太太的樣子，悄聲道：「託老夫人的福，我也舒坦！」

一老一小齊齊笑出聲來。

又東扯西扯了好一陣，允棠才告別晁老太太回了崔府，發覺雙生子也早已經回家了。

經過白天的事，眾人過節的心情大打折扣，不過祝之遙還是命人在院中搭了彩樓，懸掛牛郎織女圖。

崔南星和允棠都不喜女紅，自然是沒什麼作品好展示，崔北辰像模像樣地吟了幾首詩，但因為一隻眼睛只剩一條縫的怪異形象，是毫無風韻可言。

好好的乞巧節，硬是過成了吃茶賞月的中秋節。

據說蕭卿塵親自登門，致歉態度極其誠懇，不但送了好馬、好劍給崔北辰作為補償，更是命醫女留在崔府日夜看護，直至傷口痊癒。

這樣一來，祝之遙想要發作卻也不能，只好強壓怒火，稍晚些見崔奇風醉醺醺回府，便把氣都撒在夫君身上，將人鎖在房門外面。

無奈之下，崔奇風只得去客房應付一晚。

一夜無話。

翌日，允棠一早便趕回仁明殿給皇后請安。

她進院子的時候，皇后正在那白瓷大甕邊餵魚，眉間似乎有愁容。

「祖母，孫女回來了。」

皇后將手中的魚食交到解嬤嬤手中，又用宮女遞過來的帕子擦了擦手，像是不經意地問道：「昨日玩得可還開心嗎？」

「不開心。」她如實道。

「妳可知，昨日蕭卿塵和崔家小子為妳打架的事，傳遍了整個汴京城啊？」皇后眉頭緊蹙，語氣憂慮。「那些言官們，本就對冊封妳的事頗有說辭，這下怕是更要抓住此事不放了。」

小滿替她覺得委屈。「那他們兩個打架，干我們姑娘何事啊？怎麼什麼都怪到我們姑娘頭上！」

「小滿！」允棠喝止。

「是。」小滿賭氣道：「奴婢不該多嘴！」

皇后被頂撞了倒是不介意。「無妨，妳也不用訓斥她，她維護妳是應當的。」

「是，祖母。」

皇后拉過允棠的手，朝堂內走去。「我並不是要怪妳，只是妳要知道，人言可畏，尤其是對像妳這樣未出閣的小娘子來說。」

「孫女知道。」允棠垂眸。

「不，妳不知道。」皇后微微嘆氣道：「三年前，也是乞巧節，富相之女失足落入金明池中，皇太孫恰巧路過，將其救起，人救上來時失去意識，衣不蔽體。

「皇太孫雖然將圍觀眾人趕走，可事後好多人添油加醋，在瓦子裡傳揚，說小娘子是如何肌膚勝雪、凹凸有致。她醒來之後，羞愧難當，在兩天之後投湖自盡了。」

允棠心頭一震。

皇后拉她在榻上坐下。「我並不擔心官家能否冊封妳，官家心意已決，即便言官們再反對，冊封也是遲早的事。只是妳日後與男子接觸時，需要更謹慎些。」

「孫女知道了。」

聽她這麼說，皇后才放下心來。見小滿提著的包袱裡似乎裝著一個盒子，疑惑地問道：「這是拿了什麼回來？」

允棠笑笑。「光聽祖母教訓，竟忘了這個。」說罷一招手。

小滿雀躍地上前，解開布扣，裡面是個精巧的胡桃木盒。

「這是何物？」皇后不解。

允棠笑著打開木盒，裡面是一根細細短短的竹竿，塗了黑漆，竹竿較細的一端繫了根絲線，下頭綴了塊黑色的魚鈎狀石頭。

拿起竹竿，下面是十幾尾木製的小魚，胖胖的，別提有多可愛了。

「祖母，請移步到院中吧！」

皇后難掩喜色，佯裝嗔怪地道：「妳這是又想了什麼鬼點子？」腳下卻急急隨她到院中去。

只見允棠將木製小魚都丟入水中，小魚們東倒西歪地浮在水面，憨態十足。

她將竹竿交到皇后手中。「祖母試試，看能不能釣上魚來？」

皇后掩口笑。「妳這小妮子，這木頭魚哪裡會咬鈎呢？更何況妳這……」話沒說完，由允棠引著的手臂向前，「魚鈎」接近魚身，木頭魚便被牢牢吸住了！「這是……磁石？」皇后驚喜道。

允棠見皇后開心，也跟著笑起來。「果然什麼都瞞不過祖母，沒錯，魚腹中是放了磁石的。」

解嬤嬤見狀，忍不住誇讚道：「姑娘真是聰慧又孝順，竟能想到用磁石來做這些小玩意兒，哄娘娘開心。」

這時，水底的紅白珍珠金魚還以為是食物，也游上來啄了木魚兩口，惹得皇后哈哈大笑。

「我算是看出來了，妳是把我當三歲孩童來哄呢！」

允棠挽住皇后的手臂，親暱地靠過去，撒嬌道：「昨日過節，孫女只圖一人享樂，把祖母丟在宮中，實在該打，便想著送祖母個禮物補償，可祖母乃中宮之首，什麼稀罕玩意兒沒見過？因此孫女只能自己琢磨了。」

皇后輕點她的額頭，寵溺道：「妳呀！」

一轉眼，允棠侍疾已有月餘，皇后的身子一天比一天好，不但痊癒，還比之前豐腴了許多。

一眾的宮女、內侍們，知道這位還未冊封的郡主在皇后心中的地位非比尋常，見面都畢恭畢敬，不敢有一絲一毫的怠慢。

冊封的事，官家和群臣僵持未果，最終被因南方的蝗災而來的、鋪天蓋地的摺子給淹沒了。

跟隨摺子而來的，還有那傳說中的戰神——崔奉。

「崔老將軍回京了！崔老將軍回京了！」

一名侍衛策馬奔馳在鬧市，一邊揚鞭，還一邊呼喊著。

很快地，消息便傳遍了大街小巷。

待崔奉來到汴京城外的時候，太子已候在城門口，領兵夾道相迎。

崔奉年過六旬，面若赭石，燕頷虎鬚，一雙英眉斜插入雲鬢。他身穿藏青色征袍，手握五尺長精鋼朴刀，座下一匹精壯墨玉駒。

騎馬到跟前，他解轡下馬，朝太子一拱手，中氣十足道：「末將崔奉，見過太子殿下！」

太子心驚，從幼時見崔奉得勝歸朝時，就心生敬畏，見他的面，連大氣都不敢喘，如今自己雖已入主東宮，崔奉也早就年邁，可震懾力卻未曾減少半分。

驚懼之下，太子忙探手去扶，肅然道：「不必多禮，老將軍一路辛苦了。」

崔奉抬起頭。「殿下可知，官家忽然召末將回京，所為何事啊？」

太子面露難色。「這……父親並未與我多說，只叫我好生迎將軍進城。」

崔奉稍一思索，劍眉一挑。「如此，那便即刻入宮吧！」

入皇城的必經之路上，百姓早已自發地等在道路兩旁，見到崔奉的身影，便齊齊振臂高呼「崔將軍」。

更有年邁的嬤嬤們，送上成籃的瓜果和雞子，很快地，跟在後面的衛兵手裡都被塞滿了東西。

太子見狀，不禁悵然。上次見這種場面，還是十六年前崔家軍出征的時候。

彼時崔奉正值壯年，威風凜凜騎坐在馬背上，受天子讚賞，受眾人膜拜。

這十六年間，崔家軍駐守邊關，又打了無數的勝仗，只是再沒回過汴京。

傳聞，官家派人送去的賞賜，也都被他換作米糧，分發給邊關的百姓們。

汴京的百姓，每每給小輩們講起崔家軍凱旋的盛況，無一不唏噓。

鼎盛時期，官家曾許崔奉騎馬佩刀入宮門，可他卻從不曾踰矩。

再次來到宮門前，崔奉將馬和刀交給小黃門，又仰首駐足良久，才昂首闊步朝門內走去。

一見官家，崔奉撩袍就要跪，程抃眼疾手快地急忙將他扶住。

官家扶著椅子激動起身，君臣相看半晌，皆紅了眼眶。

「末將崔奉，見過官家。」

「快快賜座！」官家忙吩咐道。

內侍搬來高背交椅，見崔奉穩穩坐下，官家才又開口問道：「你的腿傷，可還發作得厲害嗎？」

「勞官家惦記。」崔奉拍了拍右腿，自嘲地笑了笑。「末將已過花甲，身子自是大不如前，原來不在意的小傷，如今也宿疾難醫了。」

官家心裡不是滋味。「待會兒讓李院判替你把把脈，既然回來了，就好好調理一番。」

崔奉搖搖頭，話鋒一轉，直奔主題。「不知官家為何急召末將回京？」

官家抬頭看了太子一眼，沈吟片刻後道：「秉欽，去把你母親請來，就說崔奉崔將軍回京了。」

太子雖不解，還是領命退了出去。

崔奉滿腹疑團，官家此舉明顯是支走了太子，可什麼事情會與聖人也有關聯呢？

官家乾笑兩聲。「前些日子，朕封了奇風為寧遠將軍，還別說，這小子頗有你當年的風範！你就這麼一個兒子，能繼承你的衣缽，乃是我朝大幸。」

崔奉不語。

在接到官家口諭前的幾天，他才聽說崔奇風被冊封的事。

在此之前，他一直以為兒子帶著家眷，回了揚州親家。

無端回了汴京，還受封，再看城中百姓的反應，像是早就得到他要回京的消息，兒子、兒媳若確實在汴京，不可能不知道。

如此說來，只有一種可能——怕被他當眾訓斥沒了面子，所以躲在府裡，等他面聖回去再磕頭認罪。

「對了，朕新得了些福鼎白茶，程抃，快給崔將軍嚐嚐！」官家吩咐著。

看來是要等皇后到場才能說了。

崔奉長吁一口氣，身子向後倚靠過去。奔波數日，他也確實是累了。

一君一臣，有一搭、沒一搭地說話，不知道過了多久，才聽見內侍清亮的叫嚷——

「聖人駕到！」

崔奉撐著扶手起身，剛要作揖，見到攙扶著皇后的小娘子，瞳孔瞬間一震，竟忘了行禮。

允棠上前一步，恭恭敬敬地行了個女子禮，頷首道：「允棠見過外祖父。」

「妳、妳喚我什麼？」崔奉不敢置信。

「外祖父。」

皇后聲音顫抖地說：「崔奉，你好好看一看她，她是清珞的女兒啊！」

崔奉怔怔地看了允棠半晌，喉頭動了又動，卻沒能說出一句話來。

「還是坐下說話吧。」官家道。

允棠扶皇后坐下，自己則乖巧地立在皇后身後。

崔奉幾乎是跌坐在椅子上，這也難怪，他一直以為那孩子隨著崔清珞墜入懸崖了。

看著這張與小女兒一模一樣的臉，他眼眶一熱，幾乎就要落下淚來。

他緩了緩情緒，問道：「妳是怎麼活下來的？」

允棠道：「是翟嬤嬤冒死救下我，又把我養大的。」

「翟嬤嬤……是紅諫！」崔奉像是抓住救命稻草一般，聲音卻極盡隱忍。「那、那妳母親，她還活著嗎？」

允棠搖了搖頭。

雖然早就知道結果，崔奉在得到否定的答案時，心還是一疼。

「妳可知道妳父親是誰？」

「不知。」

在聽到她說出這兩個字之後，皇后忍不住掩面而泣。

官家也長嘆了口氣，沈聲道：「崔奉啊，朕召你回來，就是為了這件事。」說完，親自到屏風後，揪出一個人來，扯到堂前一推，那人撲通一聲跪在崔奉面前。

崔奉定睛一看，竟是瑾王！他赤裸著上身，雙手被粗麻繩牢牢縛在身後，身上無數交錯的鞭痕還不斷滲出血跡。

允棠緊緊掐住自己的虎口，指甲深深嵌入皮肉裡。

是他！原來竟真的是他！

她不是沒懷疑過瑾王，單單瑾王妃的追殺就值得細細推敲。

只是聽聞近些年瑾王清心寡慾，毫無爭儲之心，這才將他的嫌疑放在太子和瑄王之後。且令她萬萬沒想到的是，本以為皇子們只是幕後主使，實際實施者另有其人，可現實又再一次狠狠打了她的臉。

她不禁開始懷疑自己的推斷，是否從一開始就是錯的？

崔奉猛地起身，劍眉一立，冷聲問道：「官家這是什麼意思？」

「崔奉，我今天不是君王，我就以一個老友的身分，帶著不忠不義的兒子，來給你賠罪了！」官家脫下髮簪，又掏出一把匕首遞給崔奉。「你聽了事情的真相之後，要殺要剮悉聽尊便，我絕不阻攔！」說罷，抬腿踢了瑾王一腳，喝斥道：「豎子，還不速速道來！」

皇宮後苑忘歸亭。

皇太孫雙手負在身後，望著天邊的斜陽。「這個時辰，崔老將軍應該已經知道真相了。」

蕭卿塵自顧自品茶，一言不發。

「你剛才說，接到密報，遼國使團隊伍中，有幾人已經秘密進了京？」皇太孫疑惑地轉身。「你說，他們是想做什麼呢？」

「看看民生，探探虛實，總歸不是來玩的。」蕭卿塵輕描淡寫道。

皇太孫湊過去，在他身邊坐下，饒有興味地問道：「既然遼國使團已經到了京郊，不日便會入京，你還覺得和親是捕風捉影嗎？」
「殿下為何追著我問？」
「我總覺得事有蹊蹺。」皇太孫扔了顆琥珀核桃在嘴裡嚼著。「你做事狠絕，乾淨俐落，從不是頭腦發熱，不顧後果的人。起先，我還道你是醋意大發，才揍了那個小子。」
蕭卿塵撓了撓鼻子。「我是醋意大發沒錯啊！看見崔北辰那張殷勤的臉，我就想揍他。」
「如今看來，一切都有跡可循啊！你分明是擔心和親會成事實，崔三娘子若這個時候被冊封，列入待選名單之中，遼國那幫野蠻人見了她的美貌，保不齊會——」
「殿下！」蕭卿塵適時打斷。「殿下最近是不是話本看多了？我可沒那麼大的本事，能操控言官風向，左右官家的決定。」
皇太孫盯著他看了半晌。「我真的覺得，從小到大，我什麼都強過你，是你故意讓著我的。」
「所以說，」崔奉狠狠捏著扶手，指尖都沒了血色，咬牙切齒道：「珞兒根本不是與人私通。」
瑾王鼻涕一把、眼淚一把，拚命搖頭。
崔奉不住地點頭，雙眼猩紅。「好，好哇！」

「崔奉……」官家欲言又止。

崔奉像是笑了一下。「虧我還想把珞兒嫁給你。」

瑾王搖頭，哭道：「崔將軍，我是真心愛清珞的，我——」

「住口！」

下一秒，瑾王胸前就挨了重重一下，嗓子一甜，身體直直向後仰去。

畢竟是武將出身，他下巴本能地貼向胸前，防止後腦受到撞擊，可就在肩膀挨到地面的一瞬間，脖頸處傳來的冰涼觸感，又迫使他將頭高高揚起。

「崔將軍！」程抃驚呼，欲上前。

官家抬手遏止。

崔奉騎坐在瑾王身子上方，雪亮的匕首抵著他的脖子，刀尖鋒利，已經劃破了皮肉，滲出血珠來。

「我這就殺了你，給珞兒陪葬！」崔奉目眥盡裂。

允棠的指甲已然將自己的虎口剜出了一道血口。

殺了他、殺了他！

作為一個從未見過血腥場面的現代人，她竟比在場所有人都期盼瑾王能血濺當場！

無論下迷藥的那個人是誰，若不是他色令智昏，本可以將母親解救於水火。

那近乎變態的征服慾和占有慾，不但玷污了母親，也玷污了兩人多年的感情。

皇后長吁了一口氣，閉上雙眼。

瑾王緩緩將頭擺正，脖子上被匕首抵住的地方一涼，瞬間現出一道血口子。

崔奉手上又用了力，鮮血順著刀身汩汩流下。「我問你，清珞在邊關產子之後，你為何不站出來承認？讓她一個女子獨自承受罵名？」

「我……」瑾王垂下眼眸。「我不敢。」

「你就是個不折不扣的懦夫！」崔奉單手揪住他的領子，將他整個人提得離了地，近乎瘋狂地嘶吼道。「她跟你從小一起長大，難道她還不如你的顏面重要嗎？」

「不是的、不是的！」瑾王搖頭哭道：「我不是怕別人說什麼，我是怕……怕清珞知道，那日那個玷污她的禽獸是我！我害怕讓她失望……」

「她早就知道了。」

「什麼？」瑾王錯愕地轉頭。

允棠一字一句地重複。「她早就知道了，她一直都知道是你，只是沒有告訴任何人。」

翟嬤嬤曾提起過，兩人情竇初開之時，瑾王殿下曾親手做了一朵紅色海棠絹花送給母親。

母親懷胎十月，翟嬤嬤並不在身邊，可後來也聽冬月提起過，母親時常看著那朵絹花流淚。

起初聽到這話時，她只以為是母親失了清白，不能再和心愛的人走到一起，心有不甘所致。

可聽了瑾王剛剛的描述，明明母親已經不準備嫁給他了。

那麼，就只有一個解釋。

「不可能……」瑾王雙眼渙散，拚命搖頭，囈語般不停地說著。「不可能，她不可能知道的，這不可能……」

允棠上前一步，冷聲道：「瑾王殿下，還記得我的名字吧？」

瑾王一怔。

「允棠，允……棠……」他機械地重複著，忽然崩潰大哭起來。「怎麼會這樣？怎麼會這樣？清珞，我對不起妳，我就該千刀萬剮啊！」

「母親也不光是為了維護殿下你，更是為了朝堂安定。十幾年前的朝局形勢，殿下定要比我清楚得多。」

允棠一番話，掀起在場所有人的回憶。

十幾年前，官家正值盛年，東宮之位懸而未決，皇子們齒少氣銳，頭角崢嶸。

五皇子珩王自小隨舅舅原摯出征，驍勇善戰，屢立戰功；六皇子瑾王為了能配得上崔清珞，也自請領兵出征，上陣殺敵。

當時除皇長子珺王外，就數他二人備受矚目，所受非議也最多。

讀一鑑之書的瑄王，自然是不把匹夫之勇的武將放在眼裡，在矛頭都指向珩王和瑾王的時候，養精蓄銳，暗自豐滿羽翼，把官家安排的事做得一件比一件更漂亮，沒幾年風頭便蓋過珩王和瑾王。

此處先放下瑄王不提。

彼時賢妃弟弟原摯還沒做到忠武大將軍，只是個從七品的翊麾校尉，實力稍顯不足。

可瑾王卻是與正二品節度使崔奉的嫡女青梅竹馬，情投意合，成婚是早晚的事。

朝堂裡便湧現出一批擁護瑾王的臣子們，在他們眼裡，珺王懦弱，婦人之仁，不堪東宮之位。

而瑾王，熟讀兵書，文韜武略，頗有大將之才。

瑾王畢竟年輕，耳邊風吹得多了，也開始自命不凡，倨傲自大。

有心者便適時抓住把柄，對這場早就命定的婚事開始多加阻撓。

這場沒有硝煙的戰爭，直到崔清珞產子、珩王戰死，才告一段落。

崔奉將瑾王扔在地上，喃喃道：「我教清珞分析局勢，是希望她能輔佐明君，並非犧牲自己呀！她是讓我驕傲了一輩子的女兒，可我跟她說的最後一句話，竟然是妳太讓我失望了……」說到這兒，馳騁沙場幾十年的老將再也忍不住，失聲痛哭起來。

官家也忍不住紅了眼眶。「清珞是個好孩子啊！」

皇后淚眼婆娑，早已說不出話來。

瑾王看著崔奉那張老淚縱橫的臉，哽咽道：「崔將軍，是我對不起清珞，對不起你，我萬死也難辭其咎。你要殺我，我絕無怨言，我到了地府再親自跟清珞請罪，求她原諒。「只是我還有一個心願，只求崔將軍能好好待允棠，畢竟那可憐的孩子，她是無辜的。」

崔奉抬頭，看向允棠。

她生得和清珞一樣好看，如花似玉的年紀，未來還有很長的路要走。

遲疑片刻，崔奉將手中的匕首一轉，反手握住起身。

就在允棠以為外祖父就要這樣放過瑾王時，銀光一閃，那把匕首劃出一道優美的弧線。

「啊——」瑾王慘叫一聲。

眾人這才看到，他的右腳腳踝已經鮮血淋漓，傷口深可見骨。

他額頭布滿了細密的汗珠，腳踝傳來的劇痛讓他幾乎昏死過去。

程抃忙跑過去，將身前衣袍扯下一條，再用布條將瑾王的小腿死死繫住。

可官家沒開口，做奴婢的也萬萬不敢私傳太醫，只得又去扯布條塞向傷口。

噹啷一聲，匕首落地。

崔奉撩袍一跪，一字一句道：「罪臣崔奉，傷及皇嗣，自知罪孽深重，特請辭官，望官家准罪臣攜家眷告老還鄉！」說完，額頭重重磕在地面。

「你！」官家嘆氣。「你放心，我事先已經說了，絕不會怪罪你，你又何苦……」

崔奉並未抬頭。「臣已年邁，不堪重任，求官家成全！」

「你不為自己，也要為允棠考慮。」官家微微提高了音調，卻說不好是憤怒還是別的什麼情緒。「朕已經下詔，冊封允棠為郡主。這十幾年，孩子們已經跟你在邊關吃盡了苦頭，總不能讓允棠也跟著你回蜀地去吧？」

眼看著事情就要倉促結尾，允棠再也忍不住，快步來到官家身前，撲通一聲跪下，雙手伏在地面。「請祖父徹查我母親的案子，揪出下迷藥的，和追殺我們的凶手，還我母親清白！」

「允棠！」皇后急急起身。

允棠並不打算停止，繼續說道：「我知道，此事關乎皇家顏面，可我母親含冤十幾年，連個全屍都沒留下！若污名未雪，恐怕九泉之下也閉不上眼！看在崔家無數英魂的分上——」

「住口！」崔奉忍不住喝止。

這麼多年來，無論何時，崔家人都不曾為了達到目的，將崔家戰死沙場的英魂掛在嘴邊。

允棠自然也是知曉家訓的，可她並不覺得羞恥。

若是幾代為國捐軀後，連後世子女的公道都換不來，豈不叫人心寒？

「朕並非不願意查，反而已經派人暗中調查有一些時日了。」官家蹙眉。「可時間過去太久，好多線索都斷了，根本無從查起。」

允棠抬頭，挺直了上身。「那就懇請祖父，允許孫女親自調查此案！三年，若三年還是毫無頭緒，孫女就此放手，絕不再提起！

「可若是我三年內查明事情的來龍去脈，」她轉向臉色蒼白的瑾王。「我要將一切，事無鉅細，公諸於世。」

「允棠！」皇后一臉心疼。「若事情大白於天下，妳、妳日後該如何自處啊？」

「孫女不在乎。」

官家沈默良久。「好！念在妳一片孝心的分上，朕就答應妳！至於你，」官家又轉向崔奉。「你先回去，容朕再考慮考慮。」

「謝官家！」崔奉又重重地磕了一個響頭，隨後撐膝起身，朝允棠伸出手。「允棠，跟外祖父回家。」

下過幾場雨，天氣明顯轉涼了。

崔奇風夫婦不知道爺孫兩人面聖時，都發生過什麼，只是見他們面色一個比一個更凝重，所以夫婦倆即便滿腹疑團，也頗有默契地誰也沒張口問。

接連幾日，允棠的飯都是在自己院子裡用的。許是舅母的意思，每日廚房都變著法兒地做各式各樣的吃食，流水一樣地送進來，怎麼吃都吃不完。

就連平日裡連一刻都不曾消停的崔南星，也沒來找她。

正好讓她理理思緒。

定下三年之約，實屬迫不得已。

當時那種情況，再不張口，被官家和外祖父把這一頁揭過，日後再想提起就難了。

她也想定個十年八年的，給自己多留些餘地。

可在宮中侍疾這麼久，也知道官家的身子並不如看上去一般硬朗。

三年，一千多個日夜，總會有辦法的。

經歷過這麼多事，她越發珍惜能心無旁鶩做些小事情的時光，比如畫圖紙，或是雕刻。

這能讓她浮躁的心靜下來，有助於思考接下來的動作。

皇后命人將她在宮裡用剩的那些木料、工具都送回來，剛好她曾答應晁老夫人，要做一艘商船的模型給她老人家賀壽用，壽誕在年底，應該來得及。

第一次全家聚餐，是在七日後，祝之遙的生日宴上。

「聽說爹爹屁股都被祖父打開了花，也不知道是不是真的？」崔北辰低聲道。

崔南星瞪大眼睛。「真的？你怎麼會知道？」

「我跟梁叔混了好幾日，才哄得他說漏嘴的。」

沒等說出更多，崔奇風在夫人的攙扶下，從外面進來，來到椅子前，又跟個孕婦似的，身子慢慢、慢慢地向下，饒是如此，在屁股挨到椅子的一剎那，還是忍不住倒吸了一口涼氣。

雙生子再也沒忍住，齊齊笑出聲來。

「笑什麼？」崔奇風揮拳嚇唬。「要不要你們也挨幾下試試？」

「你嚇唬孩子們做什麼？」祝之遙嗔怪道。

崔奇風撐著桌子，小心挪了挪屁股，換了個舒服些的姿勢，忿忿道：「也該讓他們知道知道，跟父親撒謊的下場！」

祝之遙看著夫君，無奈地搖搖頭，又想起什麼似的，扭頭去問崔北辰。「辰兒，你傷口都好得差不多了，是時候讓醫女們回國公府覆命了吧？」

「怕是他看人家醫女貌美，捨不得人走吧！」崔南星壞笑道。

崔北辰忙去看允棠的臉色，臉上因心急而漲得通紅，嘴上不忘分辯道：「妳胡說什麼呀？誰看她們貌美了！整日不過幫我換個藥，我連她們長什麼樣子都沒看清楚！一會兒吃了飯我就讓她們走！」

「行了，妳別消遣他了。」

祝之遙說罷，也去瞟允棠，可允棠泰然自若，彷彿什麼都沒聽到，一副事不關己的樣子。

祝之遙嘆氣，本想著近水樓臺，日日相處，培養起感情來要比外人容易得多，如今看來，自家這個傻小子怕是真的沒這個福氣了。

「允棠，今日還陪舅舅吃酒，如何啊？」崔奇風笑道。

沒等允棠作答，崔奉渾厚的聲音自老遠傳來——

「她一個剛及笄的小娘子，你勸她吃酒做什麼？」

聲音不大，卻如雷貫耳，崔奇風忙忍痛起身，幾個小的也紛紛起身相迎。

崔奉今日換了身便服，英氣不減，但多了幾分隨和。

看著父親大步流星來到桌前落坐，崔奇風才又齜牙咧嘴地坐下。

崔奉白了他一眼，他忙收起鬼臉，正襟危坐，面無表情地目視前方。

「祖父，我平日也吃酒啊，您怎麼不管我？」崔南星笑嘻嘻地問道。

崔奉哼了一聲。「妳千杯不醉，吃便吃了，管妳做什麼？」

「祖父這麼偏心，也不怕孫女吃醋嗎？」崔南星笑過，又扭頭對允棠道：「不過就是些果酒，醉不了人的。」

允棠笑道：「我酒量淺得很，上次陪舅舅吃酒，怕是舅舅還未到興頭上，我就先醉倒了，今日還是不吃了。」

崔奇風點頭稱是。「上次她醉得不省人事呢，不吃就不吃吧！」

見老將軍落坐，下人們熱菜、冷盤，輪番地端上來。

看著一桌子佳餚，饒是早就饞得口水直流，也沒人敢擅動，直到崔奉提箸挾了第一口，大家才得令，紛紛開動起來。

雖說食不言、寢不語，可武將家規並沒那麼森嚴，大家有一搭、沒一搭地閒聊著，倒也自在。

「對了祖父，」崔南星道：「剛好您在，不如您親自教允棠射箭吧？」

崔奉詫異地抬眸，看向允棠。「妳想學射箭？」

允棠點頭。「想。」

「會騎馬嗎？」

「舅舅剛教會我，還有些生疏，不過我會苦練的。」

「好，明日寅時，大門口等我。」

允棠差點被自己的口水嗆到。寅時？寅時天還黑著呢！

祝之遙見狀，忙放下筷子解圍。「父親，倒也不用把允棠當兵來練吧？她身子弱得很呢，您看這小胳膊細的……」說著，便去掐允棠的手腕。

果然，兩個指頭環成一圈，輕輕鬆鬆便碰到一起了。

「嗯，是忒瘦了些，怕是弓都拉不開吧？」頓了頓，崔奉又悵然道：「唉，這些年，讓妳受苦了。」

允棠語塞，這句話像是聽了好多遍了。

無奈這副身子就是怎麼吃都不胖，要是擱到二十一世紀的現代，簡直要羨煞一大半人，怎地擱到古代，反倒叫大家誤會是吃不飽飯了？

怎麼說，也該為翟嬤嬤辯解一下的。

「翟嬤嬤對我很好，我每日好吃好喝的，從未受過委屈。」

「唉！說起紅諫，」崔奉輕嘆一聲，面色頗為感慨。「我已經賞了她黃金，足夠她置辦些田地，好好過下半生了。可是她說不願意離開妳，要留在妳身邊照顧，見她堅持，便只能由著她去了。」

允棠鼻子一酸，想到死去的翟叔，忍不住開口道：「外祖父，我還有個不情之請。」

「妳說。」

「翟嬤嬤的弟弟翟青訓因我而死，留下孤兒寡母無力討生活，還有東臨莊的王叔和王嬸，都是我的救命恩人，能否都接到府上來，給他們謀點差事做？」

崔奉欣慰道：「好！知道知恩圖報，是個好孩子！這樣，這件事就交給妳去辦吧！」

允棠喜道：「謝外祖父！」

「至於學射箭，妳先跟星兒練練體能，把身子練得壯實一些再說吧！」

席間吃起酒來，允棠才發現，敢情這一桌子人，除了自己，個個都是酒量奇佳。

雙生子喝起酒來一杯接一杯，眼睛都不帶眨一下的；兩代武將更是直接端起海碗，仰頭痛飲，豪放不羈；就連看上去弱柳扶風的祝之遙，陸陸續續竟也喝了十幾盞。

許是許久沒喝得這樣盡興了，父子兩個又起了興致要比賽投壺，崔北辰也吵著要去看，三人倉促離席。

趁著祝之遙跟下人交代瑣事，允棠扯起崔南星朝院子另一頭走去，走出一段距離後，回頭望望，確定堂內聽不到了，允棠才湊到她耳邊耳語起來。

「去風月樓?!」崔南星陡然提高了音調。

允棠忙去捂她的嘴。「噓，妳小點聲！」

崔南星忙壓低聲音，瞪大眼睛問道：「我沒聽錯吧?妳是說去風月樓嗎?風月樓可是、可是青樓啊！」

允棠點點頭，一揚首。「女扮男裝，去不去?」

「哇！」崔南星由衷地感嘆。「母親還說妳恬靜溫婉，要我說，妳這膽子可比我大多了！」

「妳不去就算了，我自己去。」說著，允棠便佯裝要起身。

崔南星忙扯住允棠的衣袖，急道：「別啊！我又沒說不去！」

一個時辰後，兩人做少年打扮，來到風月樓門前。

還未等站穩腳跟，已有濃妝豔抹的美人甩著帕子來拉人了。

「二位小公子，進來嚐嚐新到的瑤光佳釀嗎?」

崔南星扭頭與允棠對視一眼，狡黠一笑，伸手攬住一名美人，湊到臉側聞了聞，粗著嗓子誇讚道：「真香啊！美人怎麼稱呼?」

美人嬌羞，粉拳捶肩，嗔道：「討厭！小公子叫我月娘好了。」
「妳呢？」允棠挑起身邊美人的下巴。
「我叫清茵。」
「月娘、清茵，都是好名字！」崔南星大笑，扭頭對允棠輕聲道：「我有些能理解為什麼男人們都願意來青樓了。」
兩人擁著美人，大搖大擺地進了風月樓，一進門，異香撲鼻，彷彿掉進了香料缸裡。樓裡姑娘們的衣裳顏色鮮亮，布料薄透，顯得身姿凹凸有致，舉手投足間嫵媚動人。臺上更有輕歌曼舞，舞娘們個個身姿搖曳，曼妙婀娜。
允棠將摺扇在胸前一展，眼睛掃視了一圈道：「煩勞月娘，給我們找個最好的位子。」
崔南星適時塞了一把碎銀子在月娘手裡。
月娘見了雙眼放光，忙道：「二位小公子上樓吧，樓上安靜，無人打擾。」
「好，就聽妳的。」
月娘領人上樓，樓上一圈都是雅間，有的門大敞著，有的緊緊閉著，裡頭隱隱約約傳出男子淫笑和女子嬌嗔的聲音，聽得人頭皮發麻。
允棠的眼睛瞟著雅間的名字，金玉、鴻運、添壽、魁斗……
那日從宮裡回來之後，來了兩名精壯侍衛——魏廣和耿忠前來報到，說是官家派來給她使喚的。她也沒叫人閒著，馬上派出去打聽楚翰學的行蹤。

兩人不愧是御前的人，沒兩天便帶回消息，說今日楚翰學會出現在風月樓。

這楚翰學每次到風月樓，都去固定的雅間，名叫福祿，且每次都會點花魁琴意姑娘來作陪。

眼看福祿就在隔壁，允棠頓住腳步，用紙扇指著門上的木牌。「功成，這個名字好，就這兒吧！」

在矮桌前落坐，月娘便迫不及待地倚過來，柔聲道：「公子看著年紀不大，不會還是個雛兒吧？」

崔南星聽了，臉漲得通紅。「誰？妳說誰是雛兒呢？」

月娘掩口笑。「我不過是隨口說說罷了，小公子莫要當真呢！」

「酒呢？」崔南星手足無措。「瑤光佳釀，還不快給本公子端上來！」

允棠還沒笑出聲，就發現自己的處境也沒好到哪裡去，這清茵姑娘軟若無骨，大半個身子都靠了過來。

不知是對方到了年紀，還是父母基因遺傳得好，允棠只覺得清茵那胸前的肉，比自己多了絕對不止二兩，搖搖晃晃的，看得眼暈。

雅間的隔音其實並不是很好，不過能在公共場合說的，要麼是無大礙的，要麼是吃醉了無所畏懼的，也就沒人在乎了。

魏廣和耿忠則按照事先說好的，選了福祿另一側的雅間，一坐下來，兩人便扯著嗓子說起話來——

「魏兄，你聽說沒有？崔家認了個三姑娘回來，那模樣，可好看了！」

「倒是聽說了，可好看不好看的，你可是親眼見著了？」

「魏兄說笑了，我哪有那個福氣！」

「要我說啊，不過是以訛傳訛而已，都是兩個眼睛、一個鼻子、一張嘴，能好看到哪裡去？興許啊，還不如十三娘好看呢！」

崔南星哪裡聽得下去？剛要推案起身，允棠忙伸手按住她，握拳舉到身側。

這是之前她教允棠的戰術手語，意為：等待，停止動作。

雖疑惑不解，但她還是聽指令，乖乖坐了回去。

「小公子，快來喝酒嘛！」月娘將酒盞送到崔南星嘴邊。

她敷衍地應著。「嗯，喝酒、喝酒。」

見隔壁沒動靜，耿忠咬了咬牙，又開口道：「魏兄此言差矣，據說那三姑娘跟她母親長得是一模一樣，世人皆道崔三娘子貌若天仙，相信三姑娘也差不到哪裡去！」

「貌若天仙？」魏廣哼了一聲。「要說崔三娘子武藝高強我信，要說貌若天仙，可不見得！搞不好貌若無鹽，不然怎麼能嚇退敵人？」

「貌若無鹽有些過分了，怎麼說崔三娘子當年也是當朝第一郡主⋯⋯」

「第一郡主說的是軍功，又不是相貌！說到底，你不是也沒見過⋯⋯」

「你們嚷什麼！」一道公鴨嗓突兀地闖了進來。

允棠眼睛一亮，楚翰學上鉤了！

楚翰學已然醉了，走路都走不了直線，可還是一腳踢在本就開著的雅間門上，口齒不清地喝道：「嚷什麼嚷？滿屋子就聽你們倆在這兒嚷！」

見他進門，魏廣如釋重負，雖然三姑娘吩咐了，說什麼都可以，絕不計較，目的只要魚兒上鉤，可畢竟是前郡主，如此言語冒犯，心還是懸在嗓子眼。

「你誰啊？」耿忠繼續演戲，大聲嚷道。「關你什麼事？」

「兩個沒見識的土包子！」楚翰學吐了一口酒氣，強撐著眼皮道：「崔三娘子，論容貌，滿京城都找不出第二個！我閱女無數，這絕對是真話！」

「你就吹牛吧你！」魏廣見有戲，使出激將法。「看你賊眉鼠眼的，還閱女無數呢，我呸！」

楚翰學哪肯認輸，踉蹌上前，扯住魏廣的衣袖。「你知道我是誰嗎？你就這麼說話？」

「我管你是誰呢！」魏廣甩開他的手。

楚翰學本就站不穩，被甩了個趔趄，琴意忙伸手扶住。

楚翰學勉強站穩，抬手在琴意的臉蛋上捏了一把，憨笑道：「還是妳好。」

耿忠與魏廣對視一眼，又譏諷道：「哪裡來的酒鬼，快滾開，別影響本大爺喝酒！」

「噫！」楚翰學撇撇嘴，嗤笑道：「敢當著我的面自稱本大爺？說出來怕嚇死你，我姓楚，叫楚翰學，瑄王妃和瑾王妃都是我親姊姊，知不知道？」見兩人不說話，楚翰學又得意道：「你們說的崔三娘子，我不但見過，我還——」

琴意忙開口打斷他。「楚公子，您醉了！」

隔壁間的允棠聞言，倏地起身，身旁的清茵剛要敬酒，猝不及防被撞翻，酒灑了允棠一身。

清茵慌亂，忙拿帕子去擦。「哎喲！小公子，您這是怎麼了？嚇我一跳！我幫您擦擦！」

魏廣忙追問道：「你還什麼？」

此時楚翰學已經被琴意拉得轉過身，聞言回頭，舉起一根手指放在唇邊，半瞇著眼睛，醉醺醺地道：「噓，不能說，不可說……」

「切！」耿忠不屑地道：「你這樣的人我見得多了！文不能文，武不能武，只剩一張嘴，灌些黃湯就誇誇其談，信口開河，天下都能說成是你的！」

楚翰學打了個酒嗝，雙手在面前比劃著。「就你們說的崔三姑娘，我也見著了，我跟你們說，那皮膚，就好像剝了殼的雞蛋一樣，那小嘴……哎！」忽然覺得後頸領子被人揪了起來，楚翰學迷迷糊糊想要轉頭。「誰啊？誰……我喘不上氣了！」

琴意順著那條手臂看過去，驚呼道：「小公爺！」

蕭卿塵冷冷看著手中掙扎的酒鬼，狠戾道：「再敢多說一個字，我就割了你的舌頭！」

蕭卿塵？允棠驚愕，他怎麼會在這兒？

正遲疑著，一直拿帕子在胸前擦拭的清茵忽然頓住手，驚詫地喊道——

「妳、妳是女人？」

「我……」

月娘一怔，扭頭去看身邊的崔南星，還伸手在其胸前抓了一把。這一抓不要緊，指間傳來的柔軟騙不了人，月娘驚呼起身。「妳也是女人！」

本來，楚翰學及魏廣他們的爭吵，就引來一群人圍觀，聽到月娘驚呼，那些人又朝這邊看過來。

崔南星見情況不妙，扯起允棠，急道：「走！」

第十六章

月娘眼疾手快，一把扯住她的袖子，怒道：「妳們是誰家的小娘子？無聊了竟跑到風月樓來，拿我們姊妹尋開心是吧？怎麼？是要姊姊教妳們些御夫之術嗎？」

「妳胡說些什麼？快放開她！」允棠奮力去扳月娘的手指。

「鬆開！」崔南星又拿了些碎銀，扔在月娘身上。「給妳錢不就得了，妳管我是男的是女的呢？」

圍觀眾人聽明白了，不禁嘖嘖稱奇——

「竟然是女人！」

「看年紀，怕是還未出閣的小娘子吧？」

「未出閣就扮男裝逛青樓，嘖嘖，真了不得啊！」

眼看人越來越多，允棠怎麼也扳不開月娘的手，頓時心急如焚。

這麼多人看著，崔南星也不能動手用強，一時間竟沒了辦法。

「她們是來找我的！」

眾人扭頭望去，是一個年約二十的公子，雖做文人打扮，可皮膚黝黑，濃眉方口，身形魁梧，渾身上下透著股野性，更像是練武之人。

更為奇特的是那頭髮，雖和常人一般，綰了髮髻在頭上，也用髮冠扣住，可卻難掩蓋是一頭鬈髮的事實。

「你是誰？」月娘皺眉。

那位公子咧嘴笑笑。「我姓莫，是浙江鹽商，這次來汴京是做生意的，不過來風月樓玩玩罷了，家裡兩個小妾不懂事，竟追來盯梢，讓大家見笑了、見笑了！」

眾人哄笑。

崔南星雖一臉不情願，可她也知道，這人是來幫她們的，現下若拆了臺，恐怕就真的走不掉了。

「還不快跟我回去！」公子喝斥。

月娘半信半疑地鬆了手，崔南星和允棠立即一左一右來到公子身後。

公子一揚手，一錠金子拋出手。

月娘忙伸手接住，還不忘咬一口，試試真偽。

「是真的！」月娘驚呼。

「對不起，打擾了！」公子抱拳，又拉著兩位姑娘道：「走吧！鬧成這樣，我回家還不成嗎？」

見沒什麼可瞧的，眾人議論著散了。

允棠回頭朝蕭卿塵所在的方向看了一下後，扭頭跟著公子下樓。

聽到隔壁的騷動，蕭卿塵有些疑惑，但現下無暇顧及，他把楚翰學抵在牆上，又瞪著魏廣二人，喝斥道：「崔家人全門武將，世代簪纓，豈能由你們這些人消遣置喙？」

魏廣忙拱手。「小公爺見諒，屬下多有得罪！」說完，帶著耿忠匆忙逃離。

「放開我！」楚翰學口齒不清地掙扎著。「你等我告訴我大姊，看她怎麼收拾你！」說完，似乎想吐，乾嘔了幾下。

蕭卿塵嫌惡地鬆手，警告道：「再叫我聽見你提起崔家人，見你一次打你一次！」

琴意輕嘆。「楚公子他醉了，小公爺這些話，等他醒了，他也未必會記得。」

「沒關係，我記得就行了！」

蕭卿塵轉身出了雅間的門，朝一個方向看去，那位置空空如也。

糟了！

出了風月樓，轉身拐進巷子裡，公子忙鬆開拉著她們二人的手，微微頷首，歉意道：「事出從權，多有得罪。」

「多謝公子解圍。」允棠欠身。

崔南星也不好發作。「謝了。」

「在下萬俟丹，還未請教兩位姑娘閨名？」

崔南星與允棠對視一眼，含糊道：「你也說了是閨名，隨便問姑娘閨名，似乎不太妥當吧？」

「我沒有別的意思，單純是覺得兩位姑娘很有趣，想認識——」

「怎麼，遼國還在用這麼老套的話術搭訕嗎？」蕭卿塵的聲音從萬俟丹身後響起。

「遼國？」崔南星和允棠大吃一驚。

蕭卿塵點頭，眼睛一直盯著萬俟丹，冷聲道：「沒錯，這位便是遼國的小皇子，複姓萬俟。本應與遼國使團一起，於後日抵達汴京的，不知為何，竟提前了。」

萬俟丹瞬間警戒起來，濃眉緊皺。「你到底是什麼人？從剛才起，便一直鬼鬼祟祟地跟著我！」

蕭卿塵的笑容不及眼底，拱手道：「我是皇太孫殿下特派來招待小皇子的，姓蕭。殿下是怕小皇子秘密入京，人生地不熟，玩得不盡興，特讓我來作陪。」

話音剛落，兩個護衛模樣的人從風月樓裡跑出來，來到萬俟丹身後，看神情，似乎隨時準備拔刀相向。

萬俟丹抬手，示意他們不要輕舉妄動。

「這麼說，你們早就知道了？」

蕭卿塵裝糊塗，挑眉道：「知道什麼？」

萬俟丹從鼻子裡「哼」了一聲。「我們走！」剛一轉身，又轉回來，對兩位姑娘道：

「後會有期！」

目送三人走遠，蕭卿塵才來到允棠跟前，上下打量，焦急地問道：「妳沒事吧？」

允棠搖頭。

蕭卿塵稍稍放下心來，又似是責備地道：「妳怎麼會來這種地方？」

「你又怎麼在這兒？」允棠反問。

「我……」蕭卿塵語塞，一指萬俟丹的背影。「我這不是奉命監視他嘛！」

「那他都走遠了，你還不快追？」

蕭卿塵看了萬俟丹一行人，眼看就要消失在街角，又扭頭看了看允棠，急道：「那我晚上去找妳！」說罷，便追了過去。

只剩下她們兩個人了，崔南星這才長吁一口氣。「嚇死我了，這要是被抓到了，母親非扒掉我一層皮不可！」

允棠面色凝重。「走，咱們先回家。」

當天晚上，一直等到天黑，也沒人來傳話說有客到。

允棠百無聊賴地抱起團子，坐在院子裡發呆，忽然聽到院外窸窸窣窣，緊接著牆頭閃進一個人影來。

「什麼人?!」小滿一驚。

「是我！」

一個人影從暗處走出來，身形頎長，肩寬腰窄，不是蕭卿塵是誰？
「小公爺，有大門您不走，您這樣很嚇人的好不好？」小滿抱怨道。
允棠示意小滿先下去，可隨著他的靠近，懷裡的團子卻炸起毛來。
蕭卿塵無奈地道：「團子，是我帶你回家的呀，怎麼連我也不認得了？」
也不知是團子聽懂了他的話，還是聞到熟悉的氣味，團子的眼神逐漸變得溫和起來。
允棠把牠交到他懷裡。「抱抱看，牠重了好多。」
他一下一下地撫著團子蓬鬆的毛，裝作不經意地問道：「妳跟楚翰學同時出現在風月樓，應該不是巧合吧？」
「你都知道答案了，還問來做什麼？」
「那兩個，是妳的人？」
「嗯。」
「怪不得。」他自嘲地笑笑。「倒是我按捺不住了。」頓了頓，又問：「可有收穫？」
提到這個，允棠嘆氣道：「楚翰學眼看就要吐出些什麼，結果被那個花魁及時攔住了。」
「琴意？」問完，見她疑惑地看過來，蕭卿塵忙解釋道：「琴意作為花魁，名噪汴京，不去風月樓也都知道！」怕她不信，又補了一句。「真的！」
允棠「嗯」了一聲，聽不出情緒。

蕭卿塵面有慍色。「我早跟妳說過，楚翰學不是什麼好人，叫妳不要靠近他。」

允棠垂眸，伸手去逗團子。「我當然知道，可我沒別的辦法，我現在只能靠自己了。」

蕭卿塵將團子放在地上，看牠歡快地跑開，才起身道：「妳還有我啊！妳想要查什麼，可以直接跟我說。」

「你也有你的事要忙啊，況且我母親的案子棘手得很，還不知道要牽扯到誰。」允棠越說聲音越輕。「你……你是皇太孫殿下的人，也就是太子的人。」

「妳難道懷疑我？」蕭卿塵急了。「我只是想幫妳啊！」

「我知道，我只是……」允棠轉過身去，不讓他看到自己此刻的表情。「案子完全沒有頭緒，我不知道凶手到底是誰，我不想讓你夾在中間為難，更不想和你站在對立面。」

「允棠……」他的語氣軟了下來，看著面前瘦削的肩膀，有一股衝動，好想把她擁在懷裡。可他也知道她的顧慮，並且想要試著尊重她的決定。他想要她，那份感覺越來越迫切，可他更希望她能全心全意，無所顧及，他會等到那一天的。他伸出手，停在距離她肩膀幾寸的地方，輕聲道：「別怕，我會陪著妳。」

那日之後，花魁琴意便消失了。

有人說她跟人私奔了，也有人說她知道了不該知道的，被滅口了。

名噪一時的花魁，在失蹤後的第三天，就被人淡忘了。

這日，允棠正在房裡繪製圖紙，崔南星一臉幸災樂禍地從院子外面跑進來，一進門就挽起她的手臂。

「走，帶妳去看熱鬧！」

她被硬生生地扯了起來，只好扔下筆，迷茫地問道：「看什麼熱鬧？」

「妳好幾日都不出房門，自然是不知道。」崔南星拉上她，邊走邊說，眉飛色舞道：「今日晁司業帶著夫人來府上，我都無聊好幾日了，如今這熱鬧送上門，豈有不去看看的道理？」

崔清瓔？允棠不由得皺眉。「她怎麼又來了？」

「這回可不是她死皮賴臉要來的，是祖父遣人請她來的。」

自從大婚那日後，晁學義這是第一次見岳丈。

進門之前，他按捺不住心中的緊張，特意整理了下儀表，又轉頭問崔清瓔。「夫人幫我看看，是否還有不妥之處？」

崔清瓔漫不經心地替他撫了兩下領子。「都一把年紀的人了，見岳丈還緊張啊？」

「當然緊張了。」他用袖子擦了擦額頭的汗。「岳丈大人他八面威風，氣吞山河，我一見他，心裡就發怵。」頓了頓，他又道：「母親昨日剛將帖子發出去，轉身岳丈大人便遣人來請，是不是他對我娶平妻的事不太滿意啊？」

崔清瓔心裡得意，面上卻恭謹地道：「怎麼會呢？義郎想多了。我這麼多年都無所出，本就愧對晁家的，齊家妹妹若真能全了義郎為人父的心願，我感謝她還來不及呢！」

「夫人……」一番話，說得晁學義心裡暖洋洋的，情不自禁攬過夫人，在她面上「啵」地親了一口。

「哎喲！」徐嬤嬤剛一出門，見了這一幕，忙捂住自己的眼睛，大聲埋怨道：「這光天化日的，在別人家門口幹什麼呢！」

崔清瓔沒好氣地翻了個白眼，扶了扶頭上的點翠簪子，倨傲道：「十幾年不見，徐嬤嬤還是這麼沒有規矩！」

「我當是誰呢，原來是晁——夫人！」徐嬤嬤故意拉長了音。「可真是稀客呢！上次被將軍趕出門的滋味不好受吧？」說完，也不等她反應，扭頭繞過二人出了門，直奔外街。

「妳——」崔清瓔氣得不輕，剛要追上去理論，卻被晁學義攔住。

晁學義勸慰道：「不過是一個不懂事的下人，夫人跟她置氣做什麼？還是快進門去見岳丈大人要緊。」

崔清瓔雖然心下惱火，可在夫君面前總要裝出賢良模樣，因此在晁學義背後偷偷朝徐嬤嬤去的方向啐了一口，這才進門。

兩人繞過影壁，轉進內院，崔清瓔兩眼不閒著，四下打量，見擺設陳舊如初，不由得撇了撇嘴。

崔家向來對裝點院子不怎麼重視，對名貴的花草和奇石想必也是一知半解，尤其現在當家的又是一介商女，她哪裡懂得什麼山石掩映、曲徑通幽呢？

想到這兒，崔清瓔將背挺得更直了些。

崔奇風夫婦聞見腳步聲，齊齊起身作揖。「晁司業。」

晁學義不禁腹誹：都是一家人，難道不該叫聲妹夫才顯得親切？怎地如此見外？心裡雖這麼想，晁學義面上卻還是禮貌地應承。「崔將軍、崔夫人，多有打擾。」

崔清瓔也微微頷首。「大哥、大嫂。」

可沒等她行完禮，面前二人竟齊齊轉過身，朝堂內去了。

崔清瓔恨得牙癢癢的，認定了是祝之遙吹了枕邊風，才讓大哥如此慢待自己。不過沒關係，父親就在堂內坐著，他二人總不能當著父親的面，還敢輕視於她吧！

晁學義也隱隱察覺不妥，回頭看了夫人一眼。

崔清瓔不放過任何一個裝可憐的機會，面上做出哀怨模樣，苦笑道：「沒關係。」

緊接著來到堂內，見崔奉在正位端坐，晁學義心生惶恐，忙快走兩步，恭恭敬敬地躬身問安道：「小婿見過岳丈大人！」

崔奉從鼻子裡「嗯」了一聲，一抬手。「坐。」

崔清瓔斜睨了崔奇風夫婦一眼，二人垂手而立，面上看不出什麼表情。

她又回頭朝院子裡瞧了瞧，連個幹活的下人也見不著，周遭嚴肅靜謐，有些駭人。

「父親！今日七嬸做什麼好吃的？」崔清瓔故作輕鬆地問道。「對了，怎麼不見星姐兒和辰哥兒呢？」

堂下幾人卻一片靜默，似乎沒人打算回答她。

晁學義只覺得氣氛詭異，難不成……要全家質問自己？

在朝為官，誰不是三妻四妾的？與崔清瓔交好的陳徐氏，家中妻妾十來個，也沒見娘家去質問！他忍不住吞了吞口水，眼睛偷偷瞥向崔奉。

崔奉雖頭髮斑白，但猶雄風不減，劍眉之下一雙金剛怒目，剛對上這麼一眼，晁學義只覺得心驚膽戰，三魂丟了七魄，忙將目光垂了下去。

「今日叫你們來，也算正式有個交代。」崔奉聲音渾厚，一抬手，懷叔即捧著婚帖上前。「這婚事，恕崔家人不能到場。」

晁學義登時慌亂起來。「岳丈大人……」

崔奉示意他少安勿躁，而後起身，從腰間抽出一把匕首，拿在手中。

「父親？」崔清瓔不明所以，見來勢洶洶，忍不住退了兩步。

「抬手。」

崔清瓔不解。「什麼？」

「抬手！」崔奉厲聲喝斥道。

崔清瓔不敢忤逆，緩緩舉起右手。

崔奉上前，與她擊了一掌，一字一句道：「從此不是崔家人！」

崔清瓔怔住。「父、父親?!」

崔奉又擊一掌。「今日父女恩情盡！」

崔清瓔這才回過神來，忙收回手負在身後，瞪大雙眼，驚道：「父親，您這是做什麼？」

晁學義也忙起身，擋在夫人身前，開口勸和道：「岳丈大人，是不是我們做錯了什麼？萬事好商量啊！」

「讓開。」

崔奉只冷冷一瞥，晁學義便覺得心臟狂跳，腳下不聽使喚地挪向一邊。

「抬手。」

見她站著不動，崔奉咬牙。「不要讓我說第二次！」

崔清瓔撲通一聲跪在父親面前，哭道：「不知女兒做錯了什麼，竟讓父親如此待我！可是有小人進了讒言？我——」

啪！

一個巴掌搧得崔清瓔七葷八素，身子摔向一邊。

這一摔之下，出門前精心梳的髮髻也散了，首飾、釵環掉得七零八落。

可眼下，她根本顧不得那麼多，她不敢置信地捂住半邊臉。「父親……」

「不要叫我父親！」崔奉怒目圓瞪。「這一巴掌，是替珞兒打的！抬手！」
「我不！」崔清瓔死死將手背在身後，歇斯底里地道：「若是父親執意要趕我出家門，還不如直接殺了我！」
「妳以為我不敢嗎？」崔奉暴怒。
「岳丈大人，有話好說、有話好說啊！」晁學義嚇得兩腿發軟，蹒跚上前。
崔奉一把將晁學義推開，手起刀落，只聽一聲尖厲的慘叫，崔清瓔的肩膀已被匕首硬生生削下一塊皮肉來，登時血流如注。
「抬手！」
崔清瓔驚恐萬分，一時間都忘了流淚，看來父親並不是說說，是真的會要了她的命！她一隻手捂住傷口，顫巍巍地抬起另一隻手。
崔奉再擊第三掌。「從此死生不相干！」說罷，將匕首丟在地上，厲聲道：「削骨還父，今日看在妳夫家的面子上，削了妳的皮肉當抵了。從今以後，妳與崔家再無任何瓜葛，妳走吧！」
崔清瓔怔怔地坐在地上，好半天也回不過神來。
躲在廳外樹後的崔南星忍不住暗暗叫好，又用肩膀撞了撞允棠，壓低聲音問道：「怎麼樣？這齣戲，比話本、比瓦子的戲都要好看吧？」
允棠沈默不語。

解恨嗎？並不覺得，甚至還覺得遠遠不夠呢！

崔清瓔對母親所做的一切，僅憑逐出家門就想抵消？也太便宜她了。

「夫人，妳怎麼樣？」晁學義撲過去查看，一看之下心疼不已，當即怒道：「岳丈大人，凡事要講個理字，便是清瓔再有錯處，也斷不能以刀喝之！今日之事到底是為何？小婿想問個明白！」

崔奉冷哼一聲。「你不如問問她自己，到底做過什麼好事？」

崔清瓔頭髮散亂，半邊臉頰高高腫起，肩膀附近的布料早被血浸透，她慌亂地搖頭。「義郎，帶我回家，我要回家！」

晁學義忿然作色。「夫人妳放心，為夫來替妳討這個公道！」

「公道？」祝之遙忍不住冷笑出聲。「要不是她從中作梗，清珞也不會白白丟了性命，葬身懸崖，至今連塊屍骨都找不到！如今你倒要替她討公道？」

想想前些日子，和將軍去到大堯山的所見所聞，祝之遙不禁怒火中燒。

本還妄想有什麼藤蔓、歪樹之類，能緩衝一下，換得一線生機，可站在懸崖邊看到的情形，讓所有人心頭一沈。

那懸崖陡峭，壁立千仞，怪石嶙峋，腳下滑落幾顆石子，摔下去都撞得七零八落的，更何況是人呢？他們也見到了翟嬤嬤說的亂石堆，幾場雨沖刷下來，早已經沒有了祭拜過的痕跡。

從軍中選了些身手好的，腰上纏了繩子慢慢下去，還沒等下到一半，有路過的農夫問過之後，朝他們擺擺手，說了一句讓祝之遙痛徹心腑的話——

從這裡掉下去，就不用想著還能收到屍啦！頭上的禿鷲、山裡的餓狼豺狗，早就吃乾淨嘍！

「什麼？」晁學義一怔。

崔清瓔驚慌失措，再也顧不得身上的劇痛，起身去拉夫君。「義郎，不要聽他們胡說！我沒有、我沒有！我們快回家，快走！」

晁學義卻是動也不動，像雕像一般。

崔奇風怒目橫眉。「事已敗露至此，妳竟還在狡辯？梁奪，把人帶上來！」

沒一會兒，梁奪將一個五花大綁的人帶到堂上，那人一見崔奉，嚇得腿都軟了，直直跪在地上，求饒道：「將軍饒命、將軍饒命！末將當年是一時鬼迷了心竅，才受人蠱惑……」

「你撒謊！」崔清瓔瘋了似的叫嚷。「你撒謊！誰派你來的？誰讓你這麼說的？」

那人聽到聲音後驚愕地轉頭，雙手被縛住無法指認，便用下巴揚向她，急道：「是她，就是她！是二娘子讓我這麼做的！不然就算借我一百個膽子，我也是不敢的！」

崔清瓔眼睛都紅了，咬牙切齒道：「你閉嘴！你好大的狗膽，竟敢誣陷我！到底是誰指使你的？是祝之遙？還是那個小賤蹄——」

啪！崔奉揚起巴掌，朝她的面頰狠狠抽了下去。

崔奉力氣之大，崔清瓔瞬間被打翻在地上，半天都沒能再爬起來。

被綁的校尉雙膝向前蹭了蹭，仰頭看著崔奉，驚懼道：「末將不敢隱瞞！當年末將年少無知，曾向二娘子表白，二娘子說，若我按她說的做，她就嫁給我！」

崔奉雙目冒火。「說！她都讓你做了什麼？」

「她、她……」校尉嚥了嚥口水。「她讓我務必將三娘子攔在帳外，我問個中緣由，她只說，若想娶她，得會審時度勢，會看將軍臉色，將軍明顯還在氣三娘子，若我放他們見了面，難免會受牽連，到時候就難辦了。」

「就這些？」崔奇風問。

「還有……還有，三娘子若是不走，就拿抗旨壓之，三娘子知道抗旨會連累將軍，一定會自行離開，到時等將軍氣消了，她再找機會提起此事，順便把我們倆的事也說一說。我、我沒多想，便照著做了。」

崔奇風實在聽不下去。「你當年不過一個副衛，她說會嫁給你，這樣的鬼話你也信？」

校尉低頭，怯怯地道：「二娘子說，若將軍不同意，就將生米煮成熟飯，到時候他不答應也得答應。」

「荒唐！」崔奉拂袖。

祝之遙瞥了瞥晁學義，冷聲追問道：「那你冒死幫她，可是與她有了肌膚之親？」

崔奇風一驚，扭頭看了夫人一眼。

晁學義跪坐在地上，雙眼通紅，雙手緊緊攥著拳頭。
「那倒沒有，不過二娘子她、她……」
「她什麼？」崔奇風喝道：「快說！」
「末將……末將也怕二娘子是隨口誆騙，所以便讓二娘子……用手幫末將……洩了火……」
沒等他把話說完，崔奉暴怒，抬腳便朝校尉的胸口踹去！
伴隨著骨頭斷裂的聲音，校尉還沒來得及哼一聲，人就飛出去老遠，又重重摔在地上，咳了兩口血出來。
崔奉火冒三丈，抬手抽出梁奪的佩劍，朝著崔清瓔衝去，暴喝道：「我殺了妳這個不要臉的畜生！」
「父親！」崔奇風忙上前阻攔。「萬萬不可！」
「哈哈哈哈哈……」崔清瓔突然狂笑起來，笑聲淒厲、狂悖，聽起來有些瘆人。她滿口血沫，朝一邊吐了一口，面容猙獰地道：「父親這就覺得我不要臉了？那比起生性淫蕩、未婚生子的崔清珞，我又如何？」
晁學義簡直不敢相信自己的耳朵。「清瓔，妳……」
「你少假惺惺了！」崔清瓔笑了幾聲，露出的牙齒都被鮮血染紅。「你當初不是也喜歡崔清珞嗎？難道不是因為她壓根兒看不上你，你才退而求其次來求娶我的嗎？」

晁學義驚愕。「妳怎麼會這麼想？」

「我怎麼想？」崔清瓔已近乎癲狂，語速也變快。「要不是那日你倆挨在一起，說了好長時間的話，讓我誤以為崔清珞鍾情於你，我又怎會去與你這個寒門書生談天論地！」

晁學義愣愣地癱坐在地上。

「珞兒和妳不一樣！」崔奇風強壓著怒火。「妳是自甘墮落，可她是受人陷害，被人下了迷藥才失了清白！妳怎能和她相提並論？一直以來，妳和她都是雲泥之別！」

「雲泥之別？哈哈哈……」崔清瓔狂笑著，踉蹌起身，惡狠狠地道：「未出閣便丟了清白，她就該去死！她活著，讓我們整個崔家都成了汴京的笑話，別說得她好像很無辜一樣！」

祝之遙覺得她沒救了，搖頭道：「妳有沒有想過，妳享受著的崔家榮耀，有一部分也是清珞渾身傷疤、立了軍功換來的，妳有什麼資格指責她？」

「我憑什麼不能說她？」崔清瓔手指著屋裡的人。「你們每一個人，都是清珞長、清珞短的！怎麼？崔家只有她一個女兒嗎？我就那麼一無是處嗎？她學過的，我也一併都學過，她會的我也都會，我到底哪裡不如她？」

「妳現在說什麼也掩蓋不了妳內心醜惡的事實！」祝之遙一臉嫌惡。「妳壓根兒就不配提起她的名字！」

見她上前兩步，崔奇風忙將夫人護在身後。

「就算是我做的，那又怎麼樣？」崔清瓔一攤手，無所謂地道：「人又不是我殺的，我只不過是擱了她而已。你們想定我的罪，到開封府、大理寺去告我啊！」

「我怎麼會有妳這麼不知廉恥的女兒！」崔奉痛心疾首。

崔清瓔又獰笑起來。「廉恥是什麼東西？哈哈哈！我小娘是什麼貨色，父親您不是應該最清楚不過了嗎？」

「妳瘋了！」崔奇風皺眉。

在她狂笑之際，晁學義卻緩緩爬起來，滿身血污地朝門外走去。

「你站住！你去哪兒？」崔清瓔尖厲地喊道。

晁學義卻好像沒聽到一樣，腳下踉蹌，好幾次差點被絆倒也沒停下腳步，徑直消失在影壁之後。

崔清瓔目光陰鬱地看著影壁良久後，轉過頭問崔奉。「崔老將軍，還殺我嗎？不殺我可走了。」

「妳——」崔奉後槽牙都快咬碎了。

崔奇風將父親提劍的手死死按住，回頭罵道：「還不快滾！」

崔清瓔嗤笑了一聲，提起裙襬離開。

崔奉見了，身形晃了兩晃。

崔奇風忙扶他老人家坐下，祝之遙則給周嬤嬤使了個眼色，周嬤嬤忙去端茶。

「妳們兩個，還沒看夠嗎？」祝之遙蹙眉朝院子裡喊了一聲。

崔南星只好露出頭來，吐了吐舌頭。

祝之遙看了看允棠，面上露出擔憂之色。

櫚庭多落葉，慨然知已秋。

伴隨金秋而來的豐收喜悅，百姓還沒來得及細細品嚐，就被遮天蔽日而來的蝗災給襲了個粉碎。

蝗災起初只在江浙一帶，但因應對不利，不過月餘，便向四處蔓延開來，所到之處，寸草不剩。

還未等眾臣想出對策，西北又遞來緊急軍報，西夏來犯。

於是官家急召幾位命臣入宮，商量對策。

官家一籌莫展，群臣七嘴八舌，各說各話，一時間亂作一團。

右司諫祖邑道：「如今正巧崔奉崔老將軍人在汴京，請他帶兵出征再好不過了！」

官家搖頭。「前些日子，崔奉已向朕辭官，朕也應允了，再另尋其他人選吧！」

樞密使竇談友道：「可忠武大將軍剛剛南下平亂，實在是分身乏術啊！」

官家嘆氣。

「懷化將軍肩上箭傷未癒，連刀都拿不起來，如何能上戰場啊？」

「是啊是啊！」

「魏國公退隱已久，怕是武藝也早已生疏啦！」

群臣附和。

祖邑又道：「崔老將軍辭官，告老還鄉，可他的兒子崔奇風正值壯年啊！」

宰相富箏道：「不可。崔家守遼邊境多年，對遼軍知之頗深，如今崔奉辭官，重擔本就壓在崔奇風身上，官家召崔奉回京，雖臨時抽調遊騎將軍過去坐鎮，可崔奇風還是早早返回邊境為妙，以免遼國乘機生事端。」

太子道：「遼國使團已經入京，遼國應該不會乘機……」

「應該？」瑄王嗤笑。「遼國歷來狡詐，我們萬萬不能放鬆警戒！」

祖邑點頭。「瑄王殿下說得有理。」

太子訕訕的。

官家揉著眉心，嘆道：「偌大個國家，竟然找不出一個合適的將軍領兵出征了嗎？」

瑄王皺眉道：「崔老將軍告老還鄉，應該不急於這一時吧？若父親下旨，他定不會推諉……」

「不可。」官家直接拒絕。

竇談友疑惑。「話說回來，崔奉怎麼突然好端端的要辭官呢？只要有他在，遼軍聞風喪膽，定不敢來犯，莫非是有什麼隱情？」

官家心虛地搪塞道：「不是說西北戰事嗎？怎麼說到崔奉身上去了？」

「國難當前，還有什麼事能比保家衛國更要緊的？」瑄王義正辭嚴。「如此想來，崔家最近的舉動頗為反常，崔老將軍既已起誓駐守邊關，此生不歸，為何崔奇風無召私自回京？如今崔奉又扯出告老還鄉一說，分明是歸京途中，聽聞西夏騷動，想以此脅迫——」

「住口！」官家拍案喝止。「崔奉戎馬一生，平南亂、守北疆，身上傷疤數都數不清，誰都沒有資格對他品頭論足！」

瑄王忙起身。「兒子失言了，父親恕罪！」

官家心煩。「就讓沈聿風去吧，武藝再生疏，他也知道如何領兵打仗，總比毫無經驗的小將們強。」

「是！」竇談友應聲。

祖邑遲疑地道：「那蝗災……」

官家擺手，對瑄王道：「秉鉞，你去吧！」

瑄王雖不情願，還是起身領命。

富箏卻道：「這蝗災所帶來的，不僅僅是農桑重創，還有百姓心頭的惶恐。不過數月，坊間已有流言，說官家勵精圖治，勤政愛民，可東宮卻懦弱不堪，日後恐難延續盛世，這才天降蟲災，以示警戒。」

太子倉皇起身。「這……」

官家擺手，示意他少安勿躁。

瑄王聞言，卻隱隱露出得意的神色，剛才被訓斥的陰霾一掃而光。

官家將一切看在眼裡，手指在几案上輕點。「秉鉞啊，你南下，親設捕蝗隊，率領當地民眾集體捕蝗，並貼出告示，可以蝗屍換米糧。」

「萬萬不可啊，官家！」祖邑道：「百姓都把蝗災當作天罰，又豈肯因米糧再去觸犯天怒呢？」

「那以你之見，又該如何啊？」官家皺眉，音調越來越高。「什麼都不做，朕帶著你們，都去祖宗宗廟燒香祈福嗎？還是立刻將東宮易主？」

祖邑雙手舉過頭頂。「臣惶恐！」

官家哼了一聲。

「臣以為，」富箏瞥了眼慌張的太子。「應讓太子殿下親自南下，一來以實際行動堵住悠悠眾口，二來也讓太子殿下體恤民情，真正了解百姓疾苦。」

太子一驚，剛想起身推諉。

官家沈吟了下，遂點頭道：「好，那就讓太子去吧！記得把弘易也帶上。」

殿外，瑄王快步追趕上宰相富箏，一拱手，恭敬道：「多謝富相解圍！」

富箏卻避嫌似的後退一步，面不改色道：「瑄王殿下說笑了，臣不過是盡臣子本分，為官家分憂罷了。」

瑄王左右看看從殿內走出的其他同僚，一副了然的表情，笑道：「那，富相慢走。」

是夜。

允棠正在燭火下，仔細打磨著手中的木塊，磨幾下就將其跟一塊木板中間的孔洞比量著，幾番下來，露出滿意的神色。

為晁家老夫人做的賀壽擺件木船，零件終於準備得差不多了。

小滿為她拿來披風，細心披好。「夜裡涼，姑娘小心凍著。這燭火昏暗，仔細眼睛疼。」

「妳跟翟嬤嬤越來越像了。」

允棠活動活動僵硬的脖子，又捏了捏痠疼的手臂，這些日子跟崔南星一起訓練，真是累慘了她。

上輩子雖然公司和家兩點一線跑，但總歸身體素質還算不錯。

可如今這副身子是真的羸弱，多走幾步便要喘粗氣，提過重物，第二天胳膊都抬不起來。

小滿心疼，替她揉了起來，嗔道：「我為姑娘好，姑娘還取笑我！」

喀嚓！

窗外似有人踩斷了樹枝。

允棠扭頭，見團子正在榻上睡得香甜，低頭一琢磨，放下手裡活計，拉緊披風，出了房門。

果然，在那燈影幢幢中，看到了熟悉的身影。

允棠秀眉微蹙。「你又跳牆進來的？」

「嗯。」蕭卿塵向前一步，踏出黑暗，解釋道：「我才接到命令，明日一早要跟太子殿下和皇太孫殿下南下去賑蝗災，特來跟妳道個別。」

「蝗災？」允棠雖有些耳聞，卻不知已經到了驚動朝廷的地步，急問道：「鬧災之地，可有揚州？」

「嗯，揚州也算嚴重的，農民辛苦了大半年，卻顆粒無收。」

允棠不語，雖然她實際只在揚州待了一年的光景，可還是很有歸屬感，聽到揚州遭難，心裡總不是滋味。

半晌，她才又仰頭問：「那，可有對策？」

蕭卿塵並未直接回答，只對她說：「如有可能，多備些米糧過冬。」

一句話，允棠便知道事態危急，可短時間也想不出什麼辦法能幫他，不由得心生焦急。

倒是蕭卿塵安慰起她來，故作輕鬆道：「反正還要一些時日才能到呢，路上無聊，對策再細想也不遲。」

允棠便不作聲了。

「除了告別，我還有一事。」蕭卿塵上前兩步，湊近了些，聲音也壓低。「琴意已經吐了口，說楚翰學醉酒時，確實曾提起過妳母親，而且他也知道妳母親被下迷藥之事，但他似乎不知最後到底是誰……只說要是沒有那人，妳母親便能活生生地嫁給他也未可知。」

允棠越聽眉頭皺得越緊，聽到最後只覺得噁心。

蕭卿塵知道她心裡不舒服，話鋒一轉。「琴意阻攔楚翰學，不讓他亂說，其實是因為瑄王妃派人控制了她的弟弟，還給她一筆錢，警告她不要亂說，更不要讓楚翰學亂說，否則事情傳揚出去，她和她弟弟都將不得善終。」

「那你是如何讓她說出這些的？」

蕭卿塵的嘴角泛起笑意。「我自然有我的辦法。」

允棠盯著他看，她很難把面前這張溫和好看的臉，同七夕那天扭曲猙獰地毆打崔北辰的人，聯繫到一起。到底哪個才是真實的他？

「你……對她用刑了？」

蕭卿塵避而不答，問道：「若我告訴妳，查妳母親的案子，會牽扯到很多人的命運，甚至傷及他們的性命，妳會就此罷手嗎？」

允棠沒有絲毫猶豫。「我又不是什麼普度眾生的菩薩，我沒那麼善良。況且真正無辜的人，根本不會被牽扯進來。」

蕭卿塵笑笑不說話。

兩人離得很近，她甚至能感受到他的溫熱鼻息噴灑下來。

可涼風一吹，什麼都消散了。

蕭卿塵垂眸凝視她，柔聲輕道：「允棠，我不在汴京的這些日子，妳不要亂來，不要與遼國人接觸，更不要再去找楚翰學。妳就乖乖等我回來，好不好？」

允棠搖了搖頭。「這個我不能答應你。當初選這條路的時候，就知道這條路是艱險的，現在退縮更是不可能。楚翰學既然知道下迷藥的事，說不定能從他的口中知道更多，我現在手中的線索有限，若不牢牢抓住，怎麼能在三年內查明真相？」

「楚翰學是愚鈍，可瑄王妃卻是心機深沈，她輔佐瑄王多年，手段狠辣。她既能安排下琴意，說不定還會有棋意、畫意，妳若打草驚蛇，想要查下去就更難了。不如妳等我回來，我還能幫妳一二。」

「你說的這些我都知道。」涼風襲來，允棠縮了縮脖子，裹緊披風。「可你此去不知道要多久才能回來，我等不起。」她的眼神堅定，不容撼動。

蕭卿塵的嘴張了張，最終沒再勸下去，妥協道：「那我把緣起留給妳。」

「不用，你和兩位儲君南下，這一路應該比我凶險得多。」

蕭卿塵的瞳孔一縮。「妳——」他心中憂慮，竟被她一語道破。

本朝自開國以來，歷來都是皇長子繼承大統。

雖然每代都會冒出些到底是立賢還是立長的爭論，但也都是點到即止，還沒有皇嗣因爭奪皇位而鬥得你死我活的先例。

在對諸位皇子的教育中，尤其重視天下萬民跟手足親情的部分。

從皇子們幼年搖頭晃腦背書時起，便知道朝堂不穩，則百姓不安的道理。

幾個年齡相近的皇子，像太子、瑄王、璟王、珩王和瑾王幾個，更是同吃同住，一同養在皇后膝下。

所以即便太子和皇太孫知道瑄王有心爭儲，甚至有時會耍些見不得人的小手段，也不過是要爭得官家青眼，從未懷疑過瑄王會派人暗殺，奪長兄和姪兒的性命。

富相有心幫太子扭轉局面，也是基於這樣的政治背景，才會在官家面前進言。

幾百年的和平盛世，讓眾人以為這是個仁義的世界，都滿懷君子之心。

可蕭卿塵行在黑暗裡，見過太多的人性醜惡，且瑄王的手段日益偏激，小人之心，不得不防。

要把賑災辦得漂亮，贏得官家讚賞，穩住民心固然重要，可他的任務，卻是把太子和皇太孫完好無損地帶回來。

在這個節骨眼上，魏國公又被派到西北平亂，無法暗中相助，茲事體大，饒是蕭卿塵歷練老成，也倍感壓力。

但這件事，他跟誰也沒有提起過，即便是同在暗衛的弟兄，他也沒透露過一星半點。

而她，不過是剛剛知道他們要南下，提防之事竟脫口而出？

他忍不住試探地問道：「妳……可是聽到什麼風聲？」

允棠搖頭，輕描淡寫道：「一切都不過是我的猜測罷了，我也就是給你提個醒，回來的路上多多留心。若是平安無事，自然更好了。」

蕭卿塵努力掩飾眼底的震驚。

據他判斷，瑄王不會在去的路上動手，而是多半會選擇讓他們安全抵達災區。至於賑災中途，難免會與當地難民或官員起衝突，屆時回來的路上突發些什麼狀況，邏輯上也是解釋得通的。

他看著面前的人兒，月色下的她，眼神銳利堅毅，竟隱隱散發出難以名狀的氣場來。

起初聽到皇太孫說起瑾王腳筋被挑，她又與官家定下三年之約的事，他還替她捏了一把汗。

數月前，她還是個只知道逃跑，毫無自保能力的小娘子。

如今看來，聰慧如她，為母親昭雪也未必就是幻想。

一想到要好久都見不到她，他的心就跟被螞蟻咬一樣難受。

蕭卿塵從懷裡掏出那對黃玉雙魚珮，在手掌間攤開來。「之前給妳的時候，怪我沒說清楚，這玉珮是一對，乃是沈家傳世之物，本應由我母親，交到我妻手上。可我母親早已不在人世，」他輕執起她的手，把其中一塊放到她的手心。「只能由我來給了。」

允棠怔怔地看著那枚玉珮，心生疑惑。「你第一次給我的時候，我們不過才見兩次面而已。」

「未免有些草率嗎？」他苦笑。「我也不知道，可我有種感覺，這玉珮，就該是給妳的。」

「蕭卿塵，我、我不能收……」

他幫她合上手掌，將玉珮攥在手心。「妳也說了，此行凶險，能不能平安回來還未可知，妳就當給我留個念想，無論如何也要活著回來的念想，好不好？」

「你不要胡說！」允棠抬起頭看他，對上那雙清澈透亮的眸子。「我……」

院外傳來腳步聲，蕭卿塵身形一轉，迅速隱到黑暗裡。

「我就知道妳還沒睡。」崔南星從院外進來，手裡捧著一個盒子。「快來幫我看看！」

見她望著一個方向出神，崔南星也順著瞧過去，可什麼都沒瞧見。「看什麼呢？」

「沒什麼。」允棠將玉珮攥緊。

第十七章

八月初五，宜嫁娶。

一早起，晁府便忙活開了。小廝們爬上爬下，忙著往大門上、院牆上掛燈，門口戳燈兩行，旗鑼傘扇一應俱全；婆子、婢女們則給內院扎花點紅，正屋兩側攢三聚五絹綾紅燈高懸。

站在院子中間，甩著帕子主事的，卻不是崔清瓔，而是晁老太太的么女辛晁氏。

辛晁氏挺著肚子，看上去應該懷孕已有七、八個月了，身邊跟著的馮嬤嬤不放心，搬來交椅擺在院子中間，勸說著。「大娘子仔細累著，快坐一會兒。」

辛晁氏也著實累了，撐著扶手坐下來，又抿了口馮嬤嬤遞過來的茶，鬆了口氣。還未等伸伸腿，忽然「哎喲」一聲，把馮嬤嬤嚇了一跳。

「這小傢伙不老實，狠狠踢了我一腳呢！」辛晁氏笑道。

馮嬤嬤撫了撫胸口。「哥兒怕是也嫌累著了。」

「他在我肚裡穩穩躺著，哪累著他了？再說，還沒見著，也不一定就是個哥兒。」話雖這麼說，辛晁氏卻忍不住掩口笑。

馮嬤嬤見四周下人們都忙著，湊近了問道：「咱們來了兩天，確實沒見著人影，難不成不是假意稱病，而是真的病了？」

辛晁氏自然知道這說的是自家大嫂，眉頭不禁都皺起來。「管她是真病還是裝病，見不著她，我心裡都敞快不少。她要是在，我才不巴巴地來張羅呢！我這不是怕母親年邁，操持事情再累著了？」

「也是。」馮嬤嬤點頭稱是。「不怪大娘子說，每次一見她，我這心也堵得厲害，也不知咱們義哥兒怎麼就瞧上了這麼個貨色！」

「上次回來便聽母親說了，說姨母要給大哥說個妾室，那時她便氣得不行，如今這是娶平妻，她還不七竅冒煙了？」辛晁氏一臉幸災樂禍之色。「原還怕大哥被她迷了心竅，不願意再娶，這兩日我見了，倒也殷勤得很呢！」

「哎喲我的姑娘啊，義哥兒都不惑之年了，連一兒半女都沒有，他便是再鬼迷了眼，看見別人家子孫滿堂，其樂融融的，能不心焦？」

辛晁氏贊同地點點頭，不經意間抬頭，見一整個燈籠掛歪了，忙高聲嚷道：「歪了、歪了！找個人在下面看著點！」

「妳慢著點！」晁老太太在姚嬤嬤的攙扶下，從內堂剛一出來，便見女兒挺著肚子，正指著高處大喊。

辛晁氏一見母親的面，便像小女兒家似的，直往老太太懷裡鑽。

老太太本就嬌小，上了歲數越發佝僂起來，辛晁氏如今有了身孕，不說膀大腰圓，也得算是體型豐腴，這一動作，逗得老太太哈哈大笑。

「妳呀，都多大的人了，還撒嬌呢！」晁老太太一推女兒的腦門。「差不多就行了，把妳累著了，我無法跟親家交代。」

「都說人逢喜事精神爽，我看母親的身子可比上次見時強了不少。」辛晁氏道。

姚嬤嬤笑道：「姑娘說得是，這些日子，老太太都能多用些飯。除了義哥兒的婚事，崔家三姑娘沒事便來陪老太太聊天，真是寬慰不少。」

辛晁氏好奇地道：「哦？幾次聽母親說起崔三姑娘，卻一次也不曾見著，不知這次她有沒有工夫來？」

「她本是不想來的，怕跟大郎家的那個起了衝突，攪了婚事。我同她說，那個都好久沒出過屋了，這才應了說會來。」晁老太太點頭笑道：「估摸著一會兒就該到了，妳只瞧一眾小娘子中最俊俏的那個就是了。」

「瞧瞧、瞧瞧！」辛晁氏嘖嘖道：「我越發好奇了，這小娘子是什麼人，竟讓我母親一說起她，便樂得合不攏嘴。」

正說著，忽聽門外鞭炮作響，辛晁氏一聽，提了裙裾轉身便要出門迎客。

晁老太太忙囑咐道：「慢點、慢點！」

將賓客們都迎進門，不一會兒，吉時便到了，迎親的隊伍來到門前。

鞭炮和鑼鼓聲樂齊鳴，響徹雲霄，新娘子齊菡由喜娘攙扶著下轎，雖然由團扇遮面，但隱約也能瞥見那青春容貌。

晁學義雖已不惑之年，但身材清瘦，氣質風雅，是典型的文人模樣，加上身著大紅色襴袍提了氣色，倒也稱得上是郎才女貌。

一對新人牽著紅綢兩端，踏著紅毯並肩進門，晁老太太在正位上坐著，樂得合不攏嘴。

忽然，齊菡腳下一絆。

晁學義忙伸手去扶。「娘子小心！」

「哎喲喲！瞧瞧這一對璧人兒，簡直是天造地設的一對啊！」喜娘高聲笑道。

好不容易來到堂前，隨著禮官的唱和，歡天喜地中完成了拜禮，又給晁老太太敬了茶。

這滿屋子的歡笑、賀喜聲，允棠身處人群中，很快就被喜氣洋洋的情緒感染，忍不住也嘴角上揚。

「咦？怎麼不見晁大夫人呢？」人群中有人低聲議論。

「估計是賭氣，不願露面唄！不過這也不是納妾，非要敬她一杯茶不可，不露面也好，免得……」

見周遭的人齊齊看過來，兩人訕訕地噤了聲。

禮畢，兩位新人被送入洞房，一眾親朋好友也跟著進去鬧。

允棠來到晁老太太身前，行了禮。「恭喜老夫人了！」

「剛才怎麼一直沒見妳呢？快過來！」晁老太太伸出手，將她拉過來細細打量。「數日不見，好像個頭又長了些？」

允棠笑說：「不過是被表姊當作士兵一樣，日日拉出去操練，身體壯了些罷了。」

「壯些也好，妳太瘦了。」

「母親！」

辛晁氏匆匆過來，附在晁老太太耳邊低語幾句，只見老太太的臉色越發凝重。

不用猜也知道，屋裡那位又要開鬧了。

晁老太太手杖一頓，氣道：「著幾個年輕力壯的，去把她綁了，嘴巴也塞牢，今日這婚事，萬萬不能讓她給攪了！」

辛晁氏應了一聲，轉頭對允棠道：「早就聽母親多次提起過崔三姑娘，今日得見，果然仙姿玉色。平日我也少回來走動，多虧姑娘陪著，母親才得以展顏。今日忙亂，來不及好好款待姑娘，改日我定要拉上妳，好好說會兒話。」

允棠頷首。「辛夫人謬讚了，若是有我幫得上忙的，儘管開口，夫人身子重，要是累著，老夫人也該擔心了。」

未等寒暄完，門外慌慌張張地跑進來一個侍女。

不等侍女開口，辛晁氏便知情形不妙，邊轉身邊急道：「先不多說了，我跟過去看看！」

晁老太太翹首看著女兒領著馮嬤嬤和侍女出門去，眉間不禁蒙上一層憂慮之色。

允棠寬慰道：「老夫人別擔心，我跟過去瞧瞧就是。」

辛晁氏雖是雙身子，腳下卻靈巧，允棠緊趕慢趕，終於在後罩房前追上主僕三人。角落一個房間的門開著，斜著瞧進去，屋裡像是精心收拾過的。

「沁蘭，妳去找幾個精壯的小廝，讓他們從後角門繞進來，別讓客人們瞧見了！」辛晁氏邊囑咐，邊朝開著門的房間走過去。「馮嬤嬤，隨我進去看看。」

馮嬤嬤卻扯住辛晁氏的袖子。「不妥啊大娘子！剛才沁蘭都說了，那人把縈竹都咬出了血，那樣子分明是瘋了，天知道她會做出什麼樣的事來？咱們還是等著，綁好了再進去也不遲。」

說話間，房間裡已經傳出近乎瘋狂的笑聲來。

辛晁氏皺眉。「這再等上一會兒，叫前面聽見怎麼得了？」說罷撥開馮嬤嬤的手，幾步就來到房門前。還沒等看到裡面的人影，一個黑影就撲面而來，辛晁氏下意識閉上眼睛，捂住肚子。

「小心！」

啪嚓！

一個茶盞摔落在面前的地上，裡面熱騰騰的茶灑在地上，還冒著熱氣。

「大娘子沒事吧？」馮嬤嬤急問。
待辛晁氏睜開眼，就見一條手臂擋在自己面前，衣袖已濕了一大塊。
允棠倒吸一口冷氣收回手。
辛晁氏驚呼。「崔三姑娘！」
馮嬤嬤往裡一瞧，崔清瓔披頭散髮，正獰笑著坐在榻上，不由得心下一怒，咒罵道：「妳瘋了不成！」
辛晁氏輕輕拉起允棠的衣袖，果然手臂上的嬌嫩皮膚被燙紅一塊，忙吩咐道：「快，去拿點燙傷藥膏來！」
馮嬤嬤卻遲疑了，現在只有她們三人面對這麼一個瘋婆子，若她走了，一個傷了、一個有著身子，再出點什麼事可怎麼辦才好？
「愣著做什麼？快去啊！」辛晁氏催促著。
允棠拉住辛晁氏的手。「夫人別急，我並無大礙。若您信得過我，容我勸慰她幾句。」
「這……」辛晁氏猶豫地看向崔清瓔，只覺得那瘋婆子的眼神詭異得很。
「夫人放心，估計小廝們這會兒也快來了，有事我會大聲喊。」
見她堅持，辛晁氏只好退讓。「那……我就在外面，有事叫我。」
等辛晁氏和馮嬤嬤出了門，允棠輕輕把門關好。
崔清瓔輕哼一聲。「怎麼，妳覺得妳勸得了我？也太瞧得起妳自己了！」

允棠低頭，笑而不語。

「妳笑什麼？」

允棠緩緩抬眸。「妳果然沒讓我失望啊！」

聽辛晁氏她們說崔清瓔瘋了，這事能騙得了別人，可騙不了她。

只有把生命的重心都倚重在一個人或一件事上，驟然失去依仗時，才會失心瘋。

可是像崔清瓔這麼自私的人，只會不擇手段去奪、去搶，甚至去毀掉，絕對不會自己瘋掉的。

允棠向前兩步，眯起雙眼，壓低聲音道：「之前我就覺得，外祖父就那麼白白地放妳走掉，真的太可惜了。可妳有誥命在身，我又不能把妳怎麼樣。如今妳這副模樣，我大可以放出風聲，說妳得了失心瘋，若妳再大鬧這場婚事，妳猜，晁家還容不容得下妳？」

崔清瓔眼底閃過一絲驚慌，又很快恢復鎮定，譏笑出聲。「就憑妳也想嚇唬我啊？妳還嫩了點！」

允棠不疾不徐地來到榻前，俯下身子，輕聲道：「我就等著妳被晁家扔出去的那天，到時候妳對我母親所做的一切，我都要妳加倍奉還！」

崔清瓔一怔。

「現在門外只有一個懷著身孕的女人，她絕對攔不住妳。」允棠一指門口。「去嘛，外面賓客滿堂，可是熱鬧得很呢！」

「妳——」

她在崔清瓔耳邊，一字一句道：「妳的夫君正在和別的女子飲合巹酒，妳不想去看看嗎？」

崔清瓔又驚又怒，想要給她一巴掌，可手臂揮到一半，卻被她緊緊掐住，怎麼也掙脫不開。

經過崔南星的訓練，允棠的力氣已經比原來大多了，尤其是手臂。她死死攥住崔清瓔的手腕，冷聲道：「之後的每一天，妳都提心吊膽地過吧，總有一天，我會來取妳的狗命！」說罷，用力甩手，將崔清瓔甩翻在榻上，推門而出。

允棠剛一出門，辛晁氏便急急迎上前。「怎麼樣？妳沒事吧？」

「沒事。」

馮嬤嬤豎著耳朵聽了半天，奇道：「哎，好像真的沒聲音了。」

辛晁氏疑惑地問：「姑娘跟她說什麼了？」

允棠笑笑。「不過就是連哄帶騙罷了。」

之後的時間，崔清瓔果然沒有再鬧，只是婆子送進去的餐食、茶飲，一口都沒再動過。

酒過三巡，賓客漸漸散去。

晁學義在小廝的攙扶下入了洞房，齊菡畢竟年紀小，呢喃嬌羞，軟語低磨，讓他喜不自勝。

直到屋內紅燭被吹熄，晁老太太才滿意地回了房。

有婢女在回去的路上議論——。

「那齊娘子真是溫柔，我給她斟茶，她還問我叫什麼名字，賞了我鐲子呢！妳看！」

「妳沒瞧見咱們大人看她的眼神嗎？要我說啊，咱老夫人很快就能抱上孫子了！」

兩人笑著越走越遠。

後罩房某一房間內，傳來了低低的抽泣聲。

仁明殿。

見允棠來，皇后忙叫解嬤嬤端來各式各樣的菓子，在桌上一一排列開來。

「快來嚐嚐！」皇后朝她擺手。「這兒有妳最愛吃的糖糜乳糕。」

解嬤嬤解釋道：「娘娘特意讓做糖糜乳糕拿手的尚食劉娘子親做送來的。」

允棠拿起一塊，送入口中，滿足道：「唔，果然很好吃，謝謝祖母！」

皇后一臉寵溺地看著她吃，輕嘆口氣。「妳這麼久都不來，我還以為，妳還在生我的氣呢。」

允棠放下菓子，起身繞過桌几，來到皇后身邊蹲下，仰起臉道：「是孫女貪玩，沒及時來看望祖母，讓祖母擔心了。」

「妳在宮裡侍疾的那段日子，我無數次想要將真相告知妳，可……」皇后撥了撥她額前的碎髮，悵然道：「妳怪我，也是應該的。」

允棠搖搖頭。「事關重大，祖父既然已經將外祖父召回，必然要尊重他，讓他第一個知道真相。不然事情傳揚出去，外祖父若從別人口中得知事情原委，這場請罪便成了不得已而為之的戲碼，失了祖父本心，這些孫女都明白的。」

皇后先是一怔，隨即不住地點頭。「妳小小年紀，能想到這一層，真是不容易。不過祖母畢竟是有愧於妳，日後會好好補償的。」

「孫女光顧著吃了，還未曾問，祖母身子可好？」

「好、好。」皇后笑道：「能吃能喝，一切都好。」

解嬤嬤道：「姑娘有所不知，姑娘不在的這些日子，娘娘心中甚是掛念，總是拿姑娘給做的小玩意兒出神呢！」

皇后斜乜了解嬤嬤一眼。「她正是好時候，不出去玩玩鬧鬧，成日守著我這老婆子做什麼？更何況，她有更要緊的事要做。」

允棠起身回到榻上坐下，點頭道：「祖母放心，孫女一刻也不敢鬆懈。」

「有什麼我能幫到妳的，儘管開口便是。」皇后道。「如今南方鬧災，西北戰亂，官家再無暇顧及到冊封之事，妳把我的手牌拿好，得空了，就進宮來看看我。」

從解嬤嬤手裡接過手牌，允棠小心收好，猶豫片刻後問道：「南方災情嚴重嗎？」

提起災情，皇后面色凝重。「農桑皆受創。」

「聽說太子殿下和皇太孫殿下親自南下去賑災，想必很快就會傳來好消息的。」

皇后搖頭。「難啊！前些日子聽官家說起，有些鬧災嚴重的地方，甚至開始為蝗鑄像，奉為蝗神，日日燒香祭拜，只求能收回天譴。」

允棠皺眉，捕捉蝗蟲容易，對抗信仰卻很難。

當那啃噬一切的蟲子鋪天蓋地而來時，百姓們本就惶恐無助，可若再把這跟怪力亂神聯繫到一起，要對抗自然是想都不敢想的事。

蝗神之說在人們腦中尚未根深蒂固之時及時將之去除，才是上策。

總要有人站出來告訴百姓們，它只不過是蟲子而已。而普天之下，若說誰能被天下人信服，那絕對非官家莫屬了。

允棠腦中靈光乍現。

皇后卻未注意到她的神情變化，繼續說道：「遼國使團已經到了都亭驛，近日裡會有蹴鞠、騎射的比賽，妳若想看，便在宮裡住些時日，到時候跟著我去看看。」

允棠倏地起身。「祖母，招待使團，是不是會有筵席？」

「來的第二日已經招待過了，不過過些日子是中秋，我們還是會盡地主之誼，辦一場大宴。」

「中秋宴上的菜品，可定好了？」

皇后有些疑惑，但還是答道：「尚食局會擬個單子，我過目之後，才會呈給官家。怎麼了？」

「我想加一道菜。」

允棠把仁明殿的內侍、宮女們都召集到一起，命他們在保證皇后正常起居的情況下，都出去捕儘量多的蝗蟲回來。

而她自己，則一頭扎進尚食局裡，廢寢忘食。

小滿幫不上什麼忙，只能每日定時給她送上吃食，或是宮外來消息時轉達給她，僅此而已。

如此過了三日，這天皇后正在用午膳時，允棠帶著一眾司膳、司藥，拎著食盒，魚貫而入。

「妳是又搞出什麼新花樣了？」皇后饒有興趣地放下筷子，等她介紹。

允棠神秘兮兮地端過一個食盒。「解嬤嬤，煩勞妳扶好祖母，莫要讓她嚇著。」

「我哪有那麼膽小？」

皇后狐疑地看著允棠打開食盒蓋子，又將盤子從食盒裡端出放到桌上。

只見盤子裡是紅褐色之物，一條條、一根根，看著頗為眼熟。

「這是……」皇后定睛望去，一看之下大驚失色。「這、這是蝗蟲?!」

允棠寬慰道：「祖母莫要驚慌，這是孫女和幾位司膳新研製的菜式，名叫飛蝦，是將蝗蟲用熱水燙過之後，再用油炸製成。」

饒是皇后平日膽子大，並不怕這些昆蟲，可將它們擺在盤子裡，心裡還是難以接受。

「這……」解嬤嬤也面露驚懼之色。「這能吃嗎？」

「能吃。」允棠轉頭道：「尹司藥，有勞了。」

尹司藥欠身道：「回稟聖人，古籍有曰，蚱蜢有止咳平喘、定驚助陽、健脾消食的作用，是可以食用的。」

皇后思索片刻。「妳是想把這道菜加到中秋宴上，讓官家和親王、大臣們都吃上這道菜，從而打破蝗神的說法，讓百姓都放心跟著太子他們捕蝗？」

允棠樂道：「真是什麼都瞞不過祖母！」

「既然於民有益，我就嚐嚐看。」皇后道。

解嬤嬤拿了筷子，挾了些給皇后。

皇后盯著盤中之物，努力想像它只是一道普通的菜，與其他肉類並無區別，隨後提起筷子，將食物送到嘴邊，一皺眉、一閉眼，張口含了進去。

眾人皆屏息看著，只見皇后起初皺眉輕輕咀嚼，口中脆響不斷，旋即眉頭舒展，最後竟發出滿足的呼聲。

「唔！肥而不膩，鮮香酥脆，竟是極品！」

「娘娘……」解嬤嬤瞪大了眼睛。

「嬤嬤也嚐嚐？」允棠笑道。

解嬤嬤看向皇后，見皇后也鼓勵地點點頭，便也挾了一塊，轉過身去送入口中。

「怎麼樣？確實不錯吧？」皇后笑吟吟地問。

解嬤嬤點頭如搗蒜，驚道：「滿口鮮香，原來這東西這麼好吃！」

皇后指著另外幾個食盒，問道：「這些又是什麼？」

允棠擺手，幾位司膳都將食盒打開來。

「這些都是不同的做法，不知道祖母會喜歡哪一種，便多做了幾樣，祖母不如都嚐嚐？」允棠逐一介紹道：「這道，是用竹籤串了刷油炭烤的；這是紅燒的；這是辣炒的；還有這道，是裹了雞子和麵粉之後炸的，可以蘸這個料汁吃；最後這道，是炸過之後跟鮮湯豆腐一起燉的。」

皇后忍不住誇讚道：「才不過三日的光景，妳竟做出這麼多式樣來，真是有心了。」

「孫女不敢一人居功，要不是這幾位司膳日日夜夜陪著我熬，提議修改食譜，今日祖母便沒這個口福了。」

「賞！」

眾司膳齊齊謝恩。

皇后滿意地點頭，又想到什麼似的，突然問道：「妳這些菜，都是要用油炸過是嗎？」

「沒錯。」允棠道：「我們試過很多種烹飪方法，都不盡如人意，只有油炸才能去掉腥味，只留鮮香。」

「可普通百姓家，很難會用這麼多油去做一道菜啊！」皇后皺眉。

允棠點頭。「這個我也想過。我們的目的是要在汴京帶起一股風潮，官宦人家能吃就足夠了，他們會花重金去收，重金之下必有勇夫，一些先鋒們賺到錢，吃到了甜頭，百姓們不遠千里去捕蝗回來售賣，也不是不可能的。」

皇后看著一桌子「蝗蟲盛宴」，喜上眉梢。「訾榮，去看看官家下朝沒有？若是還沒用午膳，便請過來吧，就說允棠做了好些菜，來解他的憂。」

瓊華閣內，小滿正伺候允棠沐浴。

允棠雙臂橫搭在木桶邊，頭輕輕側倚在手臂上，半眯著眼，像是睡著了。

她濕漉漉的長髮被撥到一邊，露出光滑的脊背，小滿正用宮裡特製的肥皂團，輕輕替她擦著背。

水霧蒸騰間，她舒服地輕哼一聲。

小滿由後背擦向手臂，輕聲道：「姑娘這手臂緊實了許多，簡直跟二姑娘不分伯仲了。」

「哪有？南星她從小便搭弓射箭，手上的繭子一層蓋過一層，我不過才比劃了幾天，哪能跟她相比呢！」允棠並未睜眼，只是將頭側向另一邊。

「姑娘既然進了宮，不妨就休息幾天吧。」

「那可不成，南星說了，懈怠之心一旦養成，之前的努力便都白費了。我現在好不容易能拉開那張弓了，可不能半途而廢。」

小滿挽起她的右手，輕輕搓洗時，摸到食指與中指變得粗糙僵硬，不由得心疼起來。

「姑娘這手，原來像蔥尖一樣，如今好幾處都生了繭子，一定很疼吧？」

允棠自己摩挲了兩下，笑道：「起初是很疼，因為皮膚嬌嫩，吃些苦也正常。可如今，我已有了厚厚的盔甲，便再也傷不著我了。」

「姑娘，」小滿向前湊近，疑惑地問道：「官家已經答應把飛蝦加到中秋宴菜單中，還特地鄭重賞了妳好些寶貝，可為何不藉由此事重提冊封呢？這難道不是個好由頭？」

允棠轉過身來，頭輕靠在桶壁上，雙眼仍微閉，笑道：「傻小滿，那太子殿下和皇太孫殿下千里迢迢去賑災，都還沒個結果，況且他們都未得賞，憑什麼我只做了幾道菜，就得藉由此事冊封了？若祖父真的這樣做了，國難當頭還大肆封賞，百姓們豈不是會心寒？言官們也難免會認為我初衷有異。」

小滿將她的長髮攏好，浸入裝滿溫水的水盆中。「雖然姑娘只做了幾道菜，可這個主意卻是絕頂的好啊，不然為什麼官家和聖人都對此讚不絕口呢？等中秋宴一過，百姓們紛紛出門捕蝗，那太子殿下和皇太孫殿下豈不是不戰而勝？聽上去也花不了多少力氣嘛！」

允棠倏地睜眼起身，轉頭喝道：「小滿，慎言！」

小滿也知道自己說錯了話，低頭怯怯地道：「姑娘……」

「這是宮裡，切記不可胡言亂語，否則不但會惹禍上身，搞不好還要牽扯到祖母。」

「是，我知錯了。」

聞言，允棠才慢慢靠回去。

小滿幫她把頭髮洗好，用象牙梳梳順，又拿了棉布吸乾頭髮上的水分。

待她起身，小滿用衣袍將她曲線漸現的身體裹住。「要我傳些炭火嗎？」

「不用，我不冷。」

小滿幫她擦拭身子，繼續道：「耿忠傳來消息，說魏廣已經跟楚翰學混熟了，這兩日都在一起廝混。說來也是好笑，他只說看魏廣眼熟，本以為是露了餡兒，誰知道他後來竟說是知音緣分。」

允棠也笑。

「另外，姑娘說讓將軍幫忙，在軍中尋找有沒有叫萬起的人，目前還沒有消息。」

「知道了。」

「姑娘，」小滿蹲下身子，往她纖細的小腿上塗抹香膏，仰臉嘻笑著問道：「蝗災這事，若不是為了郡主的名分，那……是為了小公爺嗎？」

「又胡說！」允棠皺眉嗔了一句，心下卻不由自主地牽掛起來。

也不知道他現在怎麼樣了？

南熏門外玉津園。

位於玉津園中心的射圃百餘步見方，其外禁軍按劍直立，整齊森嚴；其內旗幡招展，鼓聲震天。

射圃內身著紅白箭袖的兩國兵將們，手持弓箭，在高臺前左右一字排開，每當有人射中靶心便擊鼓一聲，由於參加宴射的都是兩國的佼佼者，鼓聲越發密集，迫人心弦。

射圃北側是一座兩層高的射雁臺，官家頭戴朝天襆頭，身著紅底淡黃色團龍窄袍，腰間繫通犀金玉帶，坐在高臺正中；皇后和諸位皇子坐在右側；左側坐的是遼國小皇子萬俟丹，和北院大王萬俟泰；兩側再次之是諸位大臣和遼國副將們。

東西兩側建有遊廊，廊上靠內有一尺高木臺，上面擺了條形几案，東側坐的主要是品級稍低的官員和世家公子們，西側坐的都是些王妃、誥命夫人之類的命婦。

眾人皆屏息看著圃內的動靜，從用於計算成績的小旗數量來看，雙方你追我趕，比分一直咬得很緊，難分伯仲。

比起官家和瑄王的淡然，瑾王似乎更緊繃些，當看到離得最近的兵將接連兩箭都沒射中靶心時，憤怒地將酒盞用力頓在几案上。

「看樣子瑾王殿下著急了，哈哈哈！」萬俟泰放聲大笑起來。「若不是腳受傷，是不是都想自己上場了？不過我大遼一向善騎射，你們輸了也不奇怪。」
瑾王聞言怒不可遏，暗暗捏緊了拳頭。
瑄王笑道：「瑾王意外受傷，心情不好，萬俟將軍莫要見怪。只是勝負還未分，將軍此言，是不是還為時過早啊？」
萬俟泰嘴角一撇，嗤笑道：「勝敗乃兵家常事，真要是輸了，也沒什麼好說的，我沒瑾王殿下那麼小氣。」
「你——」瑾王想要起身，卻被身邊的璟王死死按住。
「來，將軍，我敬你一杯！」瑄王端起酒盞遙敬。
瑾王從鼻子裡哼了一聲，憤怒離席。
璟王見了，忙追了出去。
官家只是朝這個方向瞥了一眼，並未開口。
瑾王一瘸一拐來到一處水池邊，拾了幾顆石子，撒氣似的，用力往池子遠處丟。
璟王來到他身邊，輕嘆口氣。「你這又是何苦呢？」
瑾王轉頭，怒道：「那萬俟泰在戰場上殺了我們多少兄弟！我沒蕭秉鋮那個本事，對著那張臉還笑得出來！」
「他畢竟是來使，若不好生款待，會被人說我們小氣。」璟王苦口婆心道。
聽到「小氣」二字，瑾王更是氣不打一處來。「小氣？沙場那麼多性命都白丟了嗎？用無數英魂來彰顯我們大方、有度量？這度量不要也罷！」

「你怎麼年紀越大，脾氣越急了呢？」璟王無奈道。「你也知道沙場殘酷，父親既然接納來使，就是想方設法要避免這血腥慘烈的戰事，他的苦心，你難道不懂嗎？」

「我當然不懂！自從遼國使團進京，和親或是要簽訂辱國條約的流言更盛。若父親一聲令下，討伐遼國，我定當先鋒，萬死不辭！可在席間假意談笑風生，委屈和談，豈不是讓他們以為我們怕了他們？」

「上兵伐謀，其次伐交，其次伐兵，其下攻城。」一個淡然的女聲，從兩人身後傳來。「不是不可戰，戰非上策。」

瑾王聞聲，驚喜地轉頭。「允棠！」

只見允棠帶著婢女小滿，朝璟王欠身行禮。「見過璟王殿下。」

剛剛她和小滿正趕往射圃，途經此處，聽到瑾王抱怨，忍不住開口回懟。

璟王早就從貴妃口中得知，允棠是弟弟秉鉞親生女兒的事，他二人乃同母所出，故而看待允棠比別人要更親切些。

雖然之前在仁明殿給皇后問安時見過幾次，可始終沒機會同她單獨說話，如今私下見著了，自然大喜過望。

「說得好！」璟王忙招手。「快過來，讓四伯父好好瞧一瞧。」

允棠聽到這個稱呼，不由得皺了皺眉，不過出於禮貌，還是上前一步。

璟王對著姪女左看右看，嘴角越揚越高，心裡歡喜得很，忍不住對弟弟道：「真不知道你這樣的腦子，怎麼生得出這麼個才貌雙全的女兒來？你好歹也是領兵打過仗的人，怎麼兵法造詣還不如你女兒呢？」

允棠對這個生父打心眼裡排斥，所以聽起這些話來，只覺得刺耳。「璟王殿下……」

璟王卻不管不顧，眉飛色舞地問道：「好姪女，平日喜歡讀書、看兵法嗎？習字嗎？音律呢？」

允棠面無表情地搖頭。「都不喜歡。」

「允棠，」瑾王見了她，也沒了剛才的氣勢，猶豫半天才開口道：「我已命人在府中收拾出個院子給妳，若什麼時間得空了，不如回來小住幾晚……」

允棠立即反問道：「我以什麼身分住到瑾王府去？」

「自然是以我女兒的身分！」瑾王急道。「妳放心，以後絕對不會再有人敢看輕妳、傷害妳。」

允棠冷哼。「怎麼，瑾王殿下要主動將自己的惡行公諸於世了嗎？那我拭目以待。」

瑾王啞然。

璟王雙手環抱於胸前，饒有興趣地看著父女倆鬥嘴。

「允棠……」瑾王一臉苦相，央求道：「妳給我個機會，好好彌補妳，好不好？」

她卻置若罔聞，朝璟王欠身。「時候不早了，我還要去見祖母，先失陪了。」說罷，頭也不回地轉身離去。

看著弟弟垂頭喪氣的樣子，璟王拍了拍他的肩膀，安慰道：「慢慢來吧，這不是一朝一夕的事。」

允棠帶著小滿來到射圃，抬頭見皇后並不在臺上，便轉身來到西側遊廊，尋了一處空位，還未等坐下，便感覺到不遠處投射而來的不友善目光。

側頭去看，目光來自於原來的襄寧郡主——現在的新城縣主。

新城縣主正坐在母親瑾王妃的身側，母女倆都一副咬牙切齒、恨不得生吞活剝了她的模樣。

允棠不動聲色地將頭轉回來坐下，身後立即有侍女送來熱茶和菓子。

她將目光轉回到射雁臺上，瑞王正歪坐在一隅。

可能是因為瑞王的身子不好，破格允許瑞王妃在跟前伺候，與其他皇子的氣宇軒昂不同，瑞王幾乎將整個身子都倚在憑几上，時不時還弓背掩口咳嗽幾聲。

瑞王妃則又是端茶、又是撫背，忙個不停。

得找個機會接近瑞王才行。

眾皇子在皇后生病之時，都輪番來探望過，唯有瑞王身子不好，一直未曾露面。

畢竟當初事情發生在瑞王府，她有好多問題想當面問問瑞王，只期盼凶手能粗心留下些蛛絲馬跡，又恰巧被有心人發覺。
她又何嘗不知道這機會有多渺茫，可她不想放過任何一個機會。
正翹首望著，只感覺袖子一涼。
允棠驚愕轉頭，只見一名與她年紀相仿的小娘子，正趾高氣揚地拿著空茶盞，用鼻孔瞪著她，毫無誠意地說道——
「對不起啊！」
這場景似曾相識。
「姑娘！」小滿驚呼著上前查看。「燙到沒有？」
允棠笑笑。「看來這位姑娘手下留情了呢，竟沒用熱茶潑我。」
「妳是誰啊？怎地如此無禮！」小滿一邊用手絹替允棠擦拭，一邊忿忿地扭頭問道。
那小娘子斜睨著她們主僕二人，並未開口。
倒是她身後的婢女一臉驕傲地道：「我們姑娘可是英國公的外孫女，戶部使盧大人的獨女。」
「妳我素昧平生，為何要這樣做，請盧姑娘明示。」允棠仰臉平靜地道。
盧文君輕哼一聲，譏諷道：「你們崔家人臉皮還真是厚，怎麼還有臉招搖過市呢？今日遼國使團也在場，要丟人也別丟到別國去，趕緊滾出玉津園！」
她們二人說話的聲音不大，且有鼓聲掩飾，並未驚動其他人，可一直關注允棠的瑾王妃母女見了，皆露出幸災樂禍的神情。

皇后更衣回來，剛在射雁臺落坐，便往西側遊廊瞧去，尋找允棠的身影，見到盧文君在與她說話，稍一思索，忙喚解嬤嬤到身前，耳語了幾句。

解嬤嬤領命，下了高臺，直奔西側遊廊。

聽盧文君說完，允棠心下已明白幾分，這大概又是一個習慣用指責別人來凸顯自己高尚的人。

可今日她有要事在身，根本沒時間與之糾纏。

允棠拿著茶盞緩緩起身，將嘴湊在茶盞前試了試溫度。

見她臨走也要貪這一口茶，盧文君更是面露不屑。「趕緊喝完吧，恐怕以後妳也沒什麼機會再參加這樣的宴會，喝不到這麼好的茶了。」

話音剛落，允棠一揚手，一盞茶直直潑向盧文君胸前！

「啊！」盧文君驚呼。

好巧不巧，鼓聲恰好停止，這聲尖叫吸引了全場人的注意。

盧文君忙用雙手掩住胸口，怒目而視。「妳——」

「看來盧家的家風也不怎麼樣嘛！」允棠俯身放下茶盞，輕笑道：「我已經替盧姑娘試過溫度了，不燙，跟妳潑我的那盞茶差不多，算是禮尚往來了。」

「妳！」眼看四周的人都看過來了，盧文君緊緊護住胸前，咬牙道：「妳給我等著！」

說完一跺腳，領著婢女朝後面去了。

此時射圃內的比賽已經結束，當代表本朝的紅色旗幟高高揚起時，場內爆發出響徹雲霄的呼聲。

解嬤嬤與盧文君主僕錯身而過，來到允棠面前，還未等說話，便聽見傳令宦官喊話道——

「官家有令，下場比賽女子騎射，有能者自行報名參賽，取得名次者，重賞！」

允棠一怔。

女子騎射？真遺憾崔南星沒來，不然一定大殺四方。

「姑娘的衣裳是怎麼了？」解嬤嬤指著她的袖子問道。

「喔，剛有人不小心將茶湯灑在我身上了。」

「隨我去後面換身衣裳吧。」

允棠低頭瞧瞧，確實有些不雅，為難道：「可我沒帶衣裳來。」

解嬤嬤笑道：「出門前，娘娘可是幫姑娘準備了，姑娘隨我來就是。」

允棠抬頭望向高臺，見皇后正朝這裡看來，興奮地招了招手。

瑾王妃母女期盼了半晌，見盧文君並沒有把允棠怎麼樣，皆面露不甘之色。

轉到高臺後面，解嬤嬤從一個房間內取了身紅色衣裳，交到允棠手裡，讓她到屏風後面去換，隨即又隔著屏風問道：「姑娘可知，那盧姑娘是什麼人？」

小滿替允棠解開衣衫的手一頓，抬頭看向她。

允棠也一臉茫然。「聽她的婢女說，是英國公的外孫女，戶部使盧大人的女兒？」

解嬤嬤道：「她的母親潘玉珏，也曾經是很有名的女將，一把紅纓槍舞得是虎虎生風。」

「女將……」

「沒錯，當年官家下令女將不得出征，潘玉珏不服，想要面聖，可官家根本無暇見她，她便女扮男裝，混進了英國公南下平亂的隊伍裡，英國公發現之後，按軍法罰了她二十脊杖，將她送回汴京。自此，她一病不起，不到兩個月，人就沒了。」

允棠眉頭緊鎖。

解嬤嬤繼續道：「潘玉珏撒手人寰的時候，女兒還不足一歲，這個女兒便是今日潑姑娘茶湯的盧文君。英國公沒見到潘玉珏最後一面，一夜白頭，身子也垮了，再也不能領兵出征，每日靠著堆積如山的藥材度日，而盧大人也一直沒有續弦。

「我說這麼多，便是想讓姑娘知道，英國公跟崔老將軍一樣，也是戎馬一生的大英雄；那戶部使盧英大人，更是剛正不阿的股肱之臣。盧文君今日行徑，無非是因往事遷怒於姑娘，還請姑娘不要記恨她。」

允棠死死咬住下唇，攤開雙臂愣愣地站在原地，任由小滿為她穿脫衣裳。

半晌，待小滿整理好，她從屏風後面走出來，垂眸道：「多謝嬤嬤告訴我這些，今日是我狹隘了。」

解嬤嬤笑了笑。「姑娘倒不必自責，不知緣由時無端被潑，任誰都會惱怒的。姑娘是聰明人，無須我多說也知道該怎麼做。」

允棠點點頭。

「咱們回去吧。」

一行人剛回到射圃，允棠就轉身對解嬤嬤道：「今日有遼國使臣在，我便不去給祖母請安了，就在西側遊廊坐著，有事叫我。」

解嬤嬤點頭。

「蕭允棠！蕭允棠在哪兒？」

忽然聽到傳令宦官扯著嗓子喊道。

允棠遲疑。「這、這是在喊我嗎？」

小滿也茫然地搖搖頭，表示毫不知情。

允棠不明所以，快步上前。「請問有何事？」

傳令宦官喊得嗓子都快啞了，一見她，忙道：「蕭允棠是嗎？妳不是報名了參加騎射比賽嗎？快上場啊！就差妳了！」

「騎射比賽？」允棠錯愕。「我沒有報名啊！」而且，她還從未給自己冠過蕭姓。

不遠處傳來嘻笑聲，新城縣主在母親身側，掩口笑道：「世人都說崔家無論男女皆習武，這區區騎射更是不在話下了，是吧，允棠姊姊？」

允棠皺眉，冷眼看著這對母女。

是了，瑾王腳筋被挑，這麼大的事，是瞞不住家人的。

官家又讓她叫祖父，怕是這對母女以為她早就認了這個父親，改姓蕭了吧？

解嬤嬤心急如焚，搖頭道：「姑娘，不要去！萬一在場上摔下馬來，可是要出人命的啊！我去找娘娘想想辦法！」

宦官急道：「再不上場可來不及了！我們與遼國各五人上場，最後算總分，若是開場便少一人，豈不是輸定了？」

眼看其餘九人已經策馬上前，允棠一咬牙，從宦官手中接過紅色絲帶繫在頭上。「馬在哪兒？」

射雁臺上，萬俟泰正舉著酒盞朝皇后遙敬。「我斗膽敬聖人一杯，聽說這瀛玉美酒乃是聖人親自釀造，果然入口香醇。」

皇后聞言，微笑著舉起酒盞，示意後送到嘴邊輕抿了一口。

在放下酒盞時，皇后無意中朝場上瞥了一眼，這一瞥之下，瞬間大驚失色，手一抖，酒盞歪倒在桌上。

「怎麼了？」官家關切地問道。

卻見皇后不語，只是顫抖著起身，望著場下。

順著皇后的視線看下去，只見一名女將，一襲紅衣，策馬馳騁，頭上紅色絲帶隨風飄揚，手中還握著一柄紅色弓箭。

「清珞……」官家喃喃道。

皇后卻先回過神來，怔怔地坐回座位，壓低了聲音道：「那是允棠，她、她怎麼會在場上？官家，快讓比賽停下來！」

見官家還發愣著，皇后的聲音已帶有哭腔。「官家！」

說話間，一聲鑼響，三隻飛鳥飛出。

已有頭繫紅帶的女將，將飛鳥射下一隻來，那女將舉著弓轉身，竟是盧文君！

「先等等看。」官家抬手。

萬俟泰顯然也注意到那一襲紅衣，還不敢相信似的揉了揉眼睛。

允棠騎馬已經算是比較熟練了，射箭也練習過多日，可卻還從未試過一邊騎馬一邊射箭。

她想鬆開韁繩去拉一拉弓，感受一下與她平日練習的弓有沒有太大區別，可每次都是剛一鬆手，便失了平衡，只得再抓回去。

冷靜、冷靜。她在心裡默唸著。

盧文君從身後追上來，怒道：「妳根本就不會騎射，還敢上場充數！妳當這比賽是兒戲嗎？」

允棠並不理睬，只是在心裡數著馬的節奏。

「站起來，離開馬鞍，腿微曲，看我！」盧文君迅速說完幾句後，一扯韁繩，掉轉馬頭朝她身後跑去。

允棠扭頭去看，又一聲鑼響之後，三隻飛鳥受驚，朝不同方向飛出。

盧文君早就站在馬上，迅速對準還在上升的飛鳥，羽箭認弦又快又準，拉弓、射箭，一隻飛鳥應聲直線墜落。

不過遼國一名女將也射中了一隻。

「看到了嗎？」

「嗯。」允棠點頭。

她雙腿一夾，先讓馬跑起來，隨後身子微微向前弓，感覺到適應了馬的節奏之後，手只是空握拳，虛抓著韁繩，確認無礙之後，她手向背後一掏，抓了枝羽箭，搭在弦上，朝一旁的樹幹射出去。

迅速將韁繩握回在手裡，她才敢回頭去看，果然那枝羽箭穩穩嵌在樹幹中心。

盧文君露出驚訝的神色，不過嘴上還是不饒人。「射樹有什麼用？射中鳥才能得分呢！」

「謝謝妳！」允棠大聲道。

盧文君一愣，隨後甩下一句。「看好鳥飛的方向和速度。」

允棠苦笑，聽起來很容易的樣子。不過形勢危急，由不得她怯場。

又放過兩輪飛鳥，雙方比分迅速拉平。

盧文君皺眉。「妳行不行啊？最後一輪了！」

允棠根本無暇回答，經過前兩輪，她倒是瞧出了一些門道。

雙方實力都很強悍，偶爾有射不中的，便是鳥受了驚嚇，改變飛行軌跡的原因。

最後一輪鑼聲敲響，伴隨著揮動翅膀的聲音，三隻飛鳥爭先恐後飛出。

允棠觀察著，一隻朝左，兩隻朝右。

耳邊錚錚幾聲，眾人羽箭均迅速射出，她不疾不徐瞄準中間的飛鳥，卻不是在牠的飛行軌跡上，而是大概在逆時針旋轉九十度的方向。

計算好之後，她鬆開手指。

眾人皆屏住呼吸。

盧文君的箭擦到了左邊飛鳥的翅膀，好在另一枝紅色羽箭旋即趕到，射中飛鳥的身體。

右邊飛鳥也被遼國射下。

而中間的那隻……

「歪了！」身後有人遺憾道。

右邊飛鳥中箭之後，中間飛鳥一驚，轉身向身後飛去，翅膀剛揮動兩下，便被一枝紅色羽箭穿頭而過。

「中了！」

「贏了！」

場內歡呼震耳欲聾，女將們也忍不住紛紛擊掌慶賀。

盧文君騎馬來到跟前，斜乜了允棠一眼。「不錯嘛！」

允棠笑道：「妳射中三隻，拔了頭籌，怎麼反倒誇起我來了？」

「我一向都這麼厲害的！」盧文君不自謙，得意地道。「不過，妳倒是很有天賦，要是好好練一練，興許能和我打個平手。」

允棠無奈地搖頭笑笑。

盧文君發覺自己笑著，立刻又板起臉，皺眉道：「別覺得我給了妳好臉色，就能跟我嬉皮笑臉的，妳剛才潑我，我還記著呢！」

允棠挑眉。「我怎麼記得，是妳先潑我的？」

盧文君瞪了她一眼。「我不過是潑了妳袖子，妳呢？」

「對不起，是我不好。」允棠無比誠懇。

盧文君母親的死，確實是一樁令人遺憾的悲劇。

而且比起她，找不到應該恨誰的盧文君，似乎更窩火些。

盧文君一愣，顯然沒想到她會道歉，旋即皺眉。「少跟我來這套。」

此時，傳令宦官喊聲響起——

「妳們五人，上前來領賞！」

幾人解轡下馬，跟隨宦官前往射雁臺上。

允棠讓幾人先行，自己則站在最後。

萬俟丹卻眼尖，透過人群看到那張熟悉的臉，驚喜地問道：「不知站在最後那位紅衣小娘子，如何稱呼啊？」

允棠此時也對上萬俟丹的視線，心頭猛然一沈。

糟了！

她雖望向高臺數次，可都被高聲談笑的萬俟泰吸引，絲毫沒注意到身邊還有個寡言的小皇子。

尤其他今日編了無數的小辮子，中間還夾了各色彩線，披散在腦後，異域風情十足，乍一看根本就沒認出來。

與這位遼國小皇子見面的地方可是青樓，若是他在這種場合口無遮攔，怕是自己跳進黃河也洗不清了。

允棠不由得心急如焚。

官家笑道：「這是我收的義孫女，也是崔奉崔將軍的外孫女。」

「哦？」萬俟泰一聽來了興致，扭頭問道：「崔奉將軍的外孫女……敢問官家，這位姑娘的母親，可是永平郡主？」

官家點頭。「正是。」

萬俟丹眼睛一亮。「傳說中一襲紅衣，百步穿楊的永平郡主？」

「是啊！」萬俟泰點頭，悵然道：「我國也有許多女將，但跟永平郡主相比，總是少了些恣意狂妄的勁頭。剛才姑娘著紅衣出場，我差點以為……」說完又哈哈大笑。「我是個粗人，不會說話，姑娘見諒！」

萬俟丹再回頭看向允棠時，眼裡多了幾分熾熱。

允棠心中忐忑，面上卻冷靜，上前一步拱手道：「民女見過小皇子殿下，見過將軍大人。都說遼國戰士驍勇無畏，今日得見，果然不同凡響。」

萬俟丹先是一怔，隨後瞬間領會，頗有深意地笑了笑。

萬俟泰卻「嘶」了一聲，摸了摸鬍子，道：「有件事，我一直很好奇……姑娘，貴姓啊？」

官家和皇后皆臉色一變。

只見允棠不慌不忙道：「蒙官家和聖人厚愛，已賜國姓，民女姓蕭。」

「對對對，姓蕭。」官家笑著跟皇后對視一眼。

萬俟泰半信半疑，卻不好再追問下去。

萬俟丹笑道：「既然官家已經將蕭姑娘收作義孫女，又賜了姓，想必也冊封了縣主或是郡主了？」

官家笑吟吟地道：「我是有這個想法。」

萬俟丹臉上的笑意更濃了。「那讓蕭姑娘以郡主的身分，嫁入我大遼做皇妃，官家和聖人以為如何啊？」

聞言，官家面上當即覆上一層寒霜。

第十八章

此時射圃內兵將盡數退去，身著華麗服飾的舞伎們陸續進場。

大鼓一響，一名舞伎碎步行至中央，又一聲鼓響，將兩隻蜜色水袖朝天一甩，而後身姿輕盈，柔美舞動。

不過須臾，節奏突進，絲竹聲聲漸入，一行舞伎魚貫而入，將先前那名舞伎團團圍在其中，鼓聲又響，舞伎們同時轉身，只見個個模樣俊俏，身形靈動，宛如翩翩仙子一般。

允棠卻覺得每一次鼓聲，都像敲在自己心頭上，隨著鼓聲越發密集，心臟麻痺得已經快要停止跳動了。

在她身處的這個時代，女子根本無法決定自己的婚姻，全仗父母之命，媒妁之言，更何況她的祖父母是官家和皇后，自然能替她作得了這個主。

此時她開口，不但要被人笑崔家家風不嚴，而且她也沒把握，能當著這麼多人的面拒了這婚事。

盧文君突然冷聲問道：「民女斗膽，剛好像說了是來領賞的，若是要談論婚事，不如民女幾個先退下？」

瑄王打圓場道：「沒錯，先領賞！這位小娘子，報上名來！」

「盧英之女，盧文君。」

官家點頭稱讚。「原來是潘未的外孫女，果然將門出虎女啊！」隨後抬手指著高臺之下。「下面那匹踏雪白龍駒，是妳的了。」

盧文君倚著欄杆向下一望，只見那白龍駒通體雪白，一身柔亮毛髮在陽光下閃光，立即喜不自勝，轉身行禮。「謝官家賞賜！」

其餘三人先後領了匕首、珍珠、玉環等賞賜，允棠再躲無可躲了。

盧文君離開時，經過她身側，壓低聲音道：「祝妳好運了。」

允棠點頭。她偷偷瞥向皇后，皇后顯然也驚慌失措，可對於和親之事，官家態度一直未明晰，誰也不敢先開口。

「允棠啊，這顆夜明珠，我可是特地留給妳的。」瑄王殿下一副慈愛模樣，笑吟吟地道。

「多謝瑄王殿下。」她伸手接過裝有雞蛋大夜明珠的錦盒。

「快過來，到祖母身邊來。」皇后招呼她到身邊，又用帕子替她拭去額頭上的汗，輕聲問：「累了吧？」

允棠笑著搖搖頭。

萬俟丹將祖孫情深看在眼裡，又道：「若聖人現下捨不得，可以先訂親，待蕭姑娘晨昏定省，承歡膝下幾年之後，再北嫁不遲。」

允棠聞言，不由得瞪過去，難道是因為那日沒告知姓名，這才故意整她的嗎？真是小肚雞腸！

萬俟丹卻對她投來的憤怒目光視若無睹，甚至還悠然自得地拿了塊菓子，咬了一口。

官家笑容不及眼底。「今日不談國事，來，喝酒。」

「哎，官家此言差矣。」萬俟泰轉過身子。「這怎麼能是國事呢？」

「和親本就是政治聯姻，怎麼就不是國事呢？」一個清冽且虛弱的聲音，從一側響起。

萬俟泰聞聲望去，乾笑了兩聲。「瑞王殿下，不過是我們小皇子對蕭姑娘一見傾心，誠心求娶罷了，倒也不用說得那麼功利。」

「是這樣啊，那就更好辦了。」瑞王也笑笑，隨即咳了幾聲，道：「將軍也看到了，我母親對蕭姑娘疼愛有加，若不論政事，只是單純求娶，那我父親笑而不答已經明確表態了。任誰也不願意將自己的寶貝遠嫁，不明說，是給小皇子和將軍留面子呢，將軍不會不懂吧？」

說了這麼多話，瑞王像是費盡了所有的力氣，弓起身子，用力咳起來。

萬俟泰面色一沈。

瑄王訕笑道：「來，將軍，我再敬您一杯！」

見瑞王不咳了，瑞王妃起身行禮。「父親、母親，夫君他該吃藥了，請容我們先退下。」

官家道：「去吧，身子要緊，若是覺得累，便直接回府歇著吧，不必硬撐著。」

皇后也點點頭。

「謝父親，謝母親。」

瑞王妃攙扶著瑞王起身，二人在眾人注視下，緩緩下了高臺。

允棠的目光一直追隨著他們，皇后豈會不明白她的心思？遂柔聲道：「妳也去吧，別在這兒困著了。」

允棠如得了大赦一般，跟官家行禮告退，轉身追了出去。

令她意外的是，瑞王的馬車並沒有走，在那未紅透的楓樹邊，瑞王妃正立在車旁等她。

允棠見禮。「見過瑞王妃。」

瑞王妃恬靜溫柔，輕輕笑了笑，道：「夫君不能久站，故而在車上等候姑娘，還望姑娘見諒。」

允棠抬頭望去，瑞王正掀起紗簾一角，露出蒼白的面容。

「去吧。」瑞王妃柔聲道。

提起裙裾上了車，她才發現，這馬車還真是寬敞，內裡也別具一格，不同於其他的「硬座」，這完全可以稱得上是「軟臥」。

瑞王倚在一旁的扶手上，雖面色蒼白，卻掩蓋不住英氣面容，嘴唇毫無血色，看上去病入膏肓。

「坐。」他輕聲道。
允棠在角落坐下，這才想起還未行禮，剛要起身，瑞王笑了笑。
「不必啦。」
車裡瀰漫著藥材的味道，他從一旁的盒子裡掏出兩顆棕色藥丸，放入口中服下，這才抬眼看她。
「瑞王妃她……」她指著車下。
「沒關係的，剛好讓她也透透氣，她討厭剛才的場合。」
允棠點點頭，她斜睨過去，不知為何，覺得面前這個病懨懨的瑞王殿下，竟有種睥睨眾生的王者風範。
「我猜，妳一定有事想要問我。」他淡淡地開口。
允棠一怔。
她本想藉剛才瑞王替她說話的事先行道謝，而後找機會裝作不經意地問起一些事，可他卻直接這麼說，他一定知道些什麼！
允棠的心，控制不住地狂跳起來。
「問吧。」瑞王調整了姿勢，讓自己更舒服些。「我定知無不言。」
「既然瑞王殿下這麼說，我也就不拐彎抹角了。」允棠頓了頓。「我想知道，您大婚當日和次日，可有發現什麼異常？」

本以為他會皺眉思索一陣，誰知他竟旋即便點頭。

他爽快答道：「有。」

允棠神經緊繃，不自覺地向前探了探身子。「是什麼？」

瑞王輕咳了幾聲。「大婚當日，我被賓客簇擁著脫不開身，入了洞房之後，便直到次日清晨才從房中出來，這一點，蘭英和婢女們都可以作證。」

允棠忙搖頭。「我不是這個意思。」

瑞王擺擺手。「無妨，既然要查，自然是都要查清楚，沒必要因為我大婚便將我排除在外。可我也要自證清白，實不相瞞，我身子孱弱，在大婚之後第三年，四哥無意間識得一位神醫，在神醫多次施針之後，我才能行周公之禮，不過直到現在也未曾有子嗣。」

允棠抬手摸了摸耳鐺掩飾尷尬，倒不是聽到「周公之禮」四字便臉紅血熱，而是這還是她第一次聽見，一個男人說自己不行，還說得這麼坦然。

「次日，我與蘭英收拾妥當，準備要入宮奉茶時，有下人慌慌張張來報，說發現有人溺斃在外院的池塘裡。我命人將屍體打撈上來，卻是陌生面孔，看穿著，懷疑是賓客們帶來的小廝。

「我想著，許是夜裡暗，又都吃醉了酒，主人沒發覺也是正常的。可接連幾日過去了，都沒人來問過，我便隱隱覺得，事情有些不太對了。」

允棠看著他，目光灼灼。

瑞王無疑是聰明的，比其餘幾位皇子都聰明。

「打撈屍體的時候，我詳細觀察過池塘周圍的情況，因為整個院子都是新修繕過的，池邊花草也都是新種下的，所以有人從池塘裡爬出去過的痕跡還是很明顯的。」

「爬出去過？」允棠心頭一顫。「那，有人活下來了？」

瑞王讚許地凝視了她一會兒，點點頭。「沒錯，應當是要殺兩個人，但是有一個人不知什麼原因，竟然沒死，爬出去後，逃走了。」

死了，死無對證；跑了，大海撈針。無論哪一種結果，都不是她想要聽到的。

可瑞王接下來的話，卻讓她精神為之一振。

「我從小身子不好，父親賜的侍衛和府兵也比別的親王府多些，我猜那人應該尋不到機會逃出府去，便命逄準在全府上下搜尋。」瑞王解釋道：「喔，逄準原是殿前司的高手，奉命來保護我的。」

允棠腹誹：看來官家也是看出瑞王天資聰穎，才格外疼愛，只恨天妒英才，沒給他一副能大展身手的健康皮囊。

「大婚次日便鬧出人命，怎麼說也是晦氣的事，我按時辰帶著蘭英照常入宮，免得父親、母親起疑。從宮裡回來之後，逄準倒是不負眾望，真的在西邊林子裡搜到了一人。」

「當真?!」允棠猛地起身，卻忘了自己還身處馬車中，只聽「砰」的一聲，頭與堅硬的車頂磕了個結實。

「嘶——」她倒吸一口涼氣，揉了揉頭頂，重新乖乖坐好。

「夫君？」

車外響起瑞王妃的呼聲，想必是被巨響嚇了一跳。

瑞王起身，掀開紗簾。「我沒事，是她不小心撞到了頭。」

瑞王妃點點頭，又問：「姑娘她沒事吧？」

「我沒事、沒事，呵呵！」允棠乾笑兩聲。

瑞王重新放下紗簾，忍俊不禁地道：「妳倒也不用這麼激動吧？」

「瑞王殿下見諒，實在是這麼久了，都沒有一條能追查下去的線索，故而心急如焚。」

允棠顧不上頭頂疼痛，追問道：「那人呢？現在還活著嗎？」

「倒是還活著，不過……」瑞王拉長了尾音。

允棠的心都提了起來。「不過？」

瑞王輕輕吐出兩個字。「瘋了。」

「瘋了？」允棠不敢相信。「怎麼會這樣？是發現時就瘋了，還是後來才瘋的？瘋到什麼程度？有沒有可能是裝的？我能親眼看看嗎？」

瑞王耐心地回答她的每一個問題。「是的，瘋了。我也不知道緣由，發現時就已經瘋了，癥狀是畏縮著不敢見人、怕水，逼問的話便歇斯底里，還會失禁，生活能自理。至於會不會是裝的……這個不好說，從安頓下他開始，我便派人盯著他，十幾年了，還沒有露餡的時候。妳若想去看，隨時都可以。」

允棠緊繃的身子洩了力，慢慢向後靠去。

她需要理一理思緒。

根據瑾王的說辭，那日是有人趁亂在母親的酒裡下了迷藥，之後由兩名小廝架著送到偏院去。

……兩名？

如今一死一瘋，也是兩名。

會是下藥之人發覺被瑾王占了先機，行詭計不成，便滅兩名小廝的口嗎？

小廝的主人，便是下藥之人。

可有個地方，她始終想不通。若是母親喝了帶有迷藥的酒後不省人事，也該是由婢女攙扶著下去休息，怎麼會讓兩名小廝去扶呢？這中間似乎是漏掉了什麼。

見她神色凝重，瑞王也不催她，從溫盤上取了水壺，自己倒杯水喝。

「瑞王殿下，您大婚時在宴席上伺候的婢女，都還在嗎？」話剛出口，允棠便覺得不妥。

一來，這麼多年過去了，當時的婢女如今年紀也不小了，或是婚配、或是轉賣，想必早就無從查起。

二來，家裡的侍女、婆子們，大多由當家大娘子管的，瑞王身子又不好，怎麼會知道家裡這麼瑣碎的事呢？

果然，瑞王眉頭輕蹙。

「這個，恐怕要問蘭英了。」

只輕聲一喚，瑞王妃便應聲進來。

車裡本來空間還算寬敞，進入第三人便顯得侷促了。

允棠將手腳都縮了縮，想給瑞王妃騰出些空間來，誰知瑞王妃直奔夫君身邊，瑞王也頗有默契地起身，待瑞王妃坐穩了，便將整個身子倚過去。

這場面，頗有些「醉臥美人懷」的意思。

「去兆林莊吧。」瑞王說完這一句，便合上了眼。

允棠見他面有倦色，心裡過意不去，道：「其實可以不必今日去的，殿下若是身子不爽，我可以等上幾日。」

「我將他放在莊子十幾年，為的就是今日。」瑞王依舊未睜眼。「況且我這身子，日日都是這副鬼樣子。」

瑞王說這句話的時候，瑞王妃露出心疼的神色。

交代車夫去兆林莊之後，瑞王妃用手臂擎住夫君的頭，讓他不至於晃動得太厲害，之後才抬頭柔聲問道：「姑娘要問我什麼？」

「我這個問題有些為難人，可我還是想碰碰運氣，希望您別見怪。」見瑞王妃眼含笑意，鼓勵她說下去，她才又問道：「您大婚時在宴席上伺候的婢女，都還在嗎？」

「嗯……一些放出去嫁人了，一些還留在府中。」

果然。

瑞王妃盈盈一笑。「姑娘倒也不必急著沮喪，那日事有蹊蹺，出了人命之後，侍女、婆子們進出，我便留了個心眼，我有個名冊在手上，去向也記了個清楚，明日便可差人送到崔府去。」

「王妃，您真是幫了我大忙了！」

瑞王妃又道：「姑娘若想審問我府上那群婆子，也是行的，來之前跟我打聲招呼就好，我倒不怕別的，就怕趕上神醫先生來給夫君施針，我便無法招待姑娘了。」

要不是瑞王在中間，允棠真想撲上去，狠狠擁抱瑞王妃，並在她臉頰兩邊狠狠親上兩口！

見她兩眼放光，瑞王妃掩口笑，問道：「打起精神了？」

允棠用力點頭。「嗯！」

「那就拚盡全力去查吧，我們夫婦支持妳到底。」瑞王妃眼裡的笑意漸漸淡去，開始變得凌厲起來。「在我大婚當日行此齷齪之事，又在我府上鬧出人命觸霉頭，此人不伏法，我寢食難安。」

「我定全力以赴！」

半個時辰後，馬車來到兆林莊。

下車時允棠才發現，不知道從什麼時候開始，他們的馬車後面就跟了一行輕騎，為首者精明強悍，眼神銳利，時刻警戒著，應該就是瑞王說的逄準了。

瑞王的身子禁不起折騰，下了車便直奔屋內休息，瑞王妃自然要跟進去，在他身側伺候。

允棠在正堂坐了大約一盞茶的工夫，瑞王妃才從房內出來，歉意道：「讓姑娘久等了。」

「瑞王殿下還好嗎？」

瑞王妃做了個「請」的手勢，見她起身跟隨，才又道：「無妨，就是乏了，現下已經睡下了。」

領著允棠走過穿堂，經過內院，來到角落一道銅門前，逄準已經候在這兒了。

守門的下人見到瑞王妃，急忙開鎖。

三人推門而入，一個獨立空曠的小院赫然出現在眼前。

與前面的院子不同，這裡沒有任何植物，也沒有任何擺設，就是一間小房，加上一個空盪盪的院子。

應該就是這裡了！允棠心道。

身後突然傳來銅門關閉的聲音，允棠心一驚。

瑞王妃忙安撫道：「姑娘莫驚，有逄準在，不會有事的。」隨後瞥了逄準一眼。

逄準便朝屋裡喊道：「九伯！」

「欸！欸！」一個褐髮童顏的老翁，靈巧地從屋裡跑出來，一邊跑還一邊應著，一見來人，又驚又喜。「小蘭英！」

「這位是……」允棠滿腹疑團，什麼樣的老翁能直呼王妃姓名啊？

「九伯！」瑞王妃打過招呼之後，笑著介紹道：「這是我遠房的伯父，排行第九，從幼時便跟著仙師上山去修仙，我大婚之前不知從何處回來，居無定所，我就讓他住在這莊子上。那羅鍋來了之後，他竟非要跟羅鍋一起住，我只好依他了。」

九伯側耳聽瑞王妃說著，邊說邊贊同地點點頭，那神情，就跟六、七歲的孩童一樣。

允棠心情複雜，羅鍋是瘋了，這九伯看樣子，怕是個傻的吧？

這輩分該怎麼算？瑞王妃叫他九伯，那她要叫什麼？九爺爺？她抬頭，努力朝九伯擠出一個微笑。

九伯這才歪頭去看允棠，毫不掩飾地從頭看到腳，又從腳看回到頭，似乎有什麼想不通似的，圍著她轉了幾圈。

「妳不是這兒的人。」九伯沒頭沒腦地說了句。「妳不該在這兒的，妳為什麼會在？」

眾人都被說得一頭霧水，逄準更是沒什麼耐心，皺眉道：「九伯，把羅鍋叫出來吧！」

九伯又恢復孩童似的表情，用力點點頭，朝屋裡喊著。「羅鍋，出來！快出來！」

半晌後，門內傳來窸窸窣窣的聲音，隨後一個亂蓬蓬的腦袋趴在門邊，飛快地向外看了一眼又縮回去。

「羅鍋，你再不出來，我要用水潑你了！」九伯喊道。

「別、別——」

在看到羅鍋的那一瞬間，允棠的心涼了半截。

那是一個看起來就臭烘烘的中年男人，一頭亂髮好幾處已經結了塊，目光呆滯，衣裳倒是乾淨，能看出已經漿洗過無數次了。

他的駝背很嚴重，眼睛要很費力向上抬才能看到前方，左腳是跛的，雙手因害怕不住地在褲子上搓著。

短短的一段路，他硬是磨了半盞茶的工夫，才來到九伯身後。

允棠上前一步，他忙退後兩步。

她也顧不了那麼多了，急問道：「我問你，你叫什麼名字？你的主子是誰？」

羅鍋只看了她一眼，便像受到驚嚇似的退了兩步，旋即轉身想要往回跑。

逢準眼疾手快，一把揪住他的後心。

這一揪之下，他更是嚇得魂兒都丟了，整個人再沒了支撐，癱軟在地上，一邊拚命擺手，一邊往後蹭，嘴裡含糊地喊道：「妳不要來找我，我不知道，我什麼都不知道……」

瑞王妃輕嘆口氣。「這麼多年來，每次問起，都是這個結果。」

「你到底是為誰做事的？你的同伴都被你的主子溺死了，還要替他掩飾嗎？」允棠怒火中燒。

羅鍋抖如篩糠，求助似的看向九伯。

九伯一攤手。「這我可幫不了你。」

「你不要以為你裝瘋賣傻就躲得過去！」允棠冷聲喝道。「到底是什麼人要殺你滅口？你們當初都做了什麼？」

可無論她說什麼，羅鍋都只是抱著頭哭嚎，不斷重複相同的話。「我不知道，不關我的事，妳別來找我……」

逢準看不下去，三步併作兩步上前，大手一抓，把羅鍋像小雞仔一樣拎起來，來到院子角落的大缸前，一腳踢掉木頭缸蓋，把羅鍋的頭浸了進去！

看到此舉，瑞王妃雖沒驚呼出聲，卻也驚得用手帕掩住口。

羅鍋的雙手拚命亂抓，水缸中咕咚咕咚的氣泡翻騰著。

逢準估摸著時間差不多了，一把將他提起來。

羅鍋離開水面的一瞬間忙大口吸氣，又馬上咳嗽起來。

「說不說？」逢準的聲音裡沒有一點溫度。

羅鍋搖頭。「我什麼都不——」話還沒說完，頭又被按入水中。

這次掙扎得比上次還凶，不過，很快地便聞到一股尿騷味，允棠低頭一看，羅鍋的褲子果然濕了一大片。

逄準一臉嫌惡地抓住他後腦的頭髮，向後一揪，咬牙問道：「還不說是嗎？」

瑞王妃不忍心。「逄準，夠了。」

「王妃，這樣的人我見得多了，他就是裝的！」逄準看著渾身濕透、瑟瑟發抖的羅鍋，氣就不打一處來。當初跟瑞王殿下提議對他用刑，就被殿下果斷拒絕了，結果一養就是十幾年！

「我說夠了。」瑞王妃重複道。

逄準雖不情願，可還是忿忿地鬆開手。感覺到指尖的黏膩，又在大缸裡把手涮了涮，這才回到瑞王妃身後。

羅鍋俯在地上，骨瘦如柴的胳膊強撐起身體，咳幾聲後，弓著身子乾嘔起來，直到吐出一大灘水，才仰翻在一旁的地上。

允棠靜靜地看著他的一舉一動。

他是裝的嗎？若是裝的，這麼多年竟無人能看出破綻，那演技真的是影帝級別的了。

若不是裝的，而是當年目睹了同伴慘死，自己又九死一生，硬生生被嚇瘋的呢？

她仔細回憶著他剛剛說過的每一句話。

「姑娘，這趟妳怕是要空手而歸了。」瑞王妃遺憾地道。

允棠腦海中突然閃過一個念頭。

「王妃，你們之前問他問題的時候，他都說了些什麼？」

瑞王妃不明所以，茫然道：「和今天一樣啊，我不知道，我什麼都不知道，不關我的事。」

是了！

允棠低頭看了看自己這一身紅衣，這大概是她第一次穿紅色，像是冥冥中注定的一樣。

她眼睛一亮，快步上前，來到羅鍋身邊蹲下，輕聲道：「你看看我，你睜眼看看我。」

瑞王妃與逄準對視一眼，不明白她在做什麼。

九伯倒是雙手環抱胸前，饒有趣味地撫著下巴笑了起來。

羅鍋剛剛吐得胃裡翻江倒海，十分力氣用去了八分，聽到聲音後緩緩睜眼，在看到那個充滿整個視界的俏臉的一剎那，渾身一個哆嗦，一骨碌爬起來，手腳並用地轉身向後爬去，邊爬嘴裡還念叨不停。「妳不要來找我，不關我的事！是他讓我這麼做的，妳去找他、去找他……」

瑞王妃恍然大悟。「原來……」隨後又急忙掩住口，生怕驚了羅鍋。

允棠大喜，心裡更堅定了自己的想法，忙追上幾步，用近乎淒厲的聲音喊道：「我認得你！是你，是你將我帶到偏院的！我死得好慘啊，你還我命來！」

羅鍋嚇得頭也不敢回，四肢爬得飛快，胡言亂語間，不小心咬到舌頭，血跡混著唾液從嘴角流出，有一滴恰巧滴在手背上，他目光一瞥，大驚失色，更加確信身後有厲鬼來找他索命，頓時連滾帶爬地起身想跑。

允棠伸手死死拉住他的褲腳，瞪大眼睛嚷道：「是誰讓你這麼做的？到底是誰？你若說不出，我便將你帶走！」

被她這樣一拉，羅鍋重重摔在地上，他用力甩著那隻跛腳，想要掙脫那隻看上去慘白的手，卻怎麼甩也甩不掉。

他嚇得眼都不敢睜，失聲道：「是，是谷衙內！妳赤（去）找他、妳赤（去）找他！」

允棠一怔，手下意識地鬆開。

羅鍋乘機飛也似的逃回屋內，還把門從裡面關好。

「谷衙內……」允棠重複著。她也調查過很多人了，根本沒聽說過有什麼谷衙內。

允棠抱著希望，轉頭去看瑞王妃，果然，對方也搖了搖頭。她深深地嘆了一口氣。

瑞王妃忙去扶她。「許是我識人少，等夫君睡醒後，姑娘再問問他就是了。」

允棠低頭看著滿身泥污，自嘲地笑了笑。鬧騰了這麼一氣，有沒有收穫還尚未可知。

「我找人伺候姑娘沐浴更衣吧。」瑞王妃道。

逄準回身拍了拍銅門，又喊了一聲，銅門才再次打開。

三人來到門前，允棠想到什麼似的，回頭去看九伯，也沒頭沒腦地問了句。「你知道我為什麼會在這兒嗎？」

九伯咧嘴笑笑，伸出一根手指，跟頭一起繞起圈來。「冥冥之中，自有天意。」

允棠遲疑片刻，隨後釋懷似的笑了笑，轉身邁出門去。

越州寒露。

越王樓上，太子扶著欄杆，看著蝗災過境後的越州城，內心感慨萬千。

他們從揚州、杭州一路過來，不但草木皆空，就連牛馬毛和旗幟也都被吃了個精光，難民哀嚎遍野，餓殍滿地。

追問之下才知道，朝廷下令撥出的賑災糧食，被附近山頭的土匪搶了近半，剩下的，刨除遭遇蝗蟲群損失的，所剩無幾。

感覺到蝗蟲南下的速度變快了，他們幾人馬不停蹄地趕到越州，卻發現這裡的狀況要比揚州和杭州好許多。

從災後的狀況來看，蝗蟲數量似乎少了大半。

越州知州吳燁垂手立在太子身後，道：「下官已經從城中官宦、富商處募得了米糧和銀子，沿街設置粥鋪施粥。另按照官家旨意，又在城中多處設置換糧處，並於各地張貼告示，蝗蟲一斗可換細糧一升。」

太子眉頭緊鎖。「人手可還夠嗎？」

「這……」吳燁欲言又止。

「直說便是。」

「兄弟們已經幾天沒合過眼了。」吳燁如實道。

太子稍一思索，轉頭對皇太孫道：「弘易，把我們帶來的人都交給吳知州，由他派遣吧，你隨我去街上施粥。」

「太子殿下，萬萬不可！」蕭卿塵高聲道。

皇太孫和緣起皆詫異地轉頭，要知道，他可是兩天都沒開過口了。

懷疑蝗蟲數量在減少，想要一探究竟，蕭卿塵派人在城中和城郊分別打探之後，帶回了兩個消息。

一是，招待遼國使團的中秋宴上，出現了幾道特殊的菜，因口味獨特，受到皇家貴胄的追捧，好多富貴人家重金求蝗，只為嚐一嚐這珍饈美饌，這樣一來，很多百姓都全家出門捕蝗了，頗有成效。傳言，這些菜是一位小娘子孝敬給中宮聖人的。

二是，官家準備冊封一名郡主，嫁到遼國做皇妃，以示兩國交好。

從得知這兩個消息開始，蕭卿塵就再沒開口說過一句話。

他不說，皇太孫也知道，這兩個消息，都跟允棠有關。

皇太孫驚訝於此女的頭腦，竟能在千里之外干預蝗災到如此地步；又感嘆此女的命運，不提複雜身世，本來若是真能與蕭卿塵情投意合，結兩姓之好，也算是圓滿，誰知竟被突然殺出的遼國皇子截了胡。

雖然對和親這消息的真偽存疑，但蕭卿塵明顯已經按捺不住，想插上翅膀飛回汴京了。

太子皺眉。「有何不可？說來聽聽。」

蕭卿塵面無表情地道：「隨身侍衛是為了保證殿下的安全，萬不可挪作他用。」

太子指著城中百姓，急道：「你來看看，都什麼時候了？他們連飯都吃不飽，哪來別的心思？」

蕭卿塵不語。

太子拂袖。「平日裡帶那麼多侍衛也就罷了，如今是什麼時候？一大群身強力壯的人圍著我，眼睜睜看著老人和孩童們挨餓，也不去幫忙嗎？你知道多開一個粥鋪，每天能讓多少人填飽肚子嗎？」

吳煒聽後拱手道：「太子殿下至仁至善，乃天下萬民之福啊！」

皇太孫勸慰道：「父親，卿塵說得也不無道理，還是小心為妙，至少留兩個人在您身邊。您不為自己考慮，也要為吳知州考慮啊！」

吳煒聞言，頭皮一緊，心下暗道：若太子真在越州地界出了什麼事，自己有十個腦袋也不夠掉啊！因此忙跟著勸說道：「是啊，太子殿下，小心駛得萬年船。」

太子也不再堅持，一擺手。「好，那就留兩個，剩下的都去幫忙。快走吧！」

一行人下了樓。

皇太孫戳戳蕭卿塵，湊到他耳邊低聲道：「不然這樣，你先回汴京。」

蕭卿塵詫異地轉頭看他。

皇太孫又道：「託崔三姑娘的福，看樣子很快我們就可以回去覆命了。你先行一步，將各處災情的情況以及處理辦法細細說與祖父聽。」

「那怎麼行！」

「怎麼不行？」皇太孫反問。「你把剩餘的暗衛都留下，足夠了。」

「殿下不必再說了，我是不會走的。」蕭卿塵說完，大步流星地朝樓梯走去。

皇太孫無奈地搖搖頭。

陽光帶來的溫度，隨著夕陽西沈也都消失殆盡了。冷風蕭瑟，吹得太子都縮起了脖子。

一名侍衛取來披風，太子卻擺擺手。「施起粥來不方便。」

瞥見前面隊伍裡有一個七、八歲的孩童，衣不蔽體，瑟瑟發抖，太子遂攥上披風，來到孩童身前，用披風裹住那小小的身軀，輕聲問著。「還冷嗎？」

孩童搖搖頭。「不冷了，謝謝大人。」

身後有老媼糾正道：「娃娃，你可看清楚了，這是我們的太子殿下啊！」

「太子殿下？」孩童歪著頭。

太子笑笑。「你怎麼一個人？父母呢？」

「父母早就死了，我還有一個祖父和一個弟弟，我要把東西帶回去給他們吃。」孩童用稚嫩的嗓音說著。

太子鼻子一酸，忙命侍衛裝上些饅頭和粥。「我跟你去看看，好不好？」

孩童眨眨眼。「好，可是有點遠。」

「無妨。」太子拉住小手起身。「你帶路吧。」

侍衛面露難色。「太子殿下……」

見太子已領著孩童轉身走開，兩名侍衛對視一眼，一咬牙，追了上去。

深夜的知州府亂成一團，吳燁在院子裡來回踱步，見有府兵跑回來，忙上前查問。「怎麼樣？」

府兵搖搖頭。「沒有。」

吳燁急得團團轉。「不是在粥鋪施粥嗎？能去哪兒呢？」

通判劉季安慰道：「你也不用太著急了，不是還有兩名侍衛跟著嘛！」

「劉兄啊，叫我如何能不急啊？」吳燁又問府上小廝。「皇太孫殿下和蕭洗馬呢？」

「天剛擦黑時就出去了。」

「哎呀、哎呀！」吳燁捶著自己的掌心。「這可如何是好、如何是好啊……」

城郊官道上，一黑一白兩匹馬並肩飛馳，正是皇太孫和蕭卿塵。

太子剛一出城，暗衛弟兄就立刻來報，蕭卿塵命人繼續跟隨，不要輕舉妄動，隨後便準備出發。

皇太孫來問時，他不敢隱瞞，只好如實相報。

得知父親有可能身陷險境，皇太孫不肯留守，堅持要與他同行，他拗不過，只好作罷。

待二人來到山腳下一個村落時，只覺得氣氛詭異，不但靜謐一片，就連燈火都沒有幾盞。

蕭卿塵打馬上前，手指探入唇邊打了個響哨，一道黑影立即從不遠處的樹梢連躍幾次，來到跟前才翻身而下，黑影依然隱匿在黑暗裡。

「指揮使，已經探查過了，這個村子並無異常，都是些老弱病殘，沒什麼威脅。」

「太子殿下呢？」蕭卿塵問。

「被那個孩童領到一個破草屋裡，裡面有一個老頭和一個兩、三歲的娃娃，老人馬上就要嚥氣了。」

皇太孫鬆了口氣。「不過是多慮了，沒事就好，我們進去看看吧。」

「慢著！」蕭卿塵伸手一攔。不對，這個村子絕對有問題。驀地，一個可怕的念頭在蕭卿塵腦海裡出現。「殿下，你現在原路返回，進了知州府就不要再出來了。你放心，有三名暗衛在暗中保護著，無論遇到任何事都不要回頭，只管跑就是。」蕭卿塵沈聲道。

皇太孫見他面色凝重，急問道：「那我父親呢？這村子裡到底有什麼？」

「如果我猜得沒錯的話，這裡應該是有了瘟疫。」

皇太孫倒吸一口冷氣。「怎麼會？這一路過來，也就只有揚州地界有幾個村子起了瘟疫，但都很快就扼制住了，這裡怎麼會……」

「沒時間解釋了，你先走！盡可能把今日有接觸過那孩子的相關人等都隔到一處，我去救太子殿下！」蕭卿塵拋下話後，以黑巾遮面繫在腦後，揚鞭策馬進了村子。

月至下弦，又無幾盞燈火，整個村子昏暗得難以辨認方向，空氣中到處瀰漫著腐爛的味道。他放慢速度，豎耳聽著四周的動靜，可只有座下的馬蹄聲迴盪在街道。

一個黑影在他前方屋頂不斷跳躍，最後在一間破茅草房對面停了下來。

蕭卿塵也注意到茅草房門口拴著三匹上好的馬，他仔細查看馬匹，並未有何不妥，隨即翻身下馬，拔出腰間匕首，躡手躡腳地上前，小心翼翼地推開那扇破爛不堪的門。

這是一個小到只一眼便能一覽無餘的房間，角落裡由木板拼成的床榻上，幾乎沒有什麼被褥，只有一張破舊布單。

布單上躺著一個奄奄一息的枯槁老人，太子正坐在榻邊的杌凳上，兩名侍衛在門後垂手候著，一大一小兩個孩童則坐在桌邊大快朵頤，彷彿那饅頭、白粥是什麼山珍海味一樣。

太子聞聲回頭，見來人黑巾遮面，一時辨認不出。

「太子殿下。」蕭卿塵拱手行禮，表明身分。

「是卿塵啊！你怎麼來了？」太子垂眸，傷感道：「老人家恐怕挺不過今晚了，留下兩個孩子無依無靠，實在可憐。」

「殿下，能否借一步說話？」

將太子叫出草屋後，蕭卿塵扯下黑巾，問道：「殿下可知，老人家是什麼病症？」

「孩子年紀小，也說不太清楚，應是咳喘引起高熱多日，又無錢醫治，拖到現在已是無力回天了。」

「那這兩個孩子呢？可還健康嗎？」

「小的有些咳嗽，大的還好。」頓了頓，太子又說道：「其實你不用特意跑這一趟的，我們一會兒也要回去了。」

蕭卿塵苦笑道：「我們回不去了。」

太子不明所以，疑惑道：「為何？」

「殿下來的時候有注意到旁邊的民舍嗎？可有人進出？」蕭卿塵問道。

「這……」太子遲疑。「來的時候只顧著問孩子家裡的狀況，並未留意。」話一說完，將目光投放在這死一般寂靜的村莊裡，表情也漸漸凝重起來。「難不成……」

蕭卿塵沈聲道：「我命人尋一處相對安全的住所，殿下隨我過去吧，這屋不能再待了。」

「可是……」太子想到屋內的兩個孩子。「總不能留他們兩個在這兒等死啊！」

「殿下！」蕭卿塵皺眉。「您不覺得一切都太巧了嗎？分明是有人叫那孩子把您引來的！」

「怎麼可能！」太子毫不猶豫地駁斥道。「他只是個連飯都吃不飽的孩子，當時在粥鋪也是我主動找他說話的！他才七歲，他懂什麼？」

蕭卿塵的嘴巴張了又張，最終長嘆口氣，語氣暫緩地道：「我會命人將他們安排在別處照顧，殿下放心就是。」

那日從瑞王的兆林莊回來之後，允棠便開始多方打聽這個谷衙內，皇天不負有心人，還真被她找到了一位。

耿忠在前面帶路道：「這個谷衙內，名叫谷平顯，是前司空谷熹的兒子，今年三十有八，妻妾跟姨太太加到一起能有二十幾個，子女更是數不過來，有傳言說，拎出個孩子，他都叫不上名來。」

崔南星噗哧一笑。「這麼邪乎！」

「他家產業眾多，包含什麼酒樓、當鋪、布坊、染坊的，甚至連鐵匠鋪都有兩個。」耿忠繼續道：「當年瑞王大婚時，他確實在場，不過不是瑞王妃邀請他的，而是他找人照著瑞王妃發出去的名帖，偽造了一個。」

「偽造？」允棠和崔南星異口同聲道。

耿忠點頭。「城南有位梁先生，以模仿他人筆跡聞名，無論是什麼樣的字，只要你有樣本，這位粱先生都能寫出一模一樣的來。粱先生如今雖已經金盆洗手，不過我也去探訪過了，確有此事。」

允棠疑惑地問：「做這種生意的，會隨便透露跟誰做過生意嗎？」

耿忠笑笑。「自然是沒那麼容易的，不過是找了以前的兄弟，威脅他若不從實招來，便抓他下獄，讓他餘生都在大牢裡過，他便什麼都招了。」

「你倒是挺有辦法。」

耿忠撓撓頭，不好意思地道：「多謝姑娘誇獎。官家說了，無論姑娘想查什麼，都要盡全力查個清楚，千萬含糊不得。而且，我和魏廣都是很欽佩姑娘的。」

說話間，三人來到一座染坊前。

耿忠道：「就是這裡了。」

允棠仰頭，院門上掛著一塊無比氣派的大匾額，上書五個字：谷衙內染坊。

允棠讓耿忠等在門外，自己則和崔南星推門進入。

這應當算是一個規模很大的染坊，院子裡一排排木架上面掛滿了各色錦緞絲綢，紮染匠人忙忙碌碌，根本無暇抬頭，不過很快便有一位主事夫人迎上來熱情地招呼。

「兩位姑娘，看看喜歡什麼顏色、花樣？」

「谷大官人在嗎？」崔南星問。

夫人聞言，立刻警覺起來。「妳們找他做什麼？妳們是什麼人？」

這反常的態度，不免讓允棠起疑。「夫人這麼緊張做什麼？我們不過是想談筆大生意，不想浪費時間，想直接和能作主的人說話罷了。」

夫人聞言，明顯鬆了口氣。「這樣啊！唉，兩位姑娘有所不知，我家這死鬼成日就知道拈花惹草，所以一有小娘子來尋他，我這心就慌得很哪！兩位姑娘隨我到裡面坐著說吧！」

說完，便在前面帶路。

來到正堂，允棠只覺得被無處不在的金器晃得睜不開眼。

這屋內沒有字畫和銅玉擺件，所見之處，無不金光燦燦，就連榻上那個憑几，也是純金打造的，也不知道倚起來硌不硌得慌？

崔南星也忍不住感嘆。「哇，這還真是……嘆為觀止啊！」

很快地，谷平顯就被請了出來。他肥頭大耳、大腹便便，走起路來兩隻胳膊橫甩，活脫脫一個豬八戒轉世。

見到堂內坐著兩位嬌俏小娘子，谷平顯眼睛一亮，從身側一個花瓶中拿了兩朵點翠金花，往允棠和崔南星每人手裡塞了一朵，眉開眼笑地道：「能跟兩位這麼漂亮的小娘子談生意，是我谷某的榮幸啊！」

他夫人聞言，斜乜了他一眼，眼中盡是厭惡之色。

崔南星捻著手中的金花，道：「我們都還沒開口說是什麼生意呢，谷大官人便出手這麼大方啊？」

谷平顯嘻笑道：「金花配美人，跟生意無關。」

允棠冷眼看著面前這個毫不掩飾好色之心的男人，當著夫人的面就對她們如此殷勤，真是噁心至極。

當年他拿著假名帖混入瑞王府，難道就是奔著母親去的？

但若是這樣，今日他見到她的容貌，應該會有些不同尋常的細微表情才對啊！

谷平顯也注意到她審視般的目光，轉頭對她笑道：「咦？這位小娘子看起來有些面熟啊！」

他的臉上，洋溢著略顯油膩的、只屬於中年男人的那種迷之自信，甚至說話的時候，還挑了挑他那對短粗的眉毛，連一絲慌亂都看不到。

允棠開始有些懷疑，耿忠是不是找錯人了？

谷夫人的眉毛快擰成麻花了。「你看誰都面熟，趕緊談生意吧！」

崔南星清了清嗓子。「谷大官人，翻樣開版，你們染坊能做吧？」

「這是自然。」谷平顯得意地道。

「那……」崔南星的身子向前傾了傾。「朝廷用的纈帛呢？」

「朝廷……」谷平顯倒吸了口冷氣，忙壓低聲音。「姑娘是想要——」

「噓！」崔南星示意他噤聲。

「可……」谷夫人低聲道：「這官府是明令禁止的啊！」
崔南星的眉毛一挑。「怎麼？做不了？」說完從懷裡掏出兩枚金錠，頓在桌上。
「能、能！」谷平顯笑道。
崔南星又掏出一塊纈帛遞給他，然後手在金錠上輕點了點。「事成之後，我再給谷大官人送些來。」
「姑娘放心，我們染坊的手藝那是遠近聞名的，您就等著吧，保准一模一樣！」
待久了怕晚上吃不下飯，兩人隨便敷衍幾句，便從染坊退了出來。
走出兩、三個巷口，崔南星才開口道：「我覺得他不像是裝的。」
允棠不置可否。「是不是裝的，過段時間就知道了。」
崔南星湊近了問：「妳真想把他抓到大獄裡去審啊？妳進得去嗎？妳審過犯人嗎？」
「沒有。」允棠如實道。
說起審犯人，應該沒人比蕭卿塵更在行了吧？可惜他現在人不在汴京。
她自嘲地笑笑，自己還真是雙標，他走的那天，自己還問過他是不是對琴意用過刑了。
在這個時候想起他，不外乎是打心底裡希望，他能替自己做這些骯髒事吧？
她又想起他問過的那句話——
若我告訴妳，查妳母親的案子，會牽扯到很多人的命運，甚至傷及他們的性命，妳會就此罷手嗎？

她當時毫不猶豫地回答，不會。因為她篤定，真正無辜的人不會被牽扯進來。

然而，若谷平顯不是下藥的凶手，她這套「釣魚執法」之後，即便谷平顯有前司空谷熹這層關係，又家財萬貫，不褪層皮也別想出來了。屆時又該如何？

她安慰自己，不過是一個貪財好色的小人罷了，這樣的結局也沒什麼好冤枉的。

可是，她又是從什麼時候開始，有了審判別人的權力了呢？

正胡思亂想著，崔南星想到剛剛給出去的那兩錠金子，肉疼道——

「妳哪來的金子啊？就這麼給他了？」

「祖父賞了我許多，妳要的話我還有。」

崔南星撇撇嘴。「我不要，我只是覺得，這樣太便宜他了。」

「放心吧，」允棠道。「他會吐出來的。」

崔南星又道：「對了，我還不曾問妳，瑞王府上的侍女們，查過可有異常？」

提起侍女，允棠面上的愁容爬上眉梢。「時間太久了，除了留在府裡的，有超過五成都已經聯繫不到了。」

崔南星豪氣地攬住她的肩膀。「別灰心，這不是找到谷喬內了嗎？守得雲開見月明，事情會有轉機的。」

允棠點點頭。

第十九章

建安三十七年十月末，西北傳來捷報，魏國公大敗西夏。幾乎是同時，蝗災徹底被消滅。

官家派出的無數支捕蝗隊伍，都陸續凱旋而歸，皇太孫也帶回捷報，越州等幾個災害不十分嚴重的州郡已經開始恢復生產。

然而，太子和蕭卿塵卻沒回來。

得知太子被困在有瘟疫的村子裡時，官家正在仁明殿與皇后一起用早膳，允棠也在場。

「瘟、瘟疫？」官家不敢相信自己的耳朵。

皇太孫頷首。「是的，我們到越州沒幾日，父親在街上施粥時，見一個孩子可憐，便跟他回了村，我和卿塵去接父親時，竟發現村中有瘟疫……」

官家眉頭緊鎖，捂住胸口。

皇后追問道：「然後呢？」

「卿塵入了村子，將父親安頓在村子一隅，不與其他村民接觸，又命侍衛將那些屍體焚燒。我回知州府找了些大夫和府兵，駐紮在村子附近，提供他們所需。可父親與那孩子的祖父接觸已久，數日後便開始發熱。卿塵每日隔著河，講述父親的癥狀變化，讓大夫適時調整藥方，就這樣過了七日，父親的高熱終於退下去了。」

聽皇太孫說完後，立在一旁的允棠只覺得一顆心在胸腔內狂跳。

「那……那現在呢？」皇后顫抖著聲音問道。

「孫兒回來前兩日，卿塵都沒有再出來喊話，許是……許是他也病倒了。」皇太孫垂眸。「我一回京，便到太醫院跟眾位太醫詳細講述病情，李院判更正了藥方，已經八百里加急送到越州去了。」

從「他也病倒了」幾個字之後的話，允棠就再也聽不見了。

她掏出那塊黃玉玉珮，在指間摩挲。

她提醒他可能會有人意圖不軌，卻忘了提醒蝗災之後會有瘟疫。

她想起他站在梔子花叢前，轉身對自己笑的樣子，此時此刻，好像有什麼東西梗在喉頭……

「祖父！」

「官家！」

幾聲驚呼，喚回了她的心神。

她這才發現，皇太孫和皇后都起身，衝過去扶傾倒的官家，而官家則面色蒼白，死死攥住胸口的衣襟，一副很痛苦的樣子。

皇太孫驚呼。「太醫，快傳太醫！」

心梗？

允棠看著官家緩緩倒下去，感覺跟前世爺爺心梗發作的癥狀很相似。很快地，官家緊抓著胸口的手慢慢鬆開來，隨後又垂了下去。

「官家！」皇后瞪大雙眼，不住搖晃官家的身體，見沒反應，抬手顫抖地去試探鼻息，一試之下，大驚，跌坐在地上。

「祖父、祖父！」

允棠衝過去，撥開皇太孫，跪坐在官家身邊，開始做心肺復甦術。

「妳在做什麼?!」皇太孫又驚又怒。

皇后也驚愕不已。

允棠並未停手。「殿下，我說的你可能不相信，但這樣確實有可能能救回祖父，你願意試一試嗎？」

皇太孫轉頭，與皇后對視一眼。

「我每按壓五次，你便捏住祖父的鼻子，往祖父口中吹氣，能做到嗎？」允棠急問。

皇太孫看著毫無生氣的祖父，再沒了天子的威嚴，那副裹著團龍窄袍的身子，此時就像一個破布團子一樣，正隨著允棠的按壓上下起伏。

見皇太孫遲遲沒有動作，她高聲喊道：「殿下！」

皇太孫回過神來，朝她點點頭。「來吧。」

皇后怔怔地看著二人，允棠每一下的按壓都似乎用盡全力，此時頭上已經冒出細汗，皇太孫則聽她的指令，俯身吹氣。

不知道過了多久，官家終於呼出一口氣，輕哼一聲。

允棠早已力竭，見狀這才放鬆下來，坐在一旁揉著痠脹的手臂。

此時，一行腳步聲從殿外傳進來，是太醫們到了。

她忙躲開，看著內侍們將官家抬上床榻，太醫們一股腦兒地圍上去診脈，她才退出寢殿，到殿外的臺階上坐下來。

不知不覺已是初冬，清晨的陽光實在算不得暖陽，她不由得縮了縮身子。

一件狐皮大氅自上而下落了下來，對方有意避嫌，及時鬆手，允棠下意識抓住快要滑落的大氅，轉頭仰臉去看。

皇太孫面色深沈，負手看向前方，輕聲道：「祖父無大礙了。」

她長吁口氣。「那就好。」

「對不起啊，我沒能完好地把卿塵帶回來。」

允棠雙手拉緊大氅，頓時覺得暖了許多，問道：「殿下為何這麼說？」

皇太孫道：「妳是六叔的女兒，應當喚我一聲堂兄的，不必這麼見外。」見她並未做出回應，他又道：「我與卿塵從小一起長大，他的心思我最清楚不過，他暗地裡為妳做了許多事，而且我不覺得他是一廂情願。」

允棠低頭笑笑。「我自己都不甚清楚的事，殿下倒是很篤定。」

「所謂當局者迷嘛！」皇太孫笑道。「不然妳費盡心思做那幾道菜是為何？總不會是為了我父親和我吧？」

「男子能心懷天下百姓，女子就只能是為了情郎嗎？」允棠仰臉反問。迎著陽光，她有些睜不開眼。

皇太孫啞然。他突然間明白了蕭卿塵為何只幾個照面就對她欲罷不能的緣由了。

別家小娘子自十歲起，每日所學所做，盡是為了日後能更好地操持家事、相夫教子，得婆家稱讚。

就連他的親妹妹昭兒，成親後的閒暇時間都用來研製熏香，也不過是為了討喜香婆母的歡心。

可面前這個稚氣並未完全脫盡的、不願承認皇家身分的堂妹，似乎更傾向於取悅她自己。

做她自己想做的事，說她自己想說的話。

「是我失言了。」皇太孫認真地道。「妳放心，他會沒事的。」

「我知道。」允棠揚了揚手中的黃玉玉珮，瞇眼笑道：「他曾說過，只要我收了這個，他無論如何都會活著回來。」

皇太孫見了玉珮，瞳孔一縮。「妳知道，妳手中這個玉珮意味著什麼嗎？」

「怎麼？收了這個就得嫁給他嗎？」允棠玩笑道。

「魏國公沈聿風三次勤王救駕的故事，相信妳也聽說過吧？」皇太孫將手負在身後。「那之後，祖父曾留下口諭，凡持沈家魚珮者，可免死罪。」

允棠一怔，低頭看向手中的玉珮。

「他這是怕自己不在汴京，護不住妳。如今妳可知道他用心良苦了？」

她將玉珮攥緊，只覺得掌心有一股溫熱，直直傳至心底，幫她抵禦寒冷。

皇太孫又道：「在越州便聽到妳要和親的消息，他心急如焚，可無奈分身乏術。我才歸來，還未來得及問祖父，此事是否屬實，如今這情形，更是問不得了。可卿塵為我出生入死，我既知道他屬意於妳，縱使違背聖意，我也定要為他爭上一爭。」他低頭看著坐在地上的允棠。「可這樣一來，祖父很有可能就此賜婚，屆時就由不得妳了。妳畢竟是我堂妹，我總要問過妳一聲。」

允棠抿了抿唇。「也就是說，若和親之事避無可避，在萬俟丹和蕭卿塵之間，我定要選一個嫁了，是嗎？」

皇太孫點點頭。「恐怕是的。」

「那我當然要嫁給蕭卿塵啊！」她仰頭望天。「崔家斬殺了無數遼將，我總不能嫁到敵國去。」

「……若是卿塵問了妳同樣的問題，」皇太孫道。「記得只說前半句就好。」

「他不會問的。」她輕聲道。

官家只休息了兩日，便又恢復了早朝，江浙一帶遞上來的摺子，無不對太子交口稱讚。

瑄王自然是不服氣的，急於做出些政績來扭轉風向。

這天，早朝時見官家臉色不好，退朝後瑄王便留下來，親自護送父親回寢殿。

本想乘機表現一番，誰知皇后竟候在殿中，他只得悻悻地退了出來。

剛走出殿外，迎面碰上允棠。

允棠欠身行禮。「見過瑄王殿下。」

因她的幾道菜，對太子助益頗深，瑄王本就對她沒什麼好感，可她如今在皇后面前正得寵，聽說又因救駕有功得了賞，因此他只得敷衍地笑笑。剛想抬腿離開，又被她叫住。

「如今京中私染之風盛行，幾處大染坊都公然打版，放話可印出與朝廷一模一樣的纈帛，殿下何不去查一查？」

瑄王疑惑地轉身。「妳又是如何知道的？」

允棠笑著反問道：「這個重要嗎？重要的是，祖父對私染一事一直很反感。」

「那這麼好的事，妳為何偏偏告知我？」

「自然是要拉攏殿下您了。」允棠掩口。「殿下如日中天，若能得您提攜一二……」

瑄王忍不住嗤笑。「妳一個小娘子，又入不了仕，如何提攜？」

允棠扶了扶頭上的簪子，裝作不經意地道：「我冊封之事，耽擱了多時還無著落呢，怕是祖父忘記了吧？」

瑄王凝視她半晌，才哈哈大笑起來。「好，我便著人去看看！若真如妳所說，那麼父親國事繁忙，有些事忘記了，做兒子的確實是要提醒的。」

「那，我便靜候佳音了。」允棠頷首。

為晁老夫人製作的木船，已經到了收尾的階段，允棠小心翼翼地為木船繫上船帆，又以金線作篷索，絹帛作帷幔，細細妝點一番。

崔南星在一旁伏案看著，直到她停手才敢開口。「我看妳做這個做了有些時日了，是要送人的？」

她點點頭。「是要給晁老夫人賀壽用的。」

「這麼精緻，她一定很喜歡。」崔南星道。「對了，父親要把崔北辰送去國子監讀書，今日請了孫司業來府上吃飯。」

「孫司業？」允棠疑惑地轉頭。「晁老夫人的兒子就是國子監司業，還有一位林司業，國子監總共就兩位司業，為何又冒出一位孫司業來？」

「是嗎？那我就不知道了。」

允棠心裡驀地泛起一股莫名的、不祥的預感，她拿上木船急急起身，出了院子便去正廳尋舅舅。

孫司業剛被崔家父子倆迎進門，見她出來，崔奇風介紹道：「允棠，這位是國子監的孫司業。孫司業，這是我外甥女。」

允棠欠身。「見過孫司業。」

孫司業笑著點頭。

「我與晁學義晁司業頗有淵源，想必您與他同僚，也很相熟吧？」允棠試探地問道。

「妳說晁司業啊？我還真未曾有幸與他同僚呢，他母親過世，奏請辭官丁憂了，我便是替了他的位置。」

「什麼?!」允棠錯愕不已。「晁司業的母親過世了？」

「是啊！」孫司業撫鬚道。「已有兩、三日了吧！姑娘說與晁家頗有淵源，竟不知曉嗎？」

崔奇風聞言也頗疑惑。「對了，妳不是與他家老夫人常來往嗎？怎地……哎，允棠，妳去哪兒？崔北辰，你又幹麼去！」

未等他說完，允棠已急急跑出門去。

明明前些日子才見過的，怎麼可能幾天內就驟然離世？

不可能，這其中定有蹊蹺！

嫌馬車太慢，允棠到外院牽了匹馬，將木船用布裹了繫在身上，便策馬直奔晁府。

打老遠便見到晁府門外戳燈已換作白色，府門上喪幡高懸，門洞大開，人來人往，府內呼天搶地聲傳百里。

騎馬到了跟前，見所見之處一片縞素，允棠恍惚地翻身下馬，也不管有沒有馬僮接了馬，跌跌撞撞便往門內去。

門內著孝僕從在兩邊垂手而立，不時還抹一把淚。

還未進靈堂，允棠就被人一把扯住，定睛一看，竟是姚嬤嬤。

奇怪的是，姚嬤嬤卻未著孝衫，兩隻眼睛哭得跟爛桃似的，雙手死死攥住允棠的手。「姑娘，妳一定要為我們老太太作主啊！老太太是被人害死的，她是被人害死的呀！」

還未等允棠反應過來，就見靈堂內出來一人，尖聲喝道——

「還不快把這害主的老婆子拖出去打死！」

不是崔清瓔是誰？

「住手！」允棠伸手護住姚嬤嬤。「我看誰敢動手！」

「這裡是晁府，還輪不到妳來撒野！」崔清瓔冷哼一聲。「要不是這老婆子偷懶，我母親又怎會不小心跌倒，就此撒手人寰？」

「不是的！姑娘，不是這樣的！」姚嬤嬤哭道。

「還不快動手把她扯出去！攪了母親清靜，我要你們好看！」崔清瓔頤指氣使地罵著。

從外院跑進來幾名家奴，拉住姚嬤嬤便向外扯，更有甚者死死捂住姚嬤嬤的口鼻，生怕她再吐出什麼話來，只一會兒，姚嬤嬤便被憋得臉色鐵青，雙足不住亂頓。

「你們這是要殺人！」允棠怒火中燒，忙上前去拉，可家奴力氣大，隨手一甩，便把她甩了個趔趄，她身子不受控制，直直向後摔去。

「小心！」

允棠只覺得背後有隻大手一托，便穩住了身形，隨即崔北辰的聲音從身後傳來——

「沒事吧？」

見她搖了搖頭，崔北辰上前，飛踢一腳，踹翻了捂住姚嬤嬤口鼻的那名家奴，雙眉一立，橫在允棠身前。

其餘家奴面面相覷，一時間不敢再上前。

崔清瓔見了，厲聲喝道：「怎麼？崔家人這是要來鬧靈堂了嗎？」

這一聲尖厲無比，前來弔唁的眾人都圍過來看。

允棠將姚嬤嬤拉到身後。「我從未想過要攪晁老夫人的清靜，可晁老夫人死因不明，妳竟不讓她貼身的嬤嬤說話，是何居心？」

崔清瓔冷笑。「死因不明，聽這賤奴信口開河便能明了？她平日裡小偷小摸，我都裝看不見，只因她是母親身邊的人，誰知她竟以怨報德，變本加厲！」

「妳血口噴人！」姚嬤嬤差點一口氣上不來，撫著胸口咒罵道：「妳這樣是要遭報應的！」

「夠了！」一個男聲從靈堂內傳來。

晁學義披麻戴孝緩緩走出來，臉上淚痕未乾，沈聲喝道：「你們鬧夠了沒有？都給我滾出去！」

「聽見沒有？都滾出去！」崔清瓔得意地重複道。

「表兄，你先帶姚嬤嬤走。」允棠道。「晁司業，還請允許我進去，再看老夫人最後一眼。」

「那妳呢？」崔北辰急問。

「這麼多人，我不會有事的，快走！」

「妳走吧。」晁學義嘆氣道。

崔清瓔譏諷道：「妳臉皮這麼厚嗎？趕都趕不走！」

「哥！」辛晁氏從堂內出來，痛心道：「母親最後的日子，多虧了有崔姑娘的陪伴，多了許多歡喜，你怎能忍心不讓她見母親最後一面呢？」見晁學義閉口不言，辛晁氏又朗聲道：「今日我便作主了，請姑娘進去，見母親一面，若是誰不允，與我分說便是！」

「多謝辛夫人。」允棠頷首謝過，抬腿邁入靈堂。

靈堂內，正前方是素白色供桌，上面擺滿了晁老夫人愛吃的菓子和白茶，供桌前方一個香爐鼎，香火旺盛。

一側是數位僧人，正在唸經超渡；另一側是晁家人，皆是陌生面孔。有幾名婢女、嬤嬤簇擁著一名年輕夫人，雖不見顯懷，可起身時手撐後腰，已有孕相，估計就是後娶進門的齊娘子了。

允棠上前，跪在蒲團上磕了三個頭，又從辛晁氏手中接過香，拜了拜，插入香爐中。做完這一切，她只覺得頭重腳輕，好似作夢一般，並不真實。直到繞過供桌去棺木旁，探頭一看，終於眼眶一熱，忍不住落下淚來。

只見晁老夫人雙眼緊閉，口中虛含一顆渾圓珍珠，面容與前些日子見面時並無太大區別。

就在上一次，晁老夫人還炫耀自己的身子骨有多硬朗，得意地揚言要活至百歲。

「老夫人，我給您的木船做好了，您看……」允棠舉起手裡的木船，哽咽道：「您總說，日日盼著壽誕那天，要好好看看我的手藝，如今我做好了，您倒是睜眼瞧瞧啊！」

她曾無數次幻想，老夫人收到木船時那一臉興奮的神情，應該就跟她前世的奶奶，收到她用第一份工資買的禮物時一樣吧？

可如今，再得不到任何回應了。

她將木船小心翼翼地放在老夫人身側，喃喃道：「說好了要活至百歲，看我成親生子的，您怎麼食言了？」

一旁的辛晁氏聞言直抹淚。

「好端端的，怎麼就……」允棠不解，含淚問道：「到底發生了什麼事？」

辛晁氏抽泣幾聲。「說是姚嬤嬤去取東西，留母親一人在院中，不知怎的摔倒了，磕到了頭，當時就不行了……」

允棠強忍悲痛，心下生疑。

若說老人不小心摔倒，磕到頭去世，確實有這樣的例子，可她來了這麼多次，姚嬤嬤每次要離開時，都會喚一名叫縈竹的婢女在老夫人身邊候著。

可環顧四周，這麼多婢女、嬤嬤來來回回，卻沒見到縈竹的身影。

還有剛才姚嬤嬤的話……

允棠扭頭去看崔清瓔，對方正伏在晁學義肩頭抹淚，也不知道是不是心理作用，她竟在那張哭泣的臉上看到了一抹笑意。

她捏緊拳頭，直覺告訴她，崔清瓔與晁老夫人的驟然離世，絕對脫不了干係。

想要查出老夫人的死因，最直接的辦法就是驗屍，崔清瓔應該也清楚地知道這一點，一定會想盡辦法遮掩，盡快下葬的。

想到這兒，允棠問道：「不知老夫人何時發引送葬？」

辛晁氏答道：「三日之後。」

「這麼快？」允棠急了。

「嗯，哥哥說找人算了日子。」辛晁氏見她臉色變了又變，壓低聲音問：「怎麼，有何不妥嗎？」

「義郎，我、我有些不舒服……」齊娘子忽然捂著肚子道。

晁學義忙起身，想要過去查看。

崔清瓔一臉不情願地放手，語氣不悅地道：「早說了讓妹妹在屋裡歇著，何苦非要出來累著不可？」

「我也想為母親盡一份孝心罷了。」齊娘子委屈地道。

晁學義攬住齊娘子，手撫在她的肚子上，關切地問道：「怎麼了？是哪裡不舒服？要不要請大夫？」

「不用麻煩。義郎，送我回屋裡歇一會兒吧？」

「好。」晁學義轉頭對崔清瓔道：「那妳守在這裡回禮，我去去就來。」

允棠知道，堂內必須留有重孝，這樣一來，崔清瓔便不能跟出去。她忙對辛晁氏使眼色道：「那我就先告辭了。」

辛晁氏會意。「那我送送姑娘。」

二人一直出了府門，允棠才急急拉住辛晁氏的手，道：「剛才姚嬤嬤說的話，夫人可聽見了？」

辛晁氏搖頭。「自從母親去世後，崔清瓔就放話要活活打死姚嬤嬤和縈竹，縈竹可能已經被打死了，姚嬤嬤得了風聲跑了，我再也沒見著。」

「姚嬤嬤說，老夫人是被人害死的！我已經叫表兄帶她回崔府了，我這就回去詳細問問。」

「被人害死的?!」辛晁氏驚愕。「是誰？難道是崔清瓔？」也不等她回答，辛晁氏的胸口瞬間劇烈起伏，氣得雙眼通紅，道：「我就說母親怎地這麼突然就走了，她這個殺千刀的！」說罷，轉身就要回去找崔清瓔算帳。

允棠忙伸手攔住她。「夫人，現在這一切都不過是推測，為今之計是要找到證據，證明老夫人不是死於意外。」

「姑娘聰慧，只消告訴我需如何做？若能為母親報仇，赴湯蹈火我也在所不辭！」辛晁氏屈膝就要跪。

允棠止住了她。「夫人附耳過來……」

允棠身心俱疲地回到崔府。

姚嬤嬤本已在翟嬤嬤的安慰下平靜了許多，見到她回來，又激動起來。

「姚嬤嬤，妳慢慢說。」

小滿為兩人斟好茶水。

姚嬤嬤道：「那日，義哥兒帶著齊娘子去山上廟裡，為肚子裡的孩子祈福。崔清瓔向來晨起都不給老太太問安的，那日卻破天荒地來了，還親手給老太太點了茶。老太太以為她是因為齊娘子有了身孕，怕地位不保，才來獻殷勤，也就沒趕她走。可我日後想來，老太太喝了茶後，好像就有些乏了。」

允棠瞳孔一縮。「竟還下藥了？」

姚嬤嬤搖搖頭。「我也說不準。後來她又說給老太太買了隻鸚哥解悶，讓老太太出去看，我便扶著老太太到院子裡，結果她又說忘了拿過來了，叫我跟她去拿。我本想讓縈竹去的，可她說，這鸚哥飼養起來有諸多事情需要注意，怕縈竹不仔細也記不牢。老太太也說了日頭好，在外面待一會兒無妨，我就沒多想，跟她去了。」

幾句話聽得允棠膽戰心驚，這麼漏洞百出的圈套，就讓老太太送了命？

「可我跟她到了她的院子後，她卻不緊不慢地寫起字來，我等了半晌，問了幾次，結果她竟瞪著眼睛問我，什麼鸚哥？還罵我怎麼不在老太太跟前伺候，反倒在這裡耍清閒！」姚嬤嬤捶胸頓足，哭道：「我知道是我蠢笨，巴巴地被人支走，害死了老太太。姑娘放心，只要崔清瓔被繩之以法，我定追隨老太太去！」

「現在不是說這個的時候。」允棠沈吟道：「那縈竹呢？她不是應當在老太太跟前候著嗎？」

「我也不知道，那日我急忙往回趕，只看見老太太自己躺在地上，頭歪在臺階旁，臺階上也有少許血漬。我喊了半天的人，可人都不知道去哪兒了，我只好自己衝出院子，去醫館找大夫。可等我回來……」姚嬤嬤捂住臉，顯然已經說不下去了。

「回來怎麼樣了？」允棠追問。她也知道，這對姚嬤嬤來說很殘忍，可她必須要知道發生了什麼。

「那麼一大灘血……老太太腦後出了一大灘血！」姚嬤嬤聲淚俱下。「那大夫只瞧了一眼，便說不用看了，人定是沒了。」

允棠倏地起身。「妳是說，妳第一次看到的時候，只有少許血漬，可第二次看到時，卻有一大灘血？」

姚嬤嬤一怔，想了一下。「是，沒錯。」

「兩次之間有多長時間？」

「這……」姚嬤嬤面露難色。「我慌亂至極，一路小跑著去往最近的醫館，到了之後，又隨他們的馬車一起回來的，前後也就……也就半個多時辰吧？」

半個多時辰，夠發生很多事了。

允棠捏緊拳頭，直到骨節發白，沈聲道：「姚嬤嬤，妳先在這裡安心休息，妳放心，我定會為老夫人討回公道。」又轉頭對小滿道：「去晁府，告訴辛夫人，看看老夫人的腦後吧，若找到證據，直接報官。」

仁明殿。

「允棠、允棠？」皇后輕喚兩聲。

「嗯？」允棠回過神來。「祖母，您說什麼？」
「這孩子，怎麼魂不守舍的？」皇后笑道。「我說，瑄王今日在朝堂上說妳賑災盡力，又護駕有功，重新提起冊封之事，這回言官們無話可說，再無人反對了。」
「是嗎？」允棠乾笑兩聲。
「怎麼？看妳好像不高興？」皇后蹙眉。「這冊封之事一擱再擱，本以為妳巴巴盼著呢，誰知竟這個表情。怎麼，是生妳祖父的氣了？」
允棠搖頭。「冊封本就是恩典，我心裡感激還來不及呢。只是……」
「只是什麼？」
「只是與遼國和親之事……」允棠的聲音越來越低。「也不知祖父到底是如何決定的？」
「傻孩子。」皇后捏了捏她的臉頰。「別說壓根兒不會和親，即便真有和親，妳祖父也定不會讓妳去的。」
「為何？」
皇后輕嘆口氣。「官家對妳母親的愧疚、對崔家的愧疚，壓得他喘不過氣來，他又怎會忍心讓妳去吃這個苦？」
允棠把頭枕在皇后膝上，靜靜聽著。
「妳祖父，他也是很喜歡妳母親的，可他自己沒有這樣優秀的女兒，每每聽崔奉炫耀，他其實都嫉妒得不行，都要到我這裡來說嘴。從蝗災一事，他看到了妳的聰慧，不管妳承不承認，妳都是他的孫女，這是無法改變的事實。」皇后替她將碎髮撥到耳後。「所以啊，他現在的心情，怕是恨不得昭告全天下，他有一個既漂亮又聰明的孫女，是我朝最尊貴的郡主。」

崔府。

允棠身著青色箭袖，輕鬆拉開一把紅色短弓，箭尖直指百尺開外的靶心。

崔奉在她身後負手而立，沈聲道：「吸一口氣，沈入丹田，穩住氣息，感受風向和風速。」

她照做，瞄準、脫弦，一氣呵成。

這一箭，她射得是信心滿滿，可結果卻不盡如人意，雖也上了靶，可距離靶心足足有一寸多的距離。

「妳是不是在疑惑，明明瞄得很準，為什麼會這樣？」崔奉笑吟吟地道。

允棠點點頭，遲疑地說：「風向西北，動葉十里，莫非我矯枉過正了？」

崔奉蹲下來，從地上拾了一根樹枝，在左側畫了一張弓，右側畫了一個靶，抬頭笑問道：「妳覺得，這箭離了弦，狀態是什麼樣的？」

允棠也蹲下來，得意地笑笑。作為現代的一個高材生，怎麼可能連拋物線都不知道？

她從左至右畫了一道弧線，然後看向外祖父，等著接受誇獎。

崔奉欣慰地點點頭，又將這根樹枝舉到眼前，模擬箭的運動軌跡。「妳說，這箭尖是永遠朝向靶心的，這話是對是錯？」

「當然是對的。」

「實則不然。」崔奉扔下樹枝，又從她的箭囊裡抽出一枝羽箭，兩隻手在羽箭頭尾擺弄著。「這箭離了弦之後，並不是平直的，說是像水蛇一般搖頭擺尾也不為過。但是，這裡還有這裡，」崔奉指著羽箭的「七寸」，和頭尾對稱的位置。「這兩處是不動的，一直在妳畫的這條弧線上。」

波動？允棠聽這番話的震驚程度，絲毫不亞於聽了一堂老教授的物理課。

「箭身的材質、長短、弓的力度、每個弓箭手的發力習慣，都會影響這兩個點的位置。妳很像妳的母親，天生就是會射箭的。妳只需要在成千上萬次的練習中，找到屬於妳的『七寸』，屆時，百步穿楊也絕非癡人說夢。」崔奉不疾不徐地娓娓道來。

她彷彿從中獲得了無窮無盡的力量。「外祖父，母親射箭真的很準嗎？」她好奇地問道。

崔奉點頭，悵然道：「珞兒是極有天賦的孩子，一點就通。妳外祖母也是個偏心的，似乎將世間的一切美好都給了她。妳別看妳舅舅貌似神勇，可論用兵和騎射，他遠不及珞兒。」

「可舅舅肯吃苦啊！」她歪著頭說道。「即便不是一學就會，可是他肯花無數個日夜去磨練，這份心志，您也該誇獎他一番的。」

崔奉一怔。

允棠繼續道：「外祖父您素有戰神的稱號，可您又只有他一個兒子，他的壓力可想而知。舅舅不似母親那般天賦異稟，可為了能追上您和母親的腳步，他私下裡花費了多少功夫，其實您是知道的。」

崔奉喉結滑動，半晌才勉強乾笑了一聲。「他又不是孩子了，還需要為父誇獎。」

「您是他的榜樣啊！他所做的一切，都是為了得到您的肯定。」允棠拿著羽箭起身，笑道：「我看您對將士們、對馬兒都不吝嗇誇獎的，如果有機會，也誇獎舅舅幾句吧，他會高興很久的。」

崔奉看著她重新戴好護指，認真練習起來，不禁撫著鬍鬚，若有所思。

不一會兒，崔奇風急匆匆趕來，肅然道：「父親、允棠，宮裡來信了，說明日卯時正，入宮聽詔。」

根據小滿帶過去的提示，辛晁氏果然在晁老夫人腦後摸到一枚鐵釘，又按照允棠之前的囑咐，誰也沒驚動，穿著孝衣直奔開封府擊鼓鳴冤。

這令人髮指的案件，很快便震動了整個汴京。到底有什麼深仇大恨，以至於要下此毒手？

原定三日之後的下葬，也是不能了。開封府派人檢視屍體，又發現老夫人有中毒跡象，因此將晁府上下，包括暫住崔府的姚嬤嬤，都帶回去審問殺人經過。

有人曾在老夫人的飲食中下毒，致使老夫人困乏昏厥。因縈竹失蹤，老夫人摔倒之時發生何事尚不明晰，但摔倒所致的後腦受傷應不致死，真正要了老夫人命的，是那枚深深嵌入頭骨的大鐵釘。

搜查晁府時發現後院正在修繕院子和房屋，地上各種各樣的工具橫七豎八地亂丟，鐵釘也是四下散落，無從查起。

在親友鄰居間審查時，多人表示，晁家婆媳素來不和，下人們也都證實，崔清璎背後辱罵老夫人是常有的事，因此開封府便把嫌疑定在崔清璎身上。

可崔清璎也不是省油的燈，堅稱此事與自己絕無干係，是賤婢縈竹與人私通，老太太不肯放，這才起了殺心。

晁府下人們都證明，縈竹確實挨了頓毒打，幾次昏死過去，可之後去向如何，到底是死是活，便沒人知道了。

因確實無證據，一時間，開封府也拿崔清璎毫無辦法。

當允棠聽到消息時，氣得一拳砸在几案上，後槽牙都快咬斷了。

這騙老夫人的藉口漏洞百出，可善後的工作，崔清璎可真是下了苦功的。

縈竹那麼一個活生生的人，即便死了，也不可能是自己出了晁府，崔清瓔更是不可能親手做這些事，一定是有人來將屍體帶走了，會是誰呢？

正苦心思索之時，懷叔來報——

「姑娘，瑄王殿下遣人來送口信，請姑娘過府一敘。」

「瑄王？」小滿狐疑。「他怎麼會突然來請姑娘？」

允棠倒是不驚訝。「小滿，幫我換身衣裳，陪我走一趟吧。」

半個時辰後，馬車搖搖晃晃，來到瑄王府門前，令人意外的是，瑄王夫婦正候在府門前。

如此興師動眾，倒是允棠沒想到的。她忙下車，欠身道：「讓殿下和王妃久等了。」

「哪裡的話！」瑄王妃眉眼含笑，上前握住她的手，親暱道：「姑娘肯來，我們高興還來不及呢，稍微等會兒怕什麼？快，裡面請！」

允棠也笑著寒暄，彷彿兩人真的交好，又許久未見似的，看得小滿一愣一愣的。

瑄王府比起瑾王府，真是奢華了不止一點。穿堂屏風前巨大的火珊瑚，看色澤品相，必定價值連城；就連內院遊廊的扶手和臺階，都是白玉所製，晶瑩剔透，嘆為觀止。

偏廳早就備好了酒菜，只等允棠落坐。

她還未坐穩，就有婢女送上錦盒，打開一看，竟是一枚攢金點翠，鑲嵌了綠松石的瓔珞。

她做出受寵若驚的模樣，掩口笑道：「殿下真是客氣了。」

「這次多虧了姑娘。」瑄王笑著提起酒壺，要給她斟滿。「父親真是好久沒這麼誇獎我了。」

允棠抬手示意。「我不吃酒的，吃酒誤事。」

瑄王一怔，旋即笑道：「對對對，吃酒誤事！來啊，換些飲子來！」

「其實殿下不必特地設宴款待的，我聽祖母說了，您在朝堂上為我說話，冊封一事已有著落，我們一來一回，兩清了。」

「哎，此言差矣！」瑄王訕笑道：「姑娘……喔不，郡主聰慧，我可不希望如此兩清，就再無瓜葛了。更何況郡主已被父親收作義孫女，按理也該叫我一聲三伯父，要常來往才是。」

有婢女換了熱飲，允棠啜了一口，淡然道：「既然三伯父如此說了，那我有個不情之請。」

「妳說。」

「這次徹查私染一案，三伯父可曾抓到一個叫谷平顯的人？」

「是妳相熟的人？」

允棠搖搖頭。「不是，但他拿了我的東西，我要他吐出來。」

瑄王大笑。「這還不簡單？待我——」

「如果三伯父能幫我通融，我更希望自己去要回來。」

瑄王與瑄王妃對視一眼，轉頭笑笑。「郡主有所不知，這大獄可不是什麼好去的地方，裡面陰寒腥臭，怕髒了郡主的衣裳。」

「無妨。」

瑄王妃遲疑片刻後，試探地問道：「郡主與這谷平顯，可是有仇？」

允棠的眼珠轉了轉。「那要看他如何表現了。」

片刻靜謐之後，瑄王放聲大笑。「郡主的性格，我甚是喜歡，難怪父親和母親都如此喜歡妳。來，吃菜！」

允棠象徵性地吃了一口後，又道：「三伯父可曾聽說國子監司業晁學義家生變故，老母親被人惡毒殺害的事？」

瑄王放下筷子點頭。「嗯，有所耳聞，真是樁慘案啊！」

瑄王妃也點頭稱是。

「許是年紀相仿，祖父和祖母都對此案十分重視，若三伯父能幫助開封府徹查，將真凶緝拿歸案……」允棠狡黠一笑。

瑄王恍然大悟，笑得合不攏嘴。「我平日公務繁忙，不能常伴父親和母親左右，還是郡主更懂他們二老的心思啊！」

「作為交換，我也有件事想請王妃幫忙。」

瑄王妃笑吟吟地道：「郡主請講。」

允棠將身子向前探了探，壓低了聲音道：「前些日子，我不小心失手打死了一名婢女，我年紀輕、資歷淺，也不想在冊封之前鬧出什麼事端來，不知王妃遇到這種事，都如何處理啊？」

小滿緊張得嚥了嚥口水。

瑄王妃聽了一揮帕子，粲然一笑。「我還以為是什麼大不了的事呢！郡主附耳過來……」

從瑄王府出來後，瑄王夫婦又笑盈盈地送她上了車，直到遠遠的，再也看不清夫婦兩人的身影，允棠才揉了揉笑得發瘆的臉頰，長吁了一口氣。

「姑、姑娘，」小滿一臉苦相。「妳……妳……」

允棠翻了個白眼。「傻小滿，妳還真以為我打死婢女不成？」

小滿搖頭。「不是，我只是覺得，我都不認識姑娘妳了。」

允棠自嘲地笑笑。是啊，虛情假意如今她也是信手拈來了。

從夏至冬，不過半年，變化是有些大。

「不過我知道，姑娘都是不得已的。」小滿好奇地問道：「瑄王妃到底說了什麼啊？」

允棠的笑意凝固在臉上。「馬行街，第三家鐵匠鋪，進去問掌櫃的，給馬鑲金牙多少錢？一顆金牙就是一具屍體，收一錠金子。留下地址後，夜半他們便會上門收屍，並且神不知、鬼不覺地處理掉。」

小滿掩口驚呼。

「把魏廣和耿忠叫回來，守株待兔。」

建安三十七年，十一月初五，文安郡主冊封大典。

大慶殿內，身著紫、緋、綠三色官袍的文武百官，手持朝笏齊齊肅立，崔奉、崔奇風也在其列。

允棠按禮，著郡主服，朱紅色大袖，肩披寶藍色羅牡丹紋霞帔，其下以玉墜綴之。

她頭上綰著朝天髻，戴郡主金冠，正中鑲嵌紅寶石，飾東珠四，後綴金花步搖，耳間紅寶石耳鐺與金冠相得益彰，盡顯皇家尊貴。

她緩緩行至殿中，在官家面前屈膝跪下。

閣門使打開金絲楠木箱子，從中取出金質冊封書，雙手奉與官家。

官家笑吟吟地望著允棠，抬手接過，朗聲親讀。「崔奉之外孫女，生於鼎族，敏惠夙成。濯濆流之秀，疏星極之輝……」

允棠不由得想起，那日在白礬樓，憑欄眺望皇宮時，還以為是留在汴京的最後一日。

蕭卿塵曾為她介紹，這大慶殿是舉行大典的地方。沒想到有朝一日，她不但能親臨大慶殿，這大典還是特別為她舉行的。

命運還真是峰迴路轉啊！

「……可封文安郡主，賜封地文安、易陽、永清三郡，加食邑千戶、食實封四百戶，賜江南東路蒹葭園為文安郡主府，仍令有司擇日備禮冊命！」

允棠忙叩拜。「文安，叩謝聖恩！」

待她行完禮，官家將冊封書親交到她手上，並將她扶起。她緩緩轉身，與官家並立。片刻沈靜之後，滿堂振臂高呼。「臣等，見過文安郡主！」

聲音迴盪在大慶殿上空，直傳雲霄。

允棠看著面前的文武百官，內心五味雜陳。

她暗暗捏緊冊封書，從今以後，她不再是那個任人宰割的小姑娘了。

用不了幾個時辰，整個汴京都會知道，從此這世上多了一個文安郡主。

官家賜她蒹葭園，蒹葭在《詩經》有云：蒹葭蒼蒼，白露為霜。

老天都在提醒她，不要忘了白露的慘死，要她時時刻刻都記得。

她怎麼敢忘？

按禮制，冊封大典過後，新冊封的郡主要隨官家和皇后去太廟祭祖之後才算禮成。

剛出了望春門，天空竟飄飄灑灑地下起雪來。

好在雪不大，輾轉落地後被輾入泥土，徒增些泥濘而已，並未給出行帶來諸多不便。

官家金輅剛行至永定山下，一騎輕騎由遠處疾馳而來，不等馬停便一躍而下，伏跪在一旁。

來人高呼。「官家！」

官家疑惑地翹首。「是什麼人？」

程抃定睛一瞧，大喜道：「官家，是蕭洗馬！」

「卿塵？快，快將他召上前來！」

蕭卿塵風塵僕僕，氣還未喘勻，來到跟前，又撲通一聲跪下，朗聲道：「臣蕭卿塵，把太子殿下安然無恙地帶回來了！」

皇后聲音顫抖地說：「好孩子，快起來！太子如今在何處啊？」

蕭卿塵答道：「臣已將太子殿下送回東宮休養，並召了太醫診脈。」

「好、好！」官家一拍扶手，樂道：「蕭卿塵，你這次立了大功，說吧，你想要什麼？朕都賞給你！」

「臣要求娶文安郡主！」

此言一出，在場眾人皆面面相覷。

「朕沒聽錯吧？」官家皺眉，與皇后對視一眼。

皇后顯然也沒想到他會這麼說，一時間也目瞪口呆。

處在儀仗之後的允棠，聞聲由小滿攙扶著下了馬車，遠遠瞧見蕭卿塵的身影，驚喜上前。

蕭卿塵又高聲重複道：「官家，臣要求娶文安郡主！」

「哦？」官家饒有興趣地撫了撫鬍子，瞥向一對璧人兒。

允棠頓住腳步，怔在當場。

蕭卿塵也看到了允棠，她身著郡主朝服，外面披了件狐裘，脖頸處白色風毛上和頭上都落了雪，宛如落入凡間的仙子。

三個月不見，她變得更美了。

這三個月來，他壓抑著自己的心思，白天四處奔走，大包大攬地把所有辛苦差事都做了，只求夜裡能夠倒頭就睡，不用捱那思念之苦。

可更多時候，他躺在床榻上，睜眼閉眼，腦海裡全是她的一顰一笑。

他勉強建立起的心理防線，在見到她的這一刻，轟然倒塌。

這麼多日來的辛苦、緊張、疲倦，一瞬間齊齊向他湧來，他好想起身擁抱她，聽她柔聲對自己說話。

與蕭卿塵的情真意切不同，允棠眼中更多的是驚慌失措。

她瞪大雙眼，彷彿在問：蕭卿塵，你在幹麼啊？你知不知道自己在做什麼？

蕭卿塵的眼神卻堅毅非常。放心吧，我絕對不會讓妳去和親的！

允棠頓時恍然大悟，無語扶額。

他定是在南方聽說了要和親的流言，才會這樣冒冒失失地跑來求娶。

這件事必須解釋一下。她忙開口道：「祖父……」

「朕准了！」官家笑吟吟地道。

允棠忙擺手。「不是……」

「謝官家成全！」蕭卿塵的頭重重地磕在雪地上。

程抃輕聲提醒道：「官家，時辰快到了。」

「走吧，別誤了時辰。」官家說完，宮女們放下帷幔，儀仗繼續前進。

允棠無語望蒼天，朝天長吁了一口氣。

第二十章

允棠一把拉上蕭卿塵，把他塞進自己的馬車裡，隨後也爬了上去。

蕭卿塵自然有無數的話要講，喜笑顏開道：「允棠，我——」

「等祭祖過後，你自己去跟祖父講，說你反悔，不想娶我了。」

蕭卿塵一怔。

「聽到沒有？」

「我不！」他賭氣似的別過頭。

「你——」允棠拂袖。「你怎麼聽風就是雨的？和親的傳言也不是一日兩日了，當初還是你自己說的，都是些捕風捉影的事，如今你怎麼都不問清楚，就這樣貿然跑來求官家賜婚！」

「當初的確是捕風捉影，可後來都傳得有鼻子有眼的了！都說宴射那日，妳下場騎射，驚豔全場，萬俟丹親自開口求娶妳。」蕭卿塵委屈地道：「我日夜兼程趕回來，水都沒喝一口，還不是怕來不及阻攔嗎？」

「什麼驚豔全場？」允棠沒好氣地說：「我騎射都是那日現學的！不過是被瑾王妃母女陷害，騎虎難下，不得不上場罷了。」

「那，萬俟丹有沒有認出妳？」

「應當是認出了，我猜他不過是故意整我罷了。祖母也說了，祖父根本不會同意和親的。」

蕭卿塵稍一思索後，笑意在唇邊漾開。

「你還笑？事情鬧成現在這個樣子，看你如何收場！」允棠蹙眉。

「還能如何收場？我承擔後果便是了。」他挑眉。

允棠點頭。「如此甚好，趁今日祖父心情好，你同他講，你是一時頭腦發熱，我想他會原諒你的。」

「我不是一時頭腦發熱，我是真心的。」他突然認真起來。

「你……你不要再胡說了！」允棠扭頭避開他的目光。「我之前不是跟你說過了，母親的冤還未申，白露和翟叔的仇還未報，我、我沒心思想別的。」

「那就不要想啊！我們是先訂親，又不是馬上成親。」他用食指觸碰了下她的手背，見她沒躲，便得寸進尺，一把將那柔軟的小手握住。「我知道妳跟官家的三年之約，這三年，我也會盡力幫妳查案，如若三年之後妳想退婚，屆時我再找個藉口便是了。」見她猶豫不決，他又道：「妳如今是郡主了吔，妳知道有多少世家子弟會來求娶妳嗎？到時候崔府門檻都被踏破了，妳每日光是回絕，都要花上好幾個時辰，還不如拿我當作擋箭牌呢！妳說是不是？」

她雙手握著一個鎏金手爐，烘得小手熱熱的，蕭卿塵又捏了捏，果然與男子堅硬粗糙的大手不同，那小手細膩滑嫩，柔若無骨……

正沈醉著，允棠斜了他一眼，嗔道：「放手。」

蕭卿塵一縮脖，忙將手抽了回來。

允棠想到府中同樣目光灼灼的，還有個崔北辰，頓時覺得蕭卿塵的話也不無道理。

思前想後，她嘆口氣，伸出小指，無奈地道：「這可是你說的，三年之後，若我想退婚，你便找個藉口去跟祖父講。君子一言……」

「駟馬難追。」蕭卿塵笑著去勾她的手指。

因蕭卿塵沒有沐浴更衣，便只能留在馬車上等候，待允棠行完繁瑣冗長的祭祖禮回來之後，他早已經歪在一邊睡著了。

「姑娘，這……」小滿面露難色。

「無妨，走吧。」

允棠在他身邊坐下來，聽著他均勻沈穩的呼吸。

之前只覺得他的眉眼很好看，如今細細看來，他的眼瞼細而長，睫毛濃而翹，是讓女人都羨慕的程度。

雪下了有一會兒了，在地上覆了白白一層，馬車駛過，留下兩道黑色車轍。

隨著馬車搖晃，他的頭不住地與車廂磕碰，許是睏極了，他竟也沒有醒，只是皺起眉來。

允棠輕扶起他的頭，撥向她這一邊，無奈她太瘦小，即便她繃住身子向上挺，也沒能讓他枕到肩上。就見他輕哼了一聲，索性俯下身子，枕在她的腿上。

看他挺大的個子蜷縮著，允棠想朝另一側再挪一挪，給他多騰出些空間來，可手剛一撐，便聽他輕喃一聲——

「別走……」

「你睡吧，我不走。」

崔府偏廳內，滿滿一桌子熱騰騰的酒菜，本是為慶祝允棠冊封而準備的，如今眾人圍坐，卻一言不發，目光都死死地鎖在一人身上。

身上快被盯出幾個洞的蕭卿塵，大氣都不敢喘，雖然肚子餓得咕嚕直叫，也不敢提起筷子，只能盯著面前的燒鵝偷偷嚥口水。

自從說完賜婚的事之後，氣氛就變成這個樣子了。

尤其是崔奉和崔奇風兩父子，簡直可以說是殺氣騰騰，恨不得生吞活剝了他的模樣。

他只得在桌下偷偷拉了拉允棠的衣袖，並投去求助的眼神，可她不但目不斜視，還一把將衣袖扯回。

不是允棠不幫忙，實在是她也不知道該如何開口。

難道說：外祖父、舅舅、舅母，我們是真心相愛的，求你們成全？

還是說：不用擔心了，我們這個婚約就是先訂著玩的，沒準兒過幾年就散了？

她抿緊嘴唇，心下腹誹：這男人，先前在馬車上勸她的時候，不是還挺能說的嗎？

最後打破這尷尬局面的，是氣鼓鼓的崔北辰。

少年倏地起身。「他能求賜婚，我也能！我這就去求官家，讓官家把允棠嫁給我！」說罷，轉身就要出門去。

「回來！」祝之遙秀眉微蹙道：「嫁來嫁去的，你們都當婚事是兒戲嗎？」面上是說自己的兒子，眼睛卻瞟向蕭卿塵。

蕭卿塵訕笑。「崔夫人，我可不是——」

「你小子這是趁火打劫啊！」崔奇風冷冷地拋出一句。「官家剛說要賞你，你就要娶我們家允棠，你把她當什麼了？」

凜凜冬日，崔府因都是武將的緣故，屋內炭火並不足，可蕭卿塵額上的汗都快滴下來了。

這總歸不是他一個人的事，允棠醞釀良久後，終於鼓起勇氣開口了。「舅舅——」

崔奇風大手一揮。「允棠，妳先別說話，讓這小子自己說！」

允棠只得閉上嘴。

「舅舅……不是，崔將軍，」蕭卿塵乾笑兩聲。「我、我是真心喜歡允棠的，我會一輩子對她好，不讓她受一點委屈。」

「哼，這算什麼？我也能做到！」崔北辰雙手環抱胸前，賭氣道。

崔奉緩緩開口。「我沒打算這麼快把允棠嫁出去。」

「我知道。」蕭卿塵誠懇地道。「崔老將軍，我一直把您當作榜樣，當著您的面我不敢說謊。我與她也有三年之約，若三年後她改變主意，我便放她離開。」他轉頭看向允棠。「我知道她經歷過什麼，也知道她想要什麼。凡是她想要做的，我都會盡全力去幫她完成，也定會拚了命去護她周全。我也有私心，想要把她留在身邊，給自己搏一個機會，還望崔老將軍成全。」

眾人沈默了。

「那妳呢，允棠？妳怎麼想？」祝之遙問道。

見眾人都齊齊看向自己，允棠也慌了神。「我……」

「唉！」崔南星誇張地嘆了口氣，扭頭對崔北辰搖頭道：「崔北辰，你徹底沒戲了。」

崔北辰不服氣。「她都還沒說話呢，妳怎麼知道？」

崔南星指著蕭卿塵腰間的黃玉魚珮，道：「他這個魚珮，我見過允棠有個一模一樣的。」

「沈家魚珮？」

「當真？」

崔奉父子異口同聲道。

允棠像做錯事的孩子，把另一半魚珮掏出來，擺在桌上，不敢抬頭。

「這……」崔奇風遲疑地看向夫人。

蕭卿塵徵詢地望向崔奉。「崔老將軍？」

崔奉輕嘆一聲。「官家都已經賜婚了，還問我做什麼？」

感覺有一個世紀那麼長的晚飯終於用完了，蕭卿塵隨允棠在院子裡散步。

冬日風勁，銀杏樹上零星剩了幾片枯葉，隨風打著轉飄落。

他好奇地東看西看，而後指著一株臘梅，笑道：「前幾次來都是夜裡，都沒發現這裡還種了臘梅。」

「噓！」允棠忙四顧，看左右無人，這才放下心來，嗔道：「你不要亂說話！」

「好，下次注意。」蕭卿塵笑笑，又想到什麼似的。「鐵匠鋪的事，就是今日夜裡吧？」

允棠點頭。「嗯，我和南星已經準備好了。」

「其實妳們不必這麼麻煩的，我直接去把他們的老巢搗了就是了。」

允棠白了他一眼。「我又不知道你要回來！況且若是打草驚蛇了怎麼辦？還是這樣穩妥些。」
「郡主說得是！」他拱手作揖。「我跟妳們一起吧，以防萬一。」
「不必了。你幫我在軍中找一個叫萬起的人，我已經找人畫了像，明日便能拿給你。」
見她不容反駁的樣子，蕭卿塵笑笑地點頭。「好。」

當天夜裡丑時，月明星稀，偶有寒鴉啞啞一聲。
崔南星守在角門，只聽門外傳來三長一短的敲門聲，便知鐵匠鋪的人到了。
她忙開了門，像模像樣地抱怨道：「怎麼才來啊？冷死了！」
來人是兩個精壯的漢子，也沒搭話，只問東西在哪兒？
崔南星在前面帶路，將人引到後院一個房間門口。
兩人也沒猶豫，抬腿便朝門裡進。
裡面的「屍體」是允棠穿了婢女的衣裳假扮的。
沒一會兒，便一人抱頭、一人抬腳地將「屍體」抬了出來。
「大哥，你們這是要怎麼處理啊？」崔南星搓著手問。
其中一人不耐煩地道：「問這麼多做什麼？」
崔南星訕笑。「我這不是不放心嘛！」
「我們東家每年不知道接多少單生意，從沒失過手，小娘子放心就是。」另一人爽朗道。「快走吧！」

二人出了角門，將「屍體」丟上車，車上竟還有兩具屍體，其中一具還瞪著雙眼，一副死不瞑目的樣子，「盯」得允棠叫苦不迭，只得伸手將那雙駭人的眼睛合好。

車子是輛牛車，慢吞吞的，車上又擺了些蔬菜瓜果掩人耳目，二人說說笑笑，彷彿真的是農戶一般。

崔北辰和耿忠、魏廣二人忙暗中跟了上去。

蕭卿塵則坐在屋頂，自上而下看著牛車駛過，面色凝重。

冬夜寒風刺骨，允棠躺在冰涼的木板上，身上又只蓋了張破草蓆，不禁瑟瑟發抖。她探手摸了摸，另兩具屍體還是溫的，便把腳塞到屍體身下，又把整個身子貼過去，這才感覺好些了。

這麼刺激的體驗，怕是這輩子都難忘了吧。

等出了城，已經過去大半個時辰了。

又行了小半個時辰，牛車才在一處建在荒郊野嶺的小木屋前停下來，兩名漢子哼著小曲下來「卸貨」。

崔北辰早就沒了耐性，提刀就要上前，卻被人一把按住肩膀。

崔北辰一驚，轉身用另一隻手肘朝身後人的頭側猛擊過去！

對方一擋，低聲道：「是我。」

回頭一看，竟是蕭卿塵！崔北辰沒好氣地問：「你怎麼在這兒？」

「我未來娘子涉險，我怎麼可能不來？」蕭卿塵一面看著牛車的動靜，一面嘴貧道。

崔北辰瞪他一眼，又要起身。

蕭卿塵道：「擒賊先擒王，這都不懂嗎？你沒看木屋後面就是滿山的松柏林嗎？這黑燈瞎火的，你現在出去，管事的人都跑了，就剩這麼兩個幹活的。」

「話真多！」崔北辰自知理虧，蹲下身子嘟囔道：「我要早知道你來，我就——」

「不來了？」蕭卿塵搶著說道。「不來也好，反正你也沒什麼用。」

「你——」

見二人將允棠往地上一丟，蕭卿塵的心都跟著揪了一下，忍不住氣道：「你怎麼不去扮屍體？」

「你當我沒說嗎？她們兩個都說我太高了！」崔北辰哼了一聲。

蕭卿塵找到耿、魏兩人的位置，做手勢示意他們去木屋後面包抄。

耿、魏領首示意明白，彎了腰向屋後跑去。

這時，從木屋裡出來一個婦人，來到牛車前，把手中食物往嘴裡一塞，聲音含糊地問道：「幾個？」

「三個。」

「行，幹活吧！」

婦人拍了拍手轉身，只聽兩聲悶響，一回頭，劍尖已經直逼喉嚨。

木屋裡還有一個獨眼男人，也被耿、魏二人拿下。

蕭卿塵和崔北辰將三男一女捆了個結實，押到屋內審問。

屋內炭火燒得倒是挺旺的，允棠蜷縮在火爐前，剛才這一路，她凍得不輕。

婦人驚恐道：「你們到底是什麼人？」

蕭卿塵不理會，抬腿踢了獨眼一腳。「說，要是遇上沒死透的，你們怎麼辦？」

獨眼從鼻子裡哼了一聲，並不開口。

蕭卿塵笑了笑，蹲下來，從懷裡掏出塊令牌，給獨眼看了一眼，便收了回去。

獨眼慌道：「你們是軍巡院的人？」

「我們現在是在查別的案子，你要是如實說，幫我們破案呢，我可以當作今天什麼事都沒發生過，不然的話，你們有十個腦袋也不夠掉的！」

「軍爺請問！」獨眼立即恭敬地道。

允棠緩緩起身。「七、八日前，你們有沒有去過國子監司業晁府？」

「這……」其中一名漢子為難道：「這我們哪記得啊！」

「記不得是吧？」蕭卿塵拍拍膝蓋起身。「成！」

「別、別！」獨眼忙道：「軍爺您等等，我、我有本冊子！」

「哦？」蕭卿塵嗤笑。「你那些主戶，知道你有本冊子嗎？」

「軍爺您說笑了，我也得留一手防身不是？」獨眼下巴一努。「您在我榻上東北角被褥下面摸一摸，有個凹槽……」

崔北辰快步上前，果然摸出一本冊子。

允棠忙過去，兩人挪到油燈底下，翻看起來。

蕭卿塵又踢了獨眼一腳。「欸，剛才的問題還沒回答呢！要是遇上沒死透的怎麼辦？」

獨眼如實答道：「看情況，要是肯定救不活了，索性就鑿死了，跟屍體一樣處理；要是壓根兒就是裝死的，緩兩天要是能緩過來，沒什麼大毛病的，就找個人牙子再發賣了，賣一點是一點。」

「找到了！」允棠驚呼，拿著冊子給獨眼看。

獨眼一瞧，後面有個三角符號。「這個三角，就是模樣還行，給賣到夔州青樓了。」

不等天亮，蕭卿塵便派人往夔州的方向追，馬車行不足三日，快馬一日便能追得上。

他又將崔家兄妹送回府。

到了府門前，允棠問他。「獨眼那幾個人，真就這麼放了？」

「我留他們還有用。」他道。「要不要我去打點開封府，要他們嚴查晁老夫人的案子？」

允棠搖搖頭。「瑄王殿下會盯著的，你不用管了。」

「瑄王？」他不禁疑惑。

「嗯。你也早點回去休息吧，熬夜可是會猝死的。」說完，她便打著哈欠，跟著一臉不爽的崔北辰進了門。

蕭卿塵盯著她的背影愣了一會兒，旋即笑了起來。

最後一句，這是在心疼他吧？

沈聿風從西北得勝歸來，向官家覆命時聽到賜婚之事，年近半百的魏國公竟樂得跳起來拍手。

「好哇好哇，官家果然英明，那兩個孩子實在是天作之合！日子定了沒有？什麼時候成親啊？」

官家沒好氣地道：「朕把親事定下來不夠，還得給你算日子？你自己找崔奉商量去吧！」

沈聿風朝一旁的禮部尚書嚴淞一指，嘿嘿一笑道：「郡主大婚，您能忍住不管？不然您找禮部來做什麼？」

「瞧你得意忘形的樣子！」官家忍不住數落道：「幾十歲的人了，怎麼一高興起來，還像孩子一樣！」

適才嚴淞便幾次想插嘴，無奈沈聿風的語速太快，如今好不容易得了空隙，嚴淞趕緊面露難色地擺手道：「官家，這婚事不妥，不妥呀！」

沈聿風臉上的笑容瞬間消失，嚷道：「喂！嚴老頭，你胡說八道什麼呢？官家賜的婚，怎麼就不妥了？」

官家瞪了沈聿風一眼。「你讓他把話說完行不行？」

「你說你說！」

嚴淞不疾不徐地道：「歷朝歷代，同姓不可婚，這是違背祖宗宗法制度的呀！所謂同宗——」

還沒等嚴淞把頭搖起來，沈聿風就「呸」的一聲把話打斷了。

「什麼同宗？我兒是賜姓，宗在哪兒？宗在沈家啊！允棠姓什麼？姓崔啊！對不對官家？」

「這……」嚴淞扭頭看向官家。

官家撫著鬍鬚，也陷入沈思。

雖說允棠名義上是官家和皇后收的義孫女，可從血緣上來講，她應該以蕭姓出嫁的。

那日宴射之時，情急之下，她也承認過，不如將錯就錯，讓她改回蕭姓，畢竟是蕭家血脈，總跟崔姓算是怎麼回事？

那就只能蕭卿塵改了。可歷來賜國姓，之後子子孫孫、世世代代都承國姓，方能彰顯榮耀。改來改去的，豈不兒戲？

官家瞥了嚴淞一眼，手負在身後，清了清嗓子問道：「難道就沒有收回賜姓的先例？」

「有。」嚴淞頓了頓，肅然道：「前朝有名異族首領，帶子民歸順，曾被賜予國姓，後又因叛亂，在被誅殺前收回賜姓。」

「哎呀，改個姓哪那麼麻煩！」沈聿風不耐煩地擺手。「讓史官把之前賜姓的事劃掉，大家都當沒發生過這件事，不就得了？」

嚴淞氣得直發抖。「記錄國史乃是嚴肅莊重之事，怎能隨意篡改？再說，那官牒上，令郎的名字也是蕭——」

「得！您老啊，跟官家慢慢商量，我得回去準備聘雁了，告辭！」沈聿風一拱手，轉身出了殿門。

沈聿風一路哼著小曲，搖頭晃腦地騎著馬回府，離老遠就看見沈連氏由婢女、嬤嬤們簇擁著，候在府門前，他不由得一夾馬肚，加快些速度。

待他翻身下了馬，沈連氏立即含笑上前。「恭迎國公爺凱旋歸來！」

話音剛落，一旁的小廝適時地點了鞭炮，臺階下甚至還有鼓樂隊在賣力演奏著。

「停、停！」沈聿風皺眉喊道。

鼓樂隊是停了，可鞭炮卻停不下來，於是眾人就眼睜睜地看著那幾串紅燃盡，化作白煙，又留一地紅屑。

好不容易重新恢復安靜，沈聿風冷臉問道：「這是在做甚？」

沈連氏一怔，怯懦地道：「國公爺久未征戰，如今得勝歸來，我不過是想慶賀一番，高興高興……」

沈聿風疑惑地盯了她半晌。「少時，我曾問妳，若我凱旋，妳如何迎我？妳是如何說的？」

「我……」沈連氏愣了下。「時間太久，我忘了。」

沈聿風看向她身後，是個陌生的面孔，又問：「這又是誰？吳嬤嬤呢？」

沈連氏握著手爐，手背被風割得生疼，手心裡又汗津津的，答道：「吳嬤嬤病了，送到莊子去休養，可我身邊總不能沒人伺候，這是——」

「知道了。」不等她說完，沈聿風將韁繩遞給小廝，抬腿入了府。

沈連氏遞了個眼色給身邊的呂嬤嬤。

呂嬤嬤忙朝鼓樂隊擺手。「散了吧、散了吧！」

忐忑地回到房間，見沈聿風一身戎裝站在正中，沈連氏忙擠出笑臉上前，伺候他更衣。

見他面色還是不悅，她忙找話題道：「聽說官家給塵哥兒賜了婚？」

沈聿風這才面色稍緩，點頭道：「嗯，是崔奉的外孫女，之前在我們府上住過的。」

沈連氏幫他脫下鎧甲，笑道：「是叫允棠吧？姑娘生得好看，就是瘦弱了些，也不知道好不好生養？」

「娶妻是為了攜手一生，怎麼只在乎好不好生養？」沈聿風轉身去看她，不解地道：「知春，妳從前不是這樣的。」

沈連氏苦笑一聲。「我一生無子，希望允棠姑娘能有兒女承歡膝下，這也有錯嗎？」

沈聿風自覺說錯了話，忙扶住她的雙肩。「妳知道我不是這個意思。」

「我知道。我伺候您沐浴吧？」

見沈連氏柔情似水，畢竟闊別數月，沈聿風心一軟，一把將夫人攬在懷裡，輕聲道：「知春，卿塵訂了親，妳不知道我有多高興。這些年，我總覺得自己虧欠他母親和他的，如今他覓得一位賢妻，也算是了了他母親的心願了。」

沈連氏本一肚子委屈，被他這麼一抱，都煙消雲散了，柔聲道：「你不過才見崔家姑娘數面，如何就知道她是賢妻了？」

「妳看啊，」沈聿風攬著她坐下。「第一次，我送上那麼多寶貝，她看都不看，原封不動都退回來了，說明她不貪財；第二次，她受傷入住府上，卻一直與卿塵保持距離，從未踰矩，說明她守禮。還有啊，她在宮裡得官家和聖人的寵愛，蝗災一事又對卿塵助力頗多，總之，這個兒媳我是非常滿意的。」

看他爽朗大笑，沈連氏心頭的陰霾也一掃而光，笑道：「滿意就好，今日便好好歇一歇，明日是不是就要開始準備聘禮了？允棠姑娘現在可是尊貴的文安郡主，聘禮可馬虎不得。」

「夫人妳細心，自然要妳多費心些。」沈聿風的大手在她肩膀上揉捏敲打。「辛苦夫人啦！」

「哎喲，你輕點兒！弄疼我了……」

冬至之日蚯蚓結，後五日麋角解，再五日水泉動，自此夜漸短，晝漸長。

因南方蝗災而取消了冬至大朝，改為群臣齊賀天子，之後休沐七日。

允棠卻沒時間出去戲雪，她隨瑄王來到大獄門前。

「郡主，可準備好了？」

「嗯。」

守門獄卒畢恭畢敬，將門打開。

瑄王昂首而入，允棠遲疑片刻，急忙跟上。

獄中濕冷陰寒，還散發著一股腐臭味，瑄王遞給她一張熏過香的手帕，用來掩口鼻，她搖搖頭，並未接過。

瑄王見狀，自己也不好再矯情，便將兩條手帕丟在一旁，轉頭問道：「谷平顯關在何處啊？」

典獄長忙抱拳道：「回瑄王殿下，就在這第一間牢房裡。」

「行了，出去守著吧！」

二人來到跟前，就見谷平顯正躺在榻上呼呼大睡。

允棠瞥見這牢房裡的乾草都比別處厚實些，石榻上更是鋪了厚厚的被褥，可見「鈔能力」在什麼時候都非同一般。

「喂！醒醒！」瑄王敲了敲鐵柵欄。「谷平顯！」

喊了好幾聲，谷平顯才搖搖晃晃地坐起，見面前來了人，忙跑過去，瞇著眼看半天，恍然大悟道：「您是……是瑄王殿下？」

瑄王狐疑地看他。「你認得我？」

谷平顯又去瞧允棠，看清了之後大驚失色。「妳——」

「谷衙內，別來無恙啊！」允棠笑笑，轉頭對瑄王道：「不知殿下能否讓我同他單獨說幾句話？」

瑄王本十分好奇，可她這麼說了他又不好反駁，只好不情願地轉身離開。

聽到鐵門「吱呀」地開了又關，谷平顯忙道：「哎呀，小娘子，妳可害死我了！」

「你情我願的買賣，怎能說我害你呢？你收了我的金子，東西卻沒給我。」允棠勾了勾嘴角，眼波流轉。「對了，你可曾對別人說起過我？」

谷平顯忙不迭地搖頭。「不曾！」

「為何？」

總不能實話實說，自從被搜到朝廷花紋樣板，抓進來的那一天開始，至今壓根兒沒人審問過他吧？谷平顯眼珠一轉，皮笑肉不笑地道：「小娘子既然用得上朝廷用的纈帛，自然也就有能耐救我出去了。您放心，貨我肯定能交，不過要晚些了。」

「只要你能如實回答我一個問題，我就把你弄出去，否則……」允棠故意拉長尾音。

谷平顯雙手握住柵欄，將大腦袋努力塞進柵欄中間，諂笑道：「您問便是！」

允棠朝前湊近，壓低聲音問道：「當年瑞王府大婚，你偽造請帖，混入瑞王府……」她頓了頓，緩緩抬眸。

對上那雙凌厲的美眸，谷平顯的身子驀地一僵。

他終於想起這張臉了，她明明是永平郡主！可永平郡主已經死了十幾年了啊！想到這兒，他只覺得脊梁都涼颼颼的，頭皮也麻了起來。

谷平顯不動聲色地鬆開柵欄，暗暗向後退了兩步。

允棠挑眉道：「那日你都做了什麼，從實招來。若有一句虛言，餘生你就在這裡過吧！」

谷平顯很快便回過神來，警覺地問道：「我混入瑞王府的事，您是怎麼知道的？」

允棠聲音清冷，道：「不要浪費我的時間。」

谷平顯一琢磨，眼下這情況不是逞能的時候。

開染坊多年，之前也常有私染的時候，朝廷向來睜一隻眼、閉一隻眼，從未向今次這樣，大肆抓捕。

人抓來了，卻也不審，就只是在牢裡關著，什麼人也都不讓見，即便是父親想託些以前的關係走走後門，也是不能。

隨身帶來的銀錢，光是打點典獄長和獄卒弄來這些被褥和乾草，就已經花光了。

「好，我說，還望小娘子不要食言。」見允棠冷眼相對，並不作聲，谷平顯知道她快失去耐心了，忙道：「那時我父親還是司空，看著世交幾家的公子要麼得了蔭封，要麼考取了功名，都謀得一官半職，唯有我還閒在家中。」

允棠顯然對這段故事沒什麼興趣，眉頭漸漸蹙緊。

「瑞王大婚發來請帖，平時一起玩的幾個，都將隨家族赴宴，可我父親卻嫌我不學無術，不肯帶我去。就連我平時最瞧不起的楚翰學，都能因為姊姊做了王妃，而大搖大擺地出入瑞王府，憑什麼我不能？」谷平顯如今說來，還是一臉耿耿於懷的樣子。「於是我就找人仿寫請帖，也混了進去。進去後找那幾個哥兒們炫耀一番，看他們都很吃驚，我就得意忘形了，忘了躲避我父親，結果被抓了個正著。父親一氣之下，酒也不吃了，把我領回家，狠揍了一頓。」

允棠忍不住發問。「就這樣？」

「對啊，就這樣！」

「你還不肯說實話是吧？」允棠從懷裡掏出一幅羅鍋的畫像，展開來按到柵欄上，咬牙道：「你帶了兩個小廝去，結果兩個都死在瑞王府，你還有什麼好說的？」

谷平顯一臉茫然，盯著畫像看了好久，搖頭道：「我根本不認識這個人啊！而且我也沒帶小廝去，我是一個人去的，很多人都能為我作證。」

「什麼？」

「這我沒必要說謊啊！我現在隨身帶的小廝，是跟我從小一起長大的，叫劉四，因為他太高了，我怕帶他去容易被父親發現，才特意把他留在家中。您那日去染坊應當見到過啊，長得高高瘦瘦，像麻稈一樣的……」

怎麼會這樣？允棠只覺得氣血翻滾，不住上湧，整個頭都快要炸開了。

羅鍋明明說的是谷衙內，谷平顯也確實混入了瑞王府。

若真如他所說，沒帶小廝和提前離場，這兩點都是很容易證實的。

「您若是不信，可以拿著畫像去我家裡問，我真的沒見過這個人。我成日在汴京城裡晃，若我帶過他，一定有人認得出的！」谷平顯急道。「所以現在是要查兩個小廝的命案嗎？」

允棠長呼一口氣，努力抑住憤懣的情緒。「那你和你父親，是何時離開的？」

谷平顯歪著頭想了想。「大概是筵席過半吧？我記得當時正喝得暢快呢，還沒醉意，忽然就被我父親揪住了耳朵。」頓了頓，又道：「我想起來了，當時只有瑾王殿下喝多了，又哭又鬧的。」

允棠瞳孔一震，猛地抓住柵欄。「你說誰？」

「瑾王殿下，當今六皇子。」

「然後呢？」她將手探入柵欄，一把揪住谷平顯胸前的衣衫，用力一扯，吼道：「說啊！」

谷平顯的體型，少說也有二百斤，毫無防備被她這樣一扯，竟直直向柵欄撲去，整個身子砸在柵欄上，撞得嘩啦啦直響。

「哎喲，我說我說！小娘子，您、您先鬆手啊！」

允棠這才鬆開手。

「當時汴京裡人人都知道，瑾王殿下追求永平郡主嘛！」谷平顯偷瞟了她一眼。「那日哥兒幾個喝酒就坐在附近，見他哭哭啼啼地跟永平郡主訴衷腸時，我們還笑話他呢。」

「往下說！」

「然後不知怎的，兩人說著話，竟然發生了口角，永平郡主一氣之下拂袖而去，瑾王殿下阻攔不成，便伏在桌上哭，哭得那叫一個——」

允棠硬生生打斷他。「永平郡主去哪兒了？」

「這我哪知道啊？」谷平顯小聲地抱怨，又抬頭望向大獄那黑漆漆的天花板，做思考狀。「那時候我正被我父親揪著耳朵罵呢！喔對了，我記得，看到瑄王妃追出去了。」

「瑄王……妃？」允棠機械地重複著。

「對，瑄王妃，沒錯！她給她妹妹使了個眼色，她妹妹便去安慰瑾王殿下，然後她自己去追永平郡主了。」

楚家？允棠覺得一顆心臟在胸腔內狂跳。

她半信半疑地問：「你在被罵的當口，還有工夫看周遭的事？你不是胡編亂造來哄我的吧？」

幾句話說得谷平顯直跳腳。「是真的啊！我從小被我父親罵到大，早就習慣了，他每次說來說去都是那麼兩句，可瑾王殿下和郡主的事卻是不容易見著的，可不就得多看兩眼嗎？我知道的都如實說了，我可以發誓，要是有一句虛言，便天打雷劈，不得好死！」谷平顯怕她不信，索利地指天發誓。「姑娘還是趕緊把我從這裡弄出去吧，這大冬天的，我是吃不好也睡不好的，人都瘦了一圈了。」

允棠冷冷地盯住他。「我會去查，若事實真是如此，自然有人來放你出去；如若不然，我就把你殺了，做成包子給你兒子吃！」說罷，一甩披風，轉身離去。

谷平顯愣在當場，隨後打了一個寒顫。

瑄王正和典獄長在火爐前面烤火閒聊，見允棠出來，笑著迎上前。「怎麼樣？」

允棠望著一臉期待的瑄王，想起剛剛谷平顯說的話，佯裝無事地笑道：「他還算識相。」

典獄長遲疑道：「屬下愚鈍，還請郡主明示，日後該如何對待這谷平顯？」

「他父親畢竟是前司空，他又有萬貫家財，典獄長何苦要跟錢過不去呢？」允棠笑笑。
「他若是給得起，再給他幾床被子也無妨。只不過官家近些日子政務繁忙，還沒示下，所以人還是看好了，別出差錯才是。」
典獄長忙作揖。「是，多謝郡主提點！」
隨瑄王出了大門後，遠遠瞧見小滿在馬車旁候著。
「郡主，拙荊備了些酒菜，還望過府一敘。」瑄王笑吟吟地道。
其實來的時候，他已經提過一次了，當時允棠並沒打算去，所以讓小滿在門口等。
可如今，她倒是改了主意了。
「如此，我便叨擾了。」
到了瑄王府，果然珍饈暖閣盡數備好了。
照例，還是由婢女獻上錦盒，一打開來，是點茶用的十二先生。
允棠輕瞥一眼，只見茶碾子「金法曹」乃純金打造，茶盞「陶寶文」則是天青色汝窯。
「三伯父費心了。」
「郡主喜歡就好。」瑄王抿一口飲子，笑道：「其實今天請郡主來，還是有求於妳。」
「哦？」
「晁家慘案嫌犯崔清瓔，」瑄王說到這兒頓了頓。「她畢竟是郡主的——」

「三伯父有所不知，外祖父已與崔清瓔斷絕了父女關係，她早已不是崔家人了。」允棠打斷道。「況且我母親在世時，那崔清瓔也沒少做過骯髒事，我巴不得看她被腰斬於市！」

瑄王如釋重負。「如此甚好，此前我還擔心呢。」

「對了，我還未來得及說，晁家那個婢女，我尋著了，正在帶回汴京的路上，很快便能送到開封府去。」允棠意味深長地道：「希望能對三伯父有所助益。」

「那可太好了！」瑄王大喜。「這回看那個婆娘還要耍什麼花樣！」

允棠蹙眉。「怎麼？審訊不順利嗎？」

「別提了，那婆娘狡猾得很！」瑄王罵道。「我朝不是有『翻異別勘』的制度嗎？」

不等允棠開口，瑄王妃就疑惑地問道：「那是什麼意思？」

瑄王嘆氣道：「數年前不是有樁冤案嗎？自那之後，父親就命人研究改了制度，在刑案審訊過程中，若嫌犯更改口供，就要換一批官員來重審。那婆娘此前必是認真鑽研過了，一次招供，一次又翻異喊冤，光審訊的官員都換了三、四批，簡直沒完沒了。」

允棠暗暗捏緊拳頭。倒是小瞧崔清瓔了！

「妳說，這制度還是父親命人改的，如今這般……」瑄王又重重地嘆了口氣。「若為了一個案子，說父親主張的制度有問題，這不是當著所有人的面打他的臉嗎？唉！」

「三伯父此言差矣。祖父勤政，精益求精，宰相及言官們每次進諫，他都會反覆思量，對國家、對百姓好的，他一定會採納，絕不會因個人之私而否定任何意見。三伯父若將此制度的修改辦法一併呈上去，祖父定會欣慰不已。」

「當真？」瑄王眼睛一亮，不住地點頭，可忽又愁眉不展道：「可如何修改，我一時倒未想到什麼好辦法呀！」

允棠閉口不作聲。

瑄王妃倒是噗哧一下笑出聲來。「妾愚鈍，倒是有個辦法，不知當用不當用？」

「說來聽聽。」

「妾不過是個婦道人家，不懂許多大道理，若是說錯了，王爺和郡主可不要笑我。」瑄王妃粲然一笑，千嬌百媚。「妾以為，只要限制次數不就得了？這樣一來，既保留了申訴重審的機會，又不至於讓有心人鑽了空子。」

「哎呀！」瑄王拍案大笑。「妍君，妳果然是聰慧啊！」

瑄王妃羞赧道：「妾算是看出來了，王爺和郡主心中早就有數，卻要藉妾的口說出來，是妾不知好歹了。」

允棠冷眼旁觀，突然問瑄王。「有件事我一直很好奇，您與王妃是如何相識的？」

瑄王含笑與瑄王妃對視，道：「說來也算是緣分，我去打獵，正巧碰上妍君落水，我便將她救了上來，後來在金明池，她的紙鳶掛在樹上，又被我遇到，哈哈！」

允棠想起谷平顯的話，說瑄王妃使了眼色，讓當時還不是瑾王妃的妹妹去安慰瑾王，又聽蕭卿塵提過，瑄王妃心機深沈。如此說來，這與瑄王的次次偶遇，都是精心設計的也未可知。

通過掌握男人的心，讓沒什麼實職的楚家成為世家豪族，這手段可謂是了得！

她又問：「您認識我母親嗎？」

瑄王先是一怔，隨後笑著點頭。「自然是認識的。」

允棠的手指劃過杯沿，抬眼問道：「我母親是什麼樣的人呢？」

瑄王沈吟片刻後道：「妳母親和妳一樣，都是父親親封的郡主，不同的是，她從小隨軍，性子更硬朗些。」

「那王妃呢？可與我母親要好？」

突然被問到，瑄王妃愣了一下，旋即有些不自然地笑笑。「我？我是與王爺成親之後，才見過永平郡主的，算不得相熟，不過是點頭之交罷了。」

允棠輕描淡寫地道：「如此真是太可惜了，我還想著二位能知道我父親是誰。」

瑄王聞言，與瑄王妃對視一眼。

官家冊封文安郡主之後，消息一夜間傳遍了汴京的大街小巷。

瓦子裡也開始講以她為主角的故事，說她一生傳奇的母親，說她那神秘的父親，更有甚者還杜撰神話故事，說她那父親乃是什麼大羅神仙。

有人大聲叫好，也有人嗤之以鼻。

生父不明，總不是什麼光彩的事，不過礙於郡主的身分，百姓們只能茶餘飯後在瓦子裡和深巷裡議論，可時間一長，各色流言便接踵而至。
瑄王自然也聽過不少。可如今聽她自己提起這尷尬的身世，他反倒不知如何應對了。
允棠以手托腮，看著夫婦倆的面色變了又變、嘴張了又張，精彩程度不亞於川劇變臉，不由得笑出聲來。
「三伯父，我不過開個玩笑罷了，至於生父是誰，我並不是很想知道。」
瑄王倒是鄭重其事地說：「如今這瓦子裡龍蛇混雜，說書的那些人不辨是非、口無遮攔，是該好好整頓一下了。」
瑄王妃忙在一旁陪笑。
「無妨，我去聽過，還挺有意思的。」允棠滿不在乎。
瑄王讚許道：「郡主果然是有容人之量啊！」
這時，一名婢女從外面進來通報。「殿下，蕭洗馬在門外，說要接郡主回去。」
「蕭卿塵？他怎麼來了？」
瑄王妃道：「王爺怕是忘了？他可是我們郡主未來的夫婿呢！這外面天寒地凍的，眼看天就要黑了，他擔心也是有的。」
允棠藉機起身。「如此，我便告辭了。」
不知何時開始，竟悄悄落了雪，大片大片鵝毛般的雪花簌簌飄轉，盤旋而下。
有婢女過來撐傘，一行人稀稀落落地將她送出門。

蕭卿塵執鞭立在臺階下，活像一尊雕像，直到看見她的身影，才展開笑顏迎上前，遞上手爐，柔聲問道：「冷嗎？」

她搖搖頭。

扶允棠上了車後，蕭卿塵回頭，朝瑄王夫婦一頷首，而後轉身上馬，跟著馬車漸漸遠去。

「王爺，郡主今天問的那些話，到底是何意啊？」瑄王妃問道。

瑄王哼了一聲。「不過是小女兒家的心思，裝模作樣罷了！事關生父，嘴上說不在乎，其實心裡介意得要命吧？明日我還是找些人，去瓦子裡敲打敲打，叫他們嘴上有個把門的。」

瑄王妃挽上夫君的手臂，轉身往回走。「她不過是一個剛及笄的小娘子，王爺為何總同她來往？每回都要獻禮不說，還對她有求必應的？」

「她如今可是父親和中宮那位面前的紅人，天天耳濡目染的，自然知曉得比旁人多，她能幫我得聖心，而她要的，於我不過是舉手之勞，何樂而不為呢？」

「話說回來，她跟永平郡主是真像，剛才席間，我都有些恍惚了。」

瑄王點頭稱是。「我又何嘗不是呢？不過看她也是個心思縝密的，不似崔清珞那般單純，等她再長大些，該是更難對付了，還是盡可能不要與她為敵的好。」

「她是聰明人，看出太子不過是個草包，這才來投奔王爺的。」

瑄王得意地笑笑。

兩人相擁著進了屋，瑄王妃又為瑄王斟上茶水。「那王爺覺得，她父親會是誰呢？」

「還能是誰？當然是我那不成器的六弟了。」瑄王將茶盞拿在手中，輕輕轉了轉。

「瑾王殿下?!」瑄王妃驚詫。「王爺又是如何知道的？」

「我也是後知後覺。」瑄王嘆道。「妳想啊，崔奉前腳奉召進了京，秉鉞後腳就斷了腿，然後父親又執意冊封這小丫頭當郡主，說什麼收為義孫女，都不過是幌子罷了。以父親的性格，允棠是蕭家血脈，就必定要冠蕭姓的，這事沒得商量。」他輕抿一口茶，繼續道：「當時恰逢西北戰事，我還勸父親逼崔奉出征呢，如今想來，父親對崔家有愧，自然是不肯的，若我當時便能察覺……唉！」

瑄王妃驚道：「如此說來，楚妙君早就知道了？她竟忍得住緘口不言！」

瑄王嗤笑一聲。「保不齊父親要顧及皇家顏面，下了明令要將此事瞞下，她胡亂說，豈不是抗旨？」

「她不說、我不說，又有誰會知道？真是榆木腦袋！」瑄王妃忿忿地道。

「木已成舟，且還是十幾年前他們成婚之前的事，跟妳說了又能如何？」

話雖如此，可瑄王妃還是耿耿於懷。這麼多年來，無論是楚妙君還是楚翰學，只要遇到事情，無論大小，都會跑來找她這個大姊拿主意，如今這麼大的事，竟然也能裝作若無其事了？改日定要當面問問清楚才行。

忽然，一個念頭閃過，瑄王妃呆呆地看著官窯瓷瓶中的綠梅出了神。

「在想什麼？」

「王爺，崔清珞當年身亡，流言都說是意外對嗎？」瑄王妃眼睛一亮。「但若是有人知道，她肚子裡的孩子是瑾王的呢？」

「妳是說……」

瑄王妃起身，試著分析道：「當年他與珩王風頭正盛，甚至蓋過太子，若他與崔家真的結親，那……」

「那另外兩方絕不會坐視不理！當時朝中不少大臣，以各種理由阻撓過秉鉞與崔家的親事……」瑄王恍然大悟，拍案道：「如此便說得通了！從邊關返京的路，崔清珞隨軍走過無數次了，怎會失足墜崖？」

「可太子懦弱，中宮那位素來又以溫和聞名天下；賢妃又常置身事外，從不爭寵，到底是誰下的手呢？」

「妳看到的，不過是人家想讓妳看到的。賢妃現在不爭，是因為秉鈺戰死，秉鑠又拖著副殘軀。」瑄王冷笑。「我這些道貌岸然的兄弟們，無論是誰做的，都會將文安郡主和她背後的崔家推向我這一邊，這就足夠了。」

「看來，我們得幫幫郡主，早日找出殺母仇人才是啊！」瑄王妃媚笑道。

——未完，待續，請看文創風1273《小公爺別慌張》3（完）

2024年6月出版

文創風1268～1270

養娃好食光

「店家，兩碗荔枝楊梅飲，要放冰～～」

身懷絕妙廚藝的她就好這一口，

賣相鮮豔誘人，吃了更是甜上心頭！

日好家潤，福氣食足／三朵青

穿越到古代已經夠驚嚇，還沒名沒分當了景明侯世子程行彧的外室，
雲岫很想扶額，前世的學霸人生怎麼能栽在今生的戀愛腦上？
又聽聞程行彧要迎娶別的高門女子，她終於心碎夢醒，打包行李走人，
靠著好廚藝跟過目不忘的本事，走到哪吃到哪賺到哪，餓不死她的，
而且她不孤單，肚裡懷了程行彧的娃，以後母子倆就一起遊遍南越吧！
五年後，她跟閨密合開鏢局，做起日進斗金的物流生意，堪稱業界第一，
兒子阿圓更是眾人的心頭寶，成了天天蹭吃蹭喝的小吃貨一枚。
孰料平靜日子還沒過夠，一場遠行讓雲岫再遇苦尋她的程行彧，
原來當年他另娶是為辦案演的戲，情非得已，卻聽得她怒火噌噌噌往上漲——
這麼大的事，他竟自作主張瞞著她？說是為她好，實則插了她一身亂刀。
如此惹她傷心根本罪加一等，想當阿圓的爹，先拿出誠意讓她氣消再說！

文創風 1272

小公爺別慌張 2

國家圖書館出版品預行編目資料

小公爺別慌張 / 寄蠶月著. --
初版. -- 臺北市 ： 狗屋出版社有限公司, 2024.07
冊 ； 公分. --（文創風 ; 1271-1273）
ISBN 978-986-509-535-2（第2冊 : 平裝）. --

857.7　　113007933

著作者	寄蠶月
編輯	黃淑珍
校對	黃薇霓
發行所	狗屋出版社有限公司
地址	台北市104中山區龍江路71巷15號1樓
電話	02-2776-5889～0
發行字號	局版台業字845號
法律顧問	蕭雄淋律師
總經銷	知遠文化事業有限公司
電話	02-2664-8800
初版	2024年7月
國際書碼	ISBN-13　978-986-509-535-2

本著作物由北京晉江原創網絡科技有限公司授權出版

定價290元

狗屋劃撥帳號：19001626

網址：love.doghouse.com.tw　E-mail：love@doghouse.com.tw